徐志摩诗选——再别康桥

徐志摩◎著

天津出版传媒集团
天津人民出版社

图书在版编目（CIP）数据

徐志摩诗选：再别康桥 / 徐志摩著. -- 天津：天津人民出版社, 2018.1
ISBN 978-7-201-12893-1

Ⅰ. ①徐… Ⅱ. ①徐… Ⅲ. ①诗集—中国—现代
Ⅳ. ① I226

中国版本图书馆CIP数据核字(2018)第007411号

徐志摩诗选：再别康桥

XU ZHI MO SHI XUAN: ZAI BIE KANG QIAO

出　　版　天津人民出版社
出 版 人　刘　庆
地　　址　天津市和平区西康路35号康岳大厦
邮政编码　300051
邮购电话　（022）23332469
网　　址　http: //www.tjrmcbs.com
电子信箱　tjrmcbs@126.com
责任编辑　刘子伯
印　　刷　北京欣睿虹彩印刷有限公司
经　　销　新华书店
开　　本　880×1230毫米　1/32
印　　张　10
字　　数　285千字
版次印次　2018年1月第1版　2019年11月第1次印刷
定　　价　26.80元

前言

徐志摩（1897 年 1 月 15 日—1931 年 11 月 19 日），现代诗人、散文家。浙江嘉兴海宁硖石人。原名章垿，字槱森，留学英国时改名志摩。

在那个纷乱的年代，徐志摩做到了一个普通知识分子能做的一切。他在追求自身幸福的同时，也对民族命运有过深刻的思考。尽管他与张幼仪的婚姻不幸，与林徽因的淡淡情愫令人唏嘘，但是，这一切都无损他的作品对社会的影响和对大众的吸引力。当然，徐志摩与陆小曼热烈而又历尽坎坷的婚姻，及至他的突然离去，都让他的人生像他的诗一样，迷人、凄美。

徐志摩的一生是传奇的一生，他永远不甘寂寞、永远追寻新鲜热点和新奇活法。在他人生的词典里，无聊、平庸与缺乏活力的凡夫俗子式的生活是永远被剔除的，他就是一团鲜红跳蹦的火焰。也许旁人会觉得他的人生风景绚烂、奇彩无比且耐人寻味，但是他的人，他自己本身却近乎一种绝对的单纯。他是著名的诗人，是天才的散文家，更是一个任性的孩子。

徐志摩和闻一多一起，提倡诗歌“格律美”“建筑美”“绘画美”的三美主张，并成为实践三美最成功的代表。徐志摩用欧洲的浪漫主义传统改造中国的古典主义传统，其诗歌传统性的最大表征是他的抒情中心主义，而且抒发的是浪漫情怀。他的诗歌中明喻多于暗喻，直白多于暗示，感情多于理智；正是这些浪漫抒情范畴内的因素，使他的诗歌满足了老百姓对诗人形象惯有的审美期待。

他的诗歌表达对爱情、自由、美的追求；擅长细腻的心理捕捉、缠绵的情感刻画，虽没有成为时代的传音与民族集体的抒情，也没有指向终极的意义，但却音韵和谐，比喻新奇，想象丰富，意境优美，注重追求形式的整齐华美，具有鲜明的艺术个性。他的散文也自成一格，取得了不亚于诗歌的成就，其中《自剖》《再剖》《想飞》《巴黎的鳞爪》《我所知道的康桥》等都是传世名篇，深得大众喜爱，影响至今不衰。

为满足广大读者对徐志摩一生具有代表性作品的了解、阅读和鉴赏，我们精心编写了这本《徐志摩诗选——再别康桥》，收录了徐志摩不同体裁类型中具有代表性的作品，以此来全面展示徐志摩的创作能力，反映其作品风格的渐变的过程，并附有徐志摩年表，旨在让读者较全面地了解徐志摩的优秀作品和他的人生轨迹。

由于编著时间仓促，书中难免存在差错或遗漏，敬请广大读者批评指正，不胜感谢！

目录 Contents

诗歌

目录 Contents

目录 Contents

目录 Contents

诗歌

草上的露珠儿

草上的露珠儿
颗颗是透明的水晶球，
新归来的燕儿
在旧巢里呢喃个不休；

诗人哟！可不是春至人间
还不开放你
创造的喷泉，
嗤嗤！吐不尽南山北山的璠瑜，
洒不完东海西海的琼珠，
融和琴瑟箫笙的音韵，
饮餐星辰日月的光明！
诗人哟！可不是春在人间，
还不开放你
创造的喷泉！

这一声霹雳
震破了漫天的云雾，
显焕的旭日
又升临在黄金的宝座；

柔软的南风
吹皱了大海慷慨的面容
洁白的海鸥
上穿云下没波自在优游；·

诗人哟！可不是趁航时候，
还不准备你
歌吟的渔舟！
看哟！那白浪里
金翅的海鲤
白嫩的长鲍，
虾须和螃脐！
快哟！一头撒网一头放钓，
收！收！
你父母妻儿亲戚朋友
享定了希世的珍馐。
诗人哟！可不是趁航时候，
还不准备你
歌吟的渔舟！

诗人哟！
你是时代精神的先觉者哟！

你是思想艺术的集成者哟！
你是人天之际的创造者哟！
你资材是河海风云，
鸟兽花草神鬼蝇蚊，
一言以蔽之：天文地文人文；

你的洪炉是“印曼桀乃欣”，
永生的火焰“烟士披里纯”，
炼制着诗化美化灿烂的鸿钧；

你是高高在上的云雀天鹨，
纵横四海不问今古春秋，
散布着希世的音乐锦绣；

你是精神困穷的慈善翁，
你展览真善美的万丈虹，
你居住在真生命的最高峰。

（作于1921年11月23日。1969年台湾传记文学出版社《徐志摩全集》第1辑。）

夏日田间即景（近沙士顿）

柳林青青，
南风熏熏，
幻成奇峰瑶岛，
一天的黄云白云，
那边麦浪中间，
有农妇笑语般般。

笑语般般——
问后园豌豆肥否，
问杨梅可有鸟来偷；
好几天不下雨了，
玫瑰花还未曾红透；
梅夫人今天进城去，
且看她有新闻无有。

笑语般般——

“我们家的如今好了，
已经照常上工去，
不再整天无聊，
不再逞酒使气，
回家来有说有笑，
疼他儿女——爱他妻；
呀！真巧！你看那边，
蓬着头，走来的，笑嘻嘻，
可不是他，（哈哈！）满身是泥！”

南风熏熏，
草木青青，
满地和暖的阳光，
满天的白云黄云，
那边麦浪中间，
有农夫农妇，笑语殷殷。

（作于1922年4月30日，载于1923年3月14日《时事新报·学灯》。）

沙士顿重游随笔

一

许久不见了，满田的青草黄花！
你们在风前点头微笑，仿佛说彼无恙。
今春雨少，你们的面容着实清瘦；
我一年来也无非是烦恼踉跄；
见否我白发骈添，眉峰的愁痕未隐？
你们是需要雨露，人间只缺少同情。——
青年不受恋爱的滋润，比如春阳霖雨，
照洒沙碛永远不得收成。
但你们还有众多的伴侣；
在“大母”慈爱的胸前，和晨风软语，
听晨星骈唱，
每天农夫赶他牛车经过，谈论村前村后的新闻，
有时还有美发罗裙的女郎，
来对你们声诉她遭逢的薄幸。
至于我的灵魂，只是常在他囚羁中忧伤岑寂；

他仿佛是“衣司业尔”彷徨的圣羊。

二

许久不见了，最仁善公允的阳光！
你们现在斜倚在这残破的墙上，
牵动了我不尽的回忆，无限的凄怆。
我从前每晚散步的欢怀，
总少不了你殷勤的照顾。
你吸起人间畅快和悦的心潮，
有似明月钩引湖海的夜汐；
就此荏苒临逝的回光，不但完成一天的功绩，
并且预告晴好的清晨，吩咐勤作的农人，
安度良宵。
这满地零乱的栗花，都像在你仁荫里欢舞。
对面楼窗口无告的老翁，
也在饱啜你和煦的同情：
他皱缩昏花的老眼，似告诉人说：
都亏这养老棚朝西，容我每晚享用暮景的温存；
这是天父给我不用求讨的慰藉。

三

许久不见了，和悦的旧邻居！
那位白须白发的先生，正在趁晚凉将水浇菜，
老夫人穿着蓝布的长裙，站在园篱边微笑。

一年过得容易，
那篱畔的苹花，已经落地成泥！
这些色香两绝的玫瑰的种畤在八十老人跟前，
好比艳眼的少艾，独倚在虬松古柏的中间，
他们笑着对我说结婚已经五十三年，
今年十月里预备金婚；
来到此村三十九年，老夫人从不曾半日离家，
每天五时起工作，眠食时刻，四十年如一日；
莫有儿女，彼此如形影相随，
但管门前花草后园蔬果，
从不问村中事情，更不晓世上有春秋，
老夫人拿出他新制的杨梅酱来请我尝味，
因为去年我们在时吃过，曾经赞好。

四

那灰色墙边的自来井前，上面盖着栗树的浓荫，
残花还不时地堕落，
站着位十八的郎，
他发上络住一支藤黄色的梳子，
衬托着一大股蓬松的褐色细麻，
转过头来见了我，微微一笑，
脂江的唇缝里，漏出了一声有意无意的“你好！”

五

那边半尺多厚干草，铺顶的低屋前，

依旧站着一年前整天在此的一位褴褛老翁，
他曲着背将身子承住在一根黑色杖上，
后脑仅存几茎白发，和着他有音节的咳嗽，上下颤动。
我走过他跟前，照例说了晚安，
他抬起头向我端详，
一时口角的皱纹，齐向下颌紧叠，
吐露些不易辨认的声响，接着几声干涸的咳嗽，
我瞥见他右眼红腐，像烂桃颜色（并不可怕），
一张绝扁的口，挂着一线口涎。
我心里想阿弥陀佛，这才是老贫病的三角同盟。

六

两条牛并肩在街心里走来，
卖弄他们最庄严的步法。
沉着迟重的蹄声，轻撼了晚村的静默。
一个赤腿的小孩，
一手扳着门枢，
一手的指甲腌在口里，
瞪着眼看牛尾的撩拂。

七

一个穿制服的人，向我行礼，
原来是从前替我们送信的邮差，
他依旧穿黑呢红边的制衣，背着皮袋，

手里握着一叠信。
只见他这家进，那家出，有几家人在门外等他，
他挨户过去，继续说他的晚安，
只管对门牌投信，
他上午中午下午一共巡行三次，每次都是刻板的面目；
雨天风天，晴天雪天，春天冬天，
他总是循行他制定的责务；
他似乎不知道他是这全村多少喜怒悲欢的中介者；
他像是不可防御的运命自身。
有人张着笑口迎他，
有人听得他的足音，便惶恐震栗；
但他自来自去，总是不变的态度。
他好比双手满抓着各式情绪的种子，
向心田里四撒；
这家的笑声，那边的幽泣；
全村顿时增加的脉搏心跳，歔欷叹息，
都是他盲目工程的结果，
他哪里知道人间最大的消息，
都曾在他褴旧的皮袋里住过，
在他干黄的手指里经过——
可爱可怖的邮差呀！

（作于1922年春，载于1923年3月13日《时事新报·学灯》。）

听槐格讷（Wagner）[1]乐剧

是神权还是魔力，
搓揉着雷霆霹雳，
暴风、广漠的怒号，
绝海里骇浪惊涛；

地心的火窖咆哮，
回荡，狮虎似狂嗥，
仿佛是海裂天崩，
星陨日烂的朕（征）兆；

忽然静了；只剩有
松林附近，乌云里
漏下的微嘘，拂扭
村前的酒帘青旗；

① 槐格讷，今译为瓦格纳（1813 年—1883 年），德国著名作曲家，曾著有歌剧《尼伯龙根的指环》。

可怖的伟大凄静
万壑层岩的雪景，
偶尔有冻鸟横空，
摇曳零落的悲鸣；

悲鸣，胡笳的幽引，
雾结冰封的无垠，
隐隐有马蹄铁甲
篷帐悉索的荒音；

荒音，洪变的先声，
鼍鼓金钲蓦荡怒，
霎时间万马奔腾，
酣斗里血流虎虎；

是泼牢米修仡司（Prometheus）[1]
的反叛，抗天拯人
的奋斗，高加山前
挚鹰刳胸的创呻；

是恋情，悲情，惨情，
是欢心，苦心，赤心；
是弥漫，普遍，神幻，
消金灭圣的性爱；

① 今译为普罗米修斯，希腊神话中带给人类火种的天神。

是艺术家的幽骚，
是天壤间的烦恼，
是人类千年万年
郁积未吐的无聊；

这沉郁酝酿的牢骚，
这猖獗圣洁的恋爱，
这悲天悯人的精神，
贯透了艺术的天才。

性灵，愤怒，慷慨，悲哀，
管弦运化，金革调合，
创制了无双的乐剧，
革音革心的槐格讷！

五月二十五日

（1922 年 5 月 25 日作，载于 1923 年 3 月 10 日《时事新报·学灯》。）

情死（Liebstch）

玫瑰，压倒群芳的红玫瑰，昨夜的雷雨，原来是你
发出的信号，——真娇贵的丽质！
你的颜色，是我视觉的醇醪；我想走近你，但我又不敢。
青年！几滴白露在你额上，在晨光中吐艳。
你颊上的笑容，定是天上带来的；可惜世界太庸俗，
不能供给他们常住的机会。
你的美是你的运命！
我走近来了；你迷醉的色香又征服了一个灵魂一 -
我是你的俘虏！
你在那里微笑，我在这里发抖。
你已经登了生命的峰极。你向你足下望——
一个天底的深潭！
你站在潭边，我站在你的背后，一 - 我，你的俘虏。
我在这里微笑！你在那里发抖。
丽质是运命的运命。
我已经将你禽（擒）捉在手内——我爱你，玫瑰！

色、香、肉体、灵魂、美、迷力——尽在我掌握之中。

我在这里发抖，你——笑。

玫瑰！我顾不得你玉碎香销，我爱你！

花瓣、花萼、花蕊、花刺、你、我－－多么痛快啊！－－尽胶结在一起！一片狼藉的猩红，两手模糊的鲜血。

玫瑰！我爱你！

（1922年6月所作，载于1923年2月4日《努力周报》。）

私语

秋雨在一流清冷的秋水池，
一棵憔悴的秋柳里，
一条怯怜的秋枝上，
一片将黄未黄的秋叶上，
听他亲亲切切喁喁唼唼，
私语三秋的情思情事，
情语情节，
临了轻轻将他拂落在秋水秋波的秋晕里，
一涡半转，跟着秋流去。
这秋雨的私语，
三秋的情思情事，
情诗情节，
也掉落在秋水秋波的秋晕里，
一涡半转，跟着秋流去。

（1922 年 7 月 21 日作。）

夜

一

夜，无所不包的夜，我颂美你！

夜，现在万象都像乳饱了的婴孩，在你大母温柔的怀抱中眠熟。

一天只是紧叠的乌云，像野外一座帐篷，静悄悄的，静悄悄的；

河面只闪着些纤微，软弱的辉芒，

桥边的长梗水草，黑沉沉的像几条烂醉的鲜鱼横浮在水上，

任凭惫懒的柳条，在他们的肩尾边撩拂；

对岸的牧场，屏围着墨青色的榆荫，阴森森的，像一座才空的古墓；

那边树背光芒，又是什么呢？

我在这沉静的境界中徘徊，在凝神地倾听……

听不出青林的夜乐，听不出康河的梦呓，听不出鸟翅的飞声；

我却在这静谧中，听出宇宙进行的声息，

黑夜的脉搏与呼吸，听出无数的梦魂的匆忙踪迹；

也听出我自己的幻想，感受了神秘的冲动，

在豁动他久敛的羽翮，准备飞出他沉闷的巢居，

飞出这沉寂的环境，

去寻访黑夜的奇观，去寻访更玄奥的秘密——

听呀，他已经沙沙的飞出云外去了！

二

一座大海的边沿，黑夜将慈母似的胸怀，紧贴住安息的万象；

波澜也只是睡意，只是懒懒向空疏的沙滩上洗淹，

像一个小沙弥在瞌睡地撞他的夜钟，

只是一片模糊的声响。

那边岩石的面前，直竖着一个伟大的黑影——是人吗？

一头的长发，散披在肩上，在微风中颤动；

他的两臂，瘦的，长的，向着无限的天空举着，——

他似在祷告，又似在悲泣——

是呀，悲泣——

海浪还只在慢沉沉的推送——

看呀，那不是他的一滴眼泪？

一颗明星似的眼泪，掉落在空疏的海砂上，

落在倦懒的浪头上，落在睡海的心窝上，落在黑夜的脚边——

一颗明星似的眼泪！

一颗神灵，有力的眼泪，仿佛是发酵的酒酿，

作炸的引火，霹雳的电子；

他唤醒了海，唤醒了天，唤醒了黑夜，唤醒了浪涛——

真伟大的革命——

霎时地扯开了满天的云幕，化散了迟重的雾气。

纯碧的天中，复现出一轮团圆的明月，

一阵威武的西风，猛扫着大海的琴弦，

开始，神伟的音乐。

海见了月光的笑容，听了大风的呼啸，

也像初醒的狮虎，摇摆咆哮起来——

霎时地浩大的声响，霎时地普遍的猖狂！

夜呀！你曾经见过几滴那明星似的眼泪？

三

到了二十世纪的不夜城。

夜呀，这是你的叛逆，这是恶俗文明的广告，

无耻，淫猥，残暴，肮脏，——表面却是一致的辉耀，

看，这边是跳舞会的尾声，那边是夜宴的收梢，

那厢高楼上一个肥狠的犹大，正在奸污他钱掳的新娘；

那边街道的转角上，有两个强人，擒住一个过客，

一手用刀割断他的喉管，一手掏他的钱包；

那边酒店的门外，麇聚着一群醉鬼，

蹒跚地在秽语，狂歌，音似钝刀刮锅底——

幻想更不忍观望，赶快的掉转翅膀，向清净境界飞去。

飞过了海，飞过了山，也飞回了一百多年的光阴——

他到了“湖滨诗侣”的故乡。

多明净的夜色！只淡淡的星辉在湖胸上舞旋，

三四个草虫叫夜；

四围的山峰都把宽广的身影，寄宿在葛濑士迷亚柔软的湖心，

沉酣的睡熟；

那边“乳鸽山庄”放射出几缕油灯的稀光，

斜倭在庄前的荆篱上；

听呀，那不是罪翁吟诗的清音——

The poets who on earth have made us heirs of truth

and pure delight by heavenly lays！

Oh！ Might my name be numbered among their.

Then glady would end my mortal days！

诗人解释大自然的精神，

美妙与诗歌的欢乐，苏解人间爱困！

无羡富贵，但求为此高尚的诗歌者之一人，

便撒手长瞑，我已不负吾生。

我便无憾地辞尘埃，返归无垠！

他音虽不亮，然韵节流畅，证见旷达的情怀，

一个个的音符，都变成了活动的火星，从窗棂里点飞出来！

飞入天空，仿佛一串鸢灯，凭彻青云，

下照流波，余音洒洒的惊起了林里的栖禽，放歌称叹。
接着清脆的嗓音，又不是他妹妹桃绿水（Dorothy）的？
呀，原来新染烟瘾的高柳列奇（Coleridge）也在他家作客，
三人围坐在那间湫隘的客室里，
壁炉前烤火炉里烧着他们早上在园里亲劈的栗柴，
在必拍的作响，铁架上的水壶也已经滚沸，嗤嗤的有声：

To sit without emotion，hope or aim,
In the loved presence of my cottage fire,
And listen to the flapping of the flame,
Or kettle whispering its faint under song.
坐处在可爱的将息炉火之前，
无情绪的兴奋，无冀，无筹营，
听，但听火焰，飐摇的微喧，
听水壶的沸响，自然的乐音。

夜呀，像这样人间难得的纪念，你保存了多少……

四

他又离了诗侣的山庄，飞出了湖滨，重复逆溯着汹涌的时潮，
到了几百年前海岱儿堡（Heidelberg）的一个跳舞盛会。
雄伟的赭色宫堡，一体沉浸在满目的银涛中，
山下的尼波河（Nubes）在悄悄的进行。
堡内只是舞过闹酒的欢声，

那位海量的侏儒今晚已喝到第六十三瓶啤酒，

嚷着要吃那大厨里烧烤的全牛，

引得满庭假发粉面的男客、长裙如云的女宾，哄堂的大笑。

在笑声里幻想又溜回了不知几十世纪的一个昏夜——

眼前只见烽烟四起，巴南苏斯的群山，点成一座照彻云天大火屏，

远远听得呼声，古朴壮硕的呼声——

“阿加孟龙打破了屈次奄，夺回了海伦，现在凯旋回雅典了，

希腊的人民呀，大家快来欢呼呀！——阿加孟龙，王中的王！”

这呼声又将我幻想的双翼，吹回更不知无量数的世纪，

到了一个更古的黑夜，一座大山洞的跟前；

一群男女，老的、少的、腰围兽皮或树叶的原民，

蹲踞在一堆柴火的跟前，在煨烤大块的兽肉。

猛烈地腾窜的火花，照出他们强固的躯体，黝黑多毛的肌肤——

这是人类文明的摇荡时期。

夜呀，你是我们的老乳娘！

五

最后飞出了气围，飞出了时空的关塞。

当前是宇宙的大观！

几百万个太阳，大的小的，红的黄的，

放花竹似的在无极中激震，旋转——
但人类的地球呢？
一海的星砂，却向哪里找去，
不好，他的归路迷了！
夜呀，你在哪里？
光明，你又在哪里？

六

“不要怕，前面有我。”一个声音说。
“你是谁呀？”
“不必问，跟着我来不会错的。我是宇宙的枢纽，
我是光明的泉源，我是神圣的冲动，我是生命的生命，
我是诗魂的向导；不要多心，跟我来不会错的。”
“我不认识你。”
“你已经认识我！在我的眼前，太阳，草木，星，月，介壳，
鸟兽，各类的人，虫豸，都是同胞，
他们都是从我取得生命，都受我的爱护，
我是太阳的太阳，永生的火焰；
你只要听我指导，不必猜疑，我叫你上山，你不要怕险；
我教你入水，你不要怕淹；我教你蹈火，你不要怕烧；
我叫你跟我走，你不要问我是谁；
我不在这里，也不在那里，但只随便哪里都有我。
若然万象都是空的幻的，我是终古不变的真理与实在；
你方才遨游黑夜的胜迹，你已经得见他许多珍藏的秘密，

——你方才经过大海的边沿，不是看见一颗明星似的眼泪吗？
——那就是我。
你要真静定，须向狂风暴雨的底里求去；
你要真和谐，须向混沌的底里求去；
你要真平安，须向大变乱，大革命的底里求去；
你要真幸福，须向真痛苦里尝去；
你要真实在，须向真空虚里悟去；
你要真生命，须向最危险的方向访去；
你要真天堂，须向地狱里守去；
这方向就是我。
这是我的话，我的教训，我的启方；
我现在已经领你回到你好奇的出发处，引起你游兴的夜里；
你看这不是湛露的绿草，这不是温驯的康河？
愿你再不要多疑，听我的话，不会错的，
——我永远在你的周围。”

一九二二年七月康桥

（1922 年 7 月所作，载于 1923 年 12 月 1 日《晨报·文学旬刊》）

清风吹断春朝梦

片片鹅绒眼前纷舞，
疑是梅心蝶骨醉春风；
一阵阵残琴碎箫鼓，
依稀山风催瀑弄青松；

梦底的幽情，素心，
缥缈的梦魂，梦境，——
都教晓鸟声里的清风，
轻轻吹拂——吹拂我枕衾，
枕上的温存——，
将春梦解成丝丝缕缕，零落的颜色声音！
这些深灰浅紫，梦魂的认识，
依然黏恋在梦上的边陲。
无如风吹尘起，漫潦梦屐，
纵心愿归去，也难不见涂踪便；

清风！你来自青林幽谷，
款布自然的音乐，
轻怀草意和花香，
温慰诗人的幽独，
攀帘问小姑无恙，
知否你晨来呼唤，
唤散一缘绻缱——
梦里深浓的恩缘？
任春朝富的温柔，
问谁偿逍遥自由？
只看一般梦意阑珊，——
诗心，恋魂，理想的彩云，——
一似狼藉春阴的玫瑰，
一似鹃鸟黎明的幽叹，
韵断香散，仰望天高云远，
梦翅双飞，一逝不复还！

十日前作《春梦》，偶然拈得此题，今日始勉强成咏，诗意过揉且隐，词只掠影之功，音节不纯，尤所深憾；然梦固难显，灵奥亦何能遽达，独恨神游未远，又被同来阻隔耳！

八月三日

（作于1922年8月3日，载于1923年6月5日《时事新报·学灯》。）

康桥，再会吧

康桥，再会吧；
我心头盛满了别离的情绪，
你是我难得的知己，我当年
辞别家乡父母，登太平洋去，
（算来一秋二秋，已过了四度
春秋，浪迹在海外，美土欧洲）
扶桑风色，檀香山芭蕉况味，
平波大海，开拓我心胸神意，
如今都变了梦里的山河，
渺茫明灭，在我灵府的底里；
我母亲临别的泪痕，她弱手
向波轮远去送爱儿的巾色，
海风咸味，海鸟依恋的雅意，
尽是我记忆的珍藏，我每次
摩按，总不免心酸泪落，便想
理箧归家，重向母怀中匐伏，

回复我天伦挚爱的幸福；
我每想人生多少跋涉劳苦，
多少牺牲，都只是枉费无补，
我四载奔波，称名求学，毕竟
在知识道上，采得几茎花草，
在真理山中，爬上几个峰腰，
钧天妙乐，曾否闻得，彩红色，
可仍记得？——但我如何能回答？
我但自喜楼高车快的文明，
不曾将我的心灵污抹，今日
我对此古风古色，桥影藻密，
依然能坦胸相见，惺惺惜别。

康桥，再会吧！
你我相知虽迟，然这一年中
我心灵革命的怒潮，尽冲泻
在你妩媚河身的两岸，此后
清风明月夜，当照见我情热
狂溢的旧痕，尚留草底桥边，
明年燕子归来，当记我幽叹
音节，歌吟声息，缦烂的云纹
霞彩，应反映我的思想情感，
此日，撒向天空的恋意诗心，
赞颂穆静腾辉的晚景，清晨
富丽的温柔；听！那和缓的钟声
解释了新秋凉绪，旅人别意，
我精魂腾跃，满想化入音波，

震天彻地，弥盖我爱的康桥，
如慈母之于睡儿，缓抱软吻；
康桥！汝永为我精神依恋之乡！
此去身虽万里，梦魂必常绕
汝左右，任地中海疾风东指，
我亦必纡道西回，瞻望颜色；
归家后我母若问海外交好，
我必首数康桥，在温清冬夜
蜡梅前，再细辨此日相与况味；
设如我星明有福，素愿竟酬，
则来春花香时节，当复西航，
重来此地，再捡起诗针诗线，
绣我理想生命的鲜花，实现
年来梦境缠绵的销魂踪迹，
散香柔韵节，增媚河上风流；
故我别意虽深，我愿望亦密，
昨宵明月照林，我已向倾吐
心胸的蕴积，今晨雨色凄清，
小鸟无欢，难道也为是怅别
情深，累藤长草茂，涕泪交零！

康桥！山中有黄金，天上有明星，
人生至宝是情爱交感，即使
山中金尽，天上星散，同情还
永远是宇宙间不尽的黄金，
不昧的明星；赖你和悦宁静
的环境，和圣洁欢乐的光阴，

我心我智，方始经爬梳洗涤，
灵苗随春草怒生，沐日月光辉，
听自然音乐，哺啜古今不朽
——强半汝亲栽育——的文艺精英：
恍登万丈高峰，猛回头惊见
真善美浩瀚的光华，覆翼在
人道蠕动的下界，朗然照出
生命的经纬脉络，血赤金黄，
尽是爱主恋神的辛勤手绩；
康桥！你岂非是我生命的泉源？
你惠我珍品，数不胜数；最难忘
骞士德顿桥下的星磷坝乐，
弹舞殷勤，我常夜半凭阑干，
倾听牧地黑野中倦牛夜嚼，
水草间鱼跃虫嗤，轻挑静寞；
难忘春阳晚照，泼翻一海纯金，
淹没了寺塔钟楼，长垣短堞，
千百家屋顶烟突，白水青田，
难忘茂林中老树纵横；巨干上
黛薄荼青，却教斜刺的朝霞，
抹上些微胭脂春意，忸怩神色；
难忘七月的黄昏，远树凝寂，
像墨泼的山形，衬出轻柔暝色，
密稠稠，七分鹅黄，三分桔绿，
那妙意只可去秋梦边缘捕捉；
难忘榆荫中深宵清啭的诗禽，
一腔情热，教玫瑰噙泪点首，

满天星环舞幽吟，款住远近
浪漫的梦魂，深深迷恋香境；
难忘村里姑娘的腮红颈白；
难忘屏绣康河的垂柳婆娑，
婀娜的克莱亚，硕美的校友居；
——但我如何能尽数，总之此地
人天妙合，虽微如寸芥残垣，
亦不乏纯美精神；流贯其间，
而此精神，正如宛次宛士所谓
“通我血液，浃我心脏”，
有“镇驯矫饬之功”；
我此去虽归乡土，
而临行怫怫，转若离家赴远；
康桥！我故里闻此，能弗怨汝
僭爱，然我自有谠言代汝答付；
我今去了，记好明春新杨梅
上市时节，盼望我含笑归来，
再见吧，我爱的康桥！

（作于1922年8月10日，载于1923年3月12日《时事新报·学灯》。）

春

康河右岸皆学院，左岸牧场之背，榆荫密覆，大道纡回，一望葱翠，春尤浓郁。但闻虫声鸟语，校舍寺塔掩映林巅，真胜处也。迩来草长日丽，时有情耦（偶）隐卧草中，密话风流。我常往复其间，辄成左作。

河水在夕阳里缓流，
暮霞胶抹树干树头；
蚱蜢飞，蚱蜢戏吻草光光，
我在春草里看看走走。

蚱蜢匐伏在铁花胸前，
铁花羞得不住的摇头，
草里忽伸出只藕嫩的手，
将孟浪的跳虫拦腰紧搂。

金花菜，银花菜，星星澜澜，

点缀着天然温暖的青毡，
青毡上青年的情耦，
情意胶胶，情话啾啾。

我点头微笑，南向前走，
观赏这青透春透的园囿，
树尽交柯，草也骈偶，
到处是缱绻，是绸缪。

雀儿在人前猥盼亵语，
人在草处心欢面赧，
我羡他们的双双对对，
有谁羡我孤独的徘徊？

孤独的徘徊！
我心须何尝不热奋震颤，
答应这青春的呼唤，
燃点着希望灿灿，
春呀！你在我怀抱中也！

（作于 1922 年，载于 1923 年 5 月 30 日《时事新报·学灯》。）

石虎胡同七号[①]

我们的小园庭，有时荡漾着无限温柔；
善笑的藤娘，袒酥怀任团团的柿掌绸缪，
百尺的槐翁，在微风中俯身将棠姑抱搂，
黄狗在篱边，守候睡熟的珀儿，它的小友，
小雀儿新制求婚的艳曲，在媚唱无休——
我们的小园庭，有时荡漾着无限温柔。

我们的小园庭，有时淡描着依稀的梦景；
雨过的苍茫与满庭荫绿，织成无声幽冥，
小蛙独坐在残兰的胸前，听隔院蚓鸣，
一片化不尽的雨云，倦展在老槐树顶，
掠檐前作圆形的舞旋，是蝙蝠，还是蜻蜓？——
我们的小园庭，有时淡描着依稀的梦景。

① 北京西单牌楼石虎胡同七号是北京松坡图书馆，专藏外文书籍之处。徐志摩曾在此工作过。

我们的小园庭，有时轻喟着一声奈何；
奈何在暴雨时，雨槌下捣烂鲜红无数，
奈何在新秋时，未凋的青叶惆怅地辞树，
奈何在深夜里，月儿乘云艇归去，西墙已度，
远巷薤露的乐音，一阵阵被冷风吹过——
我们的小园庭，有时轻喟着一声奈何。

我们的小园庭，有时沉浸在快乐之中；
雨后的黄昏，满院只美荫，清香与凉风，
大量的蹇翁，巨樽在手，蹇足直指天空，
一斤，两斤，杯底喝尽，满怀酒欢，满面酒红，
连珠的笑响中，浮沉着神仙似的酒翁——
我们的小园庭，有时沉浸在快乐之中。

（作于1923年7月）

月下雷峰影片

我送你一个雷峰塔影，
满天稠密的黑云与白云；
我送你一个雷峰塔顶，
明月泻影在眠熟的波心。

深深的黑夜，依依的塔影，
团团的月彩，纤纤的波鳞——
假如你我荡一支无遮的小艇，
假如你我创一个完全的梦境！

（本诗写于1923年9月26日，初收于1925年8月中华书局《志摩的诗》。）

沪杭车中

匆匆匆！催催催！
一卷烟，一片山，几点云影，
一道水，一条桥，一支橹声，
一林松，一丛竹，红叶纷纷；

艳色的田野，艳色的秋景，
梦境似的分明，模糊，消隐——
催催催！是车轮还是光阴？
催老了秋容，催老了人生！

（本诗作于1923年10月30日。发表于1923年《小说月报》第14卷第11号。）

去吧

去吧，人间，去吧！
我独立在高山的峰上；
去吧，人间，去吧！
我面对着无极的穹苍。

去吧，青年，去吧！
与幽谷的香草同埋；
去吧，青年，去吧！
悲哀付与暮天的群鸦。

去吧，梦乡，去吧！
我把幻景的玉杯摔破；
去吧，梦乡，去吧！
我笑受山风与海涛之贺。

去吧，种种，去吧！

当前有插天的高峰；
去吧，一切，去吧！
当前有无穷的无穷！

（本诗写于1924年5月20日，原题为《诗一首》，载于同年6月17日《晨报副刊》。）

沙扬娜拉[1]——赠日本女郎

最是那一低头的温柔，
像一朵水莲花不胜凉风的娇羞，
道一声珍重，道一声珍重，
那一声珍重里有蜜甜的忧愁——
沙扬娜拉！

（写于1924年5月。这是长诗《沙扬娜拉十八首》中的最后一首。《沙扬娜拉十八首》收入1925年8月版《志摩的诗》，再版时删去前十七首，仅留最后一首。）

① 沙扬娜拉，日语“再见”的音译。

为要寻一个明星

我骑着一匹拐腿的瞎马，
向着黑夜里加鞭；——
向着黑夜里加鞭，
我跨着一匹拐腿的瞎马。

我冲入这黑绵绵的昏夜，
为要寻一颗明星；——
为要寻一颗明星，
我冲入这黑茫茫的荒野。

累坏了，累坏了我胯下的牲口，
那明星还不出现；——
那明星还不出现，
累坏了，累坏了马鞍上的身手。

这回天上透出了水晶似的光明，

荒野里倒着一只牲口，

黑夜里躺着一具尸首。——

这回天上透出了水晶似的光明！

（写于1924年11月23日，载于1924年12月1日《晨报六周年纪念增刊》。）

雪花的快乐

假如我是一朵雪花，
翩翩的在半空里潇洒，
我一定认清我的方向——
飞扬，飞扬，飞扬，——
这地面上有我的方向。

不去那冷寞的幽谷，
不去那凄清的山麓，
也不上荒街去惆怅——
飞扬，飞扬，飞扬，——
你看，我有我的方向！

在半空里娟娟的飞舞，
认明了那清幽的住处，
等着她来花园里探望——
飞扬，飞扬，飞扬，——

啊，她身上有朱砂梅的清香！

那时我凭借我的身轻，
盈盈的，沾住了她的衣襟，
贴近她柔波似的心胸——
消溶，消溶，消溶——
溶入了她柔波似的心胸！

（写于1924年12月30日。发表于1925年1月17日《现代评论》第一卷第6期。）

残诗

怨谁？怨谁？这是青天里打雷？
关着，锁上；赶明儿瓷花砖上堆灰！
别瞧这白石台阶儿光滑，赶明儿，唉，
石缝里长草，石板上青青的全是莓！
那廊下的青玉缸里养着鱼，真凤尾，
可还有谁给换水，谁给捞草，谁给喂？
要不了三五天准翻着白肚鼓着眼，
不浮着死，也就让冰分儿压一个扁！
顶可怜是那几个红嘴绿毛的鹦哥，
让娘娘教得顶乖，会跟着洞箫唱歌，
真娇养惯，喂食一迟，就叫人名儿骂，
现在，您叫去！就剩空院子给您答话！……

（写于1925年1月，载于同年1月15日《晨报·文学旬刊》。）

这是一个懦怯的世界

这是一个懦怯的世界，
容不得恋爱，容不得恋爱！
披散你的满头发，
赤露你的一双脚；
跟着我来，我的恋爱，
抛弃这个世界
殉我们的恋爱！

我拉着你的手，
爱，你跟着我走；
听凭荆棘把我们的脚心刺透，
听凭冰雹劈破我们的头，
你跟着我走，
我拉着你的手，
逃出了牢笼，恢复我们的自由！

跟着我来，
我的恋爱！
人间已经掉落在我们的后背，——
看呀，这不是白茫茫的大海？
白茫茫的大海，
白茫茫的大海，
无边的自由，我与你与恋爱！

顺着我的指头看，
那天边一小星的蓝——
那是一座岛，岛上有青草，
鲜花，美丽的走兽与飞鸟；
快上这轻快的小艇，
去到那理想的天庭——
恋爱，欢欣，自由——
辞别了人间，永远！

（写于1925年2月，收于1925年8月中华书局《志摩的诗》。）

我有一个恋爱

我有一个恋爱，
我爱天上的明星；
我爱他们的晶莹：——
人间没有这异样的神明。

在冷峭的暮冬的黄昏，
在寂寞的灰色的清晨，
在海上，在风雨后的山顶：——
永远有一颗，万颗的明星！

山涧边小草花的知心，
高楼上小孩童的欢欣，
旅行人的灯亮与南针：——
万万里外闪烁的精灵！

我有一个破碎的魂灵，

像一堆破碎的水晶，
散布在荒野的枯草里：——
饱啜你一瞬瞬的殷勤。

人生的冰激与柔情，
我也曾尝味，我也曾容忍；
有时阶砌下蟋蟀的秋吟：——
引起我心伤，逼迫我泪零。

我袒露我的坦白的胸襟，
献爱与一天的明星，
任凭人生是幻是真，
地球存在或是消泯：——
天空中永远有不昧的明星！

（写作时间和发表报刊不详。收入1925年8月中华书局《志摩的诗》。）

翡冷翠的一夜[①]

你真的走了，明天？那我，那我，……
你也不用管，迟早有那一天；
你愿意记着我，就记着我，
要不然趁早忘了这世界上
有我，省得想起时空着恼，
只当是一个梦，一个幻想；
只当是前天我们见的残红，
怯怜怜的在风前抖擞，一瓣，
两瓣，落地，叫人踩，变泥……
唉，叫人踩，变泥——变了泥倒干净，
这半死不活的才叫是受罪，
看着寒伧，累赘，叫人白眼——
天呀！你何苦来，你何苦来……
我可忘不了你，那一天你来，

① 翡冷翠，Florence，现通译为佛罗伦萨，意大利一个城市的名字。

就比如黑暗的前途见了光彩，
你是我的先生，我爱，我的恩人，
你教给我什么是生命，什么是爱，
你惊醒我的昏迷，偿还我的天真。
没有你我哪知道天是高，草是青?
你摸摸我的心，它这下跳得多快;
再摸我的脸，烧得多焦，亏这夜黑
看不见;爱，我气都喘不过来了，
别亲我了;我受不住这烈火似的活，
这阵子我的灵魂就像是火砖上的
熟铁，在爱的锤子下，砸，砸，火花
四散的飞洒……我晕了，抱着我，
爱，就让我在这儿清静的园内，
闭着眼，死在你的胸前，多美!
头顶白杨树上的风声，沙沙的，
算是我的丧歌，这一阵清风，
橄榄林里吹来的，带着石榴花香，
就带了我的灵魂走，还有那萤火，
多情的殷勤的萤火，有他们照路，
我到了那三环洞的桥上再停步，
听你在这儿抱着我半暖的身体，
悲声的叫我，亲我，摇我，咂我，……
我就微笑的再跟着清风走，
随他领着我，天堂，地狱，哪儿都成，
反正丢了这可厌的人生，实现这死
在爱里，这爱中心的死，不强如
五百次的投生?……自私，我知道，

可我也管不着……你伴着我死?
什么，不成双就不是完全的“爱死”，
要飞升也得两对翅膀儿打伙，
进了天堂还不一样的要照顾，
我少不了你，你也不能没有我;
要是地狱，我单身去你更不放心，
你说地狱不定比这世界文明
(虽则我不信，)像我这娇嫩的花朵，
难保不再遭风暴，不叫雨打，
那时候我喊你，你也听不分明，——
那不是求解脱反投进了泥坑，
倒叫冷眼的鬼串通了冷心的人，
笑我的命运，笑你懦怯的粗心?
这话也有理，那叫我怎么办呢?
活着难，太难，就死也不得自由，
我又不愿你为我牺牲你的前程……
唉!你说还是活着等，等那一天!
有那一天吗?——你在，就是我的信心;
可是天亮你就得走，你真的忍心
丢了我走?我又不能留你，这是命;
但这花，没阳光晒，没甘露浸，
不死也不免瓣尖儿焦萎，多可怜!
你不能忘我，爱，除了在你的心里，
我再没有命;是，我听你的话，我等，
等铁树儿开花我也得耐心等;
爱，你永远是我头顶的一颗明星:
要是不幸死了，我就变一个萤火，

在这园里，挨着草根，暗沉沉的飞，
黄昏飞到半夜，半夜飞到天明，
只愿天空不生云，我望得见天，
天上那颗不变的大星，那是你，
但愿你为我多放光明，隔着夜，
隔着天，通着恋爱的灵犀一点……

六月十一日，一九二五年翡冷翠山中

（本诗作于1925年6月11日，载于1926年1月2日《现代评论》第3卷第56期。）

起造一座墙

你我千万不可亵渎那一个字，
别忘了在上帝跟前起的誓。
我不仅要你最柔软的柔情，
蕉衣似的永远裹着我的心；
我要你的爱有纯钢似的强，
在这流动的生里起造一座墙；
任凭秋风吹尽满园的黄叶，
任凭白蚁蛀烂千年的画壁；
就使有一天霹雳震翻了宇宙，——
也震不翻你我“爱墙”内的自由！

（写于 1925 年 8 月，载于同年 9 月 5 日《现代评论》第 2 卷第 39 期。）

呻吟语

我亦愿意赞美这神奇的宇宙，
我亦愿意忘却了人间有忧愁，
像一只没挂累的梅花雀，
清朝上歌唱，黄昏时跳跃；——
假如她清风似的常在我的左右！

我亦想望我的诗句清水似的流，
我亦想望我的心池鱼似的悠悠；
但如今膏火是我的心，
再休问我闲暇的诗情？——
上帝！你一天不还她生命与自由！

（写于1925年8月。发表于1925年9月3日《晨报副刊》。）

我来扬子江边买一把莲蓬

我来扬子江边买一把莲蓬；
手剥一层层莲衣，
看江鸥在眼前飞，
忍含着一眼悲泪——
我想着你，我想着你，啊小龙！

我尝一尝莲瓤，回味曾经的温存：——
那阶前不卷的重帘，
掩护着同心的欢恋，
我又听着你的盟言，
“永远是你的，我的身体，我的灵魂。”

我尝一尝莲心，我的心比莲心苦；
我长夜里怔忡，
挣不开的噩梦，
谁知我的苦痛？

你害了我，爱，这日子叫我如何过？

但我不能责你负，我不忍猜你变，
我心肠只是一片柔：
你是我的！我依旧将你紧紧的抱搂——
除非是天翻——但谁能想象那一天？

（本诗写于1925年9月9日，载于1925年10月29日《晨报副刊》。）

再别康桥

轻轻的我走了，
正如我轻轻的来；
我轻轻的招手，
作别西天的云彩。

那河畔的金柳，
是夕阳中的新娘；
波光里的艳影，
在我的心头荡漾。

软泥上的青荇，
油油的在水底招摇；
在康河的柔波里，
我甘心做一条水草！

那榆荫下的一潭，

不是清泉，是天上虹，
揉碎在浮藻间，
沉淀着彩虹似的梦。

寻梦？撑一支长篙，
向青草更青处漫溯；
满载一船星辉，
在星辉斑斓里放歌。

但我不能放歌，
悄悄是别离的笙箫；
夏虫也为我沉默，
沉默是今晚的康桥！

悄悄的我走了，
正如我悄悄的来；
我挥一挥衣袖，
不带走一片云彩。

十一月六日中国海上

（作于1928年11月6日，载于1928年12月10日《新月》第1卷第10号。）

散文

印度洋上的秋思

昨夜中秋。黄昏时西天挂下一大帘的云母屏，掩住了落日的光潮，将海天一体化成暗蓝色，寂静得如黑衣尼在圣座前默祷。过了一刻，即听得船梢布篷上窸窸窣窣啜泣起来，低压的云夹着迷蒙的雨色，将海线逼得像湖一般窄，沿边的黑影，也辨认不出是山是云，但涕泪的痕迹，却满布在空中水上。

又是一番秋意！那雨声在急骤之中，有零落萧疏的况味，连着阴沉的气氲，只是在我灵魂的耳畔私语道："秋"！我原来无欢的心境，抵御不住那样温婉的浸润，也就开放了春夏间所积受的秋思，和此时外来的怨艾构合，产出一个弱的婴儿——"愁"。

天色早已沉黑，雨也已休止。但方才啜泣的云，还疏松地幕在天空，只露着些惨白的微光，预告明月已经装束齐整，专等开幕。同时船烟正在莽莽苍苍地吞吐，筑成一座蟒鳞的长桥，直联及西天尽处，和轮船泛出的一流翠波白沫，上下对照，留恋西来的踪迹。

北天云幕豁处，一颗鲜翠的明星，喜孜孜地先来问探消息，像新嫁媳的侍婢，也穿扮得遍体光艳。但新娘依然姗姗未出。

我小的时候，每于中秋夜，呆坐在楼窗外等看"月华"。若然天上有云雾缭绕，我就替“亮晶晶的月亮”担忧。若然见了鱼鳞似的云彩，我的小心就欣欣怡悦，默祷着月儿快些开花，因为我常听人说只要有“瓦楞”云，就有月华；但在月光放彩以前，我母亲早已逼我去上床，所以月华只是我脑筋里一个不曾实现的想象，直到如今。

现在天上砌满了瓦楞云彩，霎时间引起了我早年许多有趣的记忆——但我的纯洁的童心，如今哪里去了！

月光有一种神秘的引力。她能使海波咆哮，她能使悲绪生潮。月下的喟息可以结聚成山，月下的情泪可以培畤百亩的畹兰，千茎的紫琳耿。我疑悲哀是人类先天的遗传，否则，何以我们儿年不知悲感的时期，有时对着一泻的清辉，也往往凄心滴泪呢？

但我今夜却不曾流泪。不是无泪可滴，也不是文明教育将我最纯洁的本能锄净，却为是感觉了神圣的悲哀，将我理解的好奇心激动，想学契古特白登来解剖这神秘的“眸冷骨累”。冷的智永远是热的情的死仇。他们不能相容的。

但在这样浪漫的月夜，要来练习冷酷的分析，似乎不近人情！所以我的心机一转，重复将锋快的智力剧起，让沉醉的情泪自然流转，听他产生什么音乐，让绻缱的诗魂漫自低回，看他寻出什么梦境。

明月正在云岩中间，周围有一圈黄色的彩晕，一阵阵的轻霭，在她面前扯过。海上几百道起伏的银沟，一齐在微叱凄其的音节，此外不受清辉的波域，在暗中坟坟涨落，不知是怨是慕。

我一面将自己一部分的情感，看入自然界的现象，一面拿着纸笔，痴望着月彩，想从她明洁的辉光里，看出今夜地面上秋思的痕迹，希冀她们在我心里，凝成高洁情绪的菁华。因为她光明的捷足，今夜遍走天涯，人间的恩怨，哪一件不经过她的慧眼呢？

印度的 Ganges（埂奇）河边有一座小村落，村外一个榕绒密绣的湖边，坐着一对情醉的男女，他们中间草地上放着一尊古铜香炉，烧着上品的水息，那温柔婉恋的烟篆，沉馥香浓的热气，便是他们爱感的象征。月光从云端里轻俯下来，在那女子脑前的珠串上，水息的烟尾上，印下一个慈吻，微哂，重复登上她的云艇，上前驶去。

一家别院的楼上，窗帘不曾放下，几枝肥满的桐叶正在玻璃上摇曳斗趣，月光窥见了窗内一张小蚊床上紫纱帐里，安眠着一个安琪儿似的小孩，她轻轻挨进身去，在他温软的眼睫上，嫩桃似的腮上，抚摩了一会。又将她银色的纤指，理齐了他脐圆的额发，蔼然微哂着，又回她的云海去了。

一个失望的诗人，坐在河边一块石头上，满面写着忧郁的神情，他爱人的仙影，在他胸中像河水似的流动，他又不能在失望的渣滓里榨出些微甘液，他张开两手，仰着头，让大慈大悲的月光，那时正在过路，洗沐他泪腺湿肿的眼眶，他似乎感觉到清心的安慰，立即摸出一枝笔，在白衣襟上写道："月光，你是失望儿的乳娘！"

面海一座柴屋的窗棂里，望得见屋里的内容：一张小桌上放着半块面包和几条冷肉，晚餐的剩余，窗前几上开着一本家用的圣经，炉架上两座点着的烛台，不住地在流泪，旁边坐着一个皱面驼腰的老妇人，两眼半闭不闭地落在伏在她膝上悲泣的一个少妇，她的长裙散在地板上像一只大花蝶。老妇人掉头向窗外望，只见远远海涛起伏，和慈祥的月光在拥抱蜜吻，她叹了声气向着斜照在圣经上的月彩嗫道：

"真绝望了！真绝望了！"

她独自在她精雅的书室里，把灯火一齐熄了，倚在窗口一架藤椅上，月光从东墙肩上斜泻下去，笼住她的全身，在花砖上幻出一个窈窕的倩影，她两根垂辫的发梢，她微澹的媚唇，和庭前几茎高峙的玉兰花，都在静谧的月色中微颤，她加她的呼吸，吐出一股幽香，不但邻近的花草，连月儿闻了，也禁不住迷醉，她腮边天然的妙涡，已有好几日不圆满：她瘦损了。但她在想什么呢？月光，你能否将我的梦魂带去，放在离她三五尺的玉兰花枝上。

威尔斯西境一座矿床附近，有三个工人，口衔着笨重的烟斗，在月光中间坐。他们所能想到的话都已讲完，但这异样的月彩，在他们对面的松林，左首的溪水上，平添了不可言语比说的妩媚，惟有他们工余倦极的眼珠不阖，彼此不约而同今晚较往常多抽了两斗的烟，但他们矿火熏黑，煤块擦黑的面容，表示他们心灵的薄弱，在享乐烟斗以外，虽然秋月溪声的戟刺，也不能有精美情绪之反感。等月影移西一些，他们默默地扑出了一斗灰，起身进屋，各自登床睡去。月光从屋背飘眼望进去，只见他们都已睡熟；他们即使有梦，也无非矿内矿外的景色！

月光渡过了爱尔兰海峡，爬上海尔佛林的高峰，正对着静默的红潭。潭水凝定得像一大块冰，铁青色。四周斜坦的小峰，全都满铺着蟹青和蛋白色的岩片碎石，一株矮树都没有。沿潭间有些丛草，那全体形势，正像一大青碗，现在满盛了清洁的月辉，静极了，草里不闻虫吟，水里不闻鱼跃；只有石缝里潜涧沥淅之声，断续地作响，仿佛一座大教堂里点着一星小火，益发对照出静穆宁寂的境界，月儿在铁色的潭面上，倦倚了半晌，重复拔起她的银舄，过山去了。

昨天船离了新加坡以后，方向从正东改为东北，所以前几天的船梢正对落日，此后“晚霞的工厂”渐渐移到我们船向的左手来了。

昨夜吃过晚饭上甲板的时候，船右一海银波，在犀利之中涵有幽秘的彩色，凄清的表情，引起了我的凝视。那放银光的圆球正挂在你头上，如其起靠着船头仰望。她今夜并不十分鲜艳：她精圆的芳容上似乎轻笼着一层藕灰色的薄纱；轻漾着一种悲喟的音调；轻染着几痕泪化的雾霭。她并不十分鲜艳，然而她素洁温柔的光线中，犹之少女浅蓝妙眼的斜瞟；犹之春阳融解在山巅白云反映的嫩色，含有不可解的迷力，媚态，世间凡具有感觉性的人，只要承沐着她的清辉，就发生也是不可理解的反应，引起隐复的内心境界的紧张，——像琴弦一样，——人生最微妙的情绪，戟震生命所蕴藏高洁名贵创现的冲动。有时在心理状态之前，或于同时，撼动躯体的组织，使感觉血液中突起冰流之冰流，嗅神经难禁之酸辛，内藏汹涌之跳动，泪腺之骤热与润湿。那就是秋月兴起的秋思——愁。

昨晚的月色就是秋思的泉源，岂止，直是悲哀幽骚悱怨沉郁的象征，是季候运转的伟剧中最神秘亦最自然的一幕，诗艺界最凄凉亦最微妙的一个消息。

今夜月明人尽望，不知秋思在谁家。

中国字形具有一种独一的妩媚，有几个字的结构，我看来纯是艺术家的匠心：这也是我们国粹之尤粹者之一。譬如“秋”字，已经是一个极美的字形：“愁”字更是文字史上有数的杰作；有石开湖晕，风扫松针的妙处，这一群点画的配置，简直经过柯罗的画篆，米佗朗其罗的雕圭，Chopin的神感；像——用一个科学的比喻——原子的结构，将旋转宇宙的大力收缩成一个无形无踪的电核；这十三笔造成的象征，似乎是宇宙和人生悲惨的现象和经验，吁嗟和涕泪，所凝成最纯粹精密的结晶，满充了催迷的秘力。你若然有高蒂闲（Gautier）异超的知感性，定然可以梦到，愁字变形为秋霞黯绿色的通明宝玉，若用银槌轻击之，当吐银色的幽咽电蛇似腾入云天。

我并不是为寻秋意而看月，更不是为觅新愁而访秋月；蓄意沉浸于悲哀的生活，是丹德所不许的。我盖见月而感秋色，因秋窗而拈新愁：人是一簇脆弱而富于反射性的神经！

我重复回到现实的景色，轻裹在云锦之中的秋月，像一个遍体蒙纱的女郎，她那团圆清朗的外貌像新娘，但同时她幂弦的颜色，那是藕灰，她踯躅的行踵，掩泣的痕迹，又使人疑是送丧的丽姝。所以我曾说：

“秋月呀？

我不盼望你团圆。”

这是秋月的特色，不论她是悬在落日残照边的新镰，与“黄昏晓”竞艳的眉钩，中宵斗没西陲的金碗，星云参差间的银床，以至一轮腴满的中秋，不论盈昃高下，总在原来澄爽明秋之中，遍洒着一种我只能称之为“悲哀的轻霭”，和“传愁的以太”。即使你原来无愁，见此也禁不得沾染那“灰色的音调”，渐渐兴感起来！

秋月呀！

谁禁得起银指尖儿

浪漫地搔爬呵！

不信但看那一海的轻涛，可不是禁不住她一指的抚摩，在那里低徊饮泣呢！就是那：

无聊的云烟，

秋月的美满，

熏暖了飘心冷眼，

也清冷地穿上了轻缟的衣裳，

来参与这

美满的婚姻和丧礼。

十月六日志摩

（原刊 1922 年 12 月 29 日《晨报副刊》）

就使打破了头，也还要保持我灵魂的自由

照群众行为看起来，中国人是最残忍的民族。照个人行为看起来，中国人大多数是最无耻的个人。慈悲的真义是感觉人类应感觉的感觉，和有胆量来表现内动的同情。中国人只会在杀人场上听小热昏，决不会在法庭上贺喜判决无罪的刑犯；只想把洁白的人齐拉入混浊的水里，不会原谅拿人格的头颅去撞开地狱门的牺牲精神。只是"幸灾乐祸""投井下石"，不会冒一点子险去分肩他人为正义而奋斗的负担。

从前在历史上，我们似乎听见过有什么义呀侠呀，什么当仁不让，见义勇为的榜样呀，气节呀，廉洁呀，等等。如今呢，只听见神圣的职业者接受蜜甜的"冰炭敬"，磕拜寿祝福的响头，到处只见拍卖人格"贱卖灵魂"的招贴。这是革命最彰明的成绩，这是华族民国最动人的广告！

"无理想的民族必亡"，是一句不刊的真言。我们目前的社会政治走的只是卑污苟且的路，最不能容许的是理想，因为理想好比一面大镜子，若然摆在面前，一定照出魑魅魍魉的丑迹。莎士比亚的丑鬼卡立朋（Caliban）有时在海水里照出自己的尊容，总是老羞成怒的。

所以每次有理想主义的行为或人格出现，这卑污苟且的社会一定

不能容忍；不是拳打脚踢，也总是冷嘲热讽，总要把那三闾大夫硬推入汨罗江底，他们方才放心。

我们从前是儒教国，所以从前理想人格的标准是智仁勇。现在不知道变成什么国了，但目前最普通人格的通性，明明是愚暗残忍懦怯，正得一个反面。但是真理正义是永生不灭的圣火，也许有时被蒙盖掩翳罢了。大多数的人一天二十四点钟的时间内，何尝没有一刹那清明之气的回复？但是谁有胆量来想他自己的想，感觉他内动的感觉，表现他正义的冲动呢？

蔡元培所以是个南边人说的“戆大”，愚不可及的一个书呆子，卑污苟且社会里的一个最不合时宜的理想者。所以他的话是没有人能懂的；他的行为是极少数人——如真有——敢表同情的；他的主张，他的理想，尤其是一盆飞旺的炭火，大家怕炙手，如何敢去抓呢？

“小人知进而不知退，”

“不忍为同流合污之苟安，”

“不合作主义，”

“为保持人格起见……”

“生平仅知是非公道，从不以人为单位。”

这些话有多少人能懂，有多少人敢懂？

这样的一个理想者，非失败不可；因为理想者总是失败的。若然理想胜利，那就是卑污苟且的社会政治失败——那是一个过于奢侈的希望了。

有知识有胆量能感觉的男女同志，应该认明此番风潮是个道德问题。随便彭允彝京津各报如何淆惑，如何谣传，如何去牵涉政党，总不能掩没这风潮里面一点子理想的火星。要保全这点子小小的火星不灭，是我们的责任，是我们良心上的负担；我们应该积极同情这番拿人格头颅去撞开地狱门的精神。

（原刊 1923 年 1 月 28 日《努力周报》第 39 期）

曼殊斐尔

“这心灵深处的欢畅，
这情绪境界的壮旷；
任天堂沉沦，地狱开放，
毁不了我内府的宝藏！”
——《康河晚照即景》

美感的记忆，是人生最可珍的产业，认识美的本能是上帝给我们进天堂的一把秘钥。

有人的性情，例如我自己的，如以气候作喻，不但是阴晴相间，而且常有狂风暴雨，也有最艳丽蓬勃的春光。有时遭逢幻灭，引起厌世的悲观，铅般的重压在心上，比如冬令阴霾，到处冰结，莫有些微生气。那时便怀疑一切，宇宙、人生、自我，都只是幻的妄的；人情、希望、理想，也只是妄的幻的。

Ah，human nature，how，
If utterly frail thou art and vile，
If dust thou art and ashes，is thy heart so great？

If thou art noble in part,
How are thy loftiest impulses and thoughts
By so ignobles causes kindled and put out ?
"Sopra un ritratto di una bella donna."

这几行是最深入的悲观派诗人理巴第（Leopardi）的诗。一座荒坟的墓碑上，刻着冢中人生前美丽的肖像，激起了他这根本的疑问——若说人生是有理可寻的，何以到处只是矛盾的现象，若说美是幻的，何以引起的心灵反动能有如此之深刻，若说美是真的，何以也与常物同归腐朽？但理巴第探海灯似的智力虽则把人间种种事物虚幻的外象一一给褫剥了，连宗教都剥成了个赤裸的梦，他却没有力量来否认美！美的创现他只能认为是神奇的，他也不能否认高洁的精神恋，虽则他不信女子也能有同样的境界。在感美感恋最纯粹的一刹那间，理巴第不能不承认是极乐天国的消息，不能不承认是生命中最宝贵的经验。所以我每次无聊到极点的时候，在层冰般严封的心河底里，突然涌起一股消融一切的热流，顷刻间消融了厌世的结晶，消融了烦闷的苦冻。那热流便是感美感恋最纯粹的一俄顷之回忆。

To see a world in a grain of sand,
And a Heaven in a wild flower,
Hold Infinity in the palm of your hand ,
And eternity in an hour…
–Auguries of Innoence by William Blake
从一颗沙里看出世界，
天堂的消息在一朵野花，
将无限存在你的掌上。
刹那间涵有无穷的边涯……

这类神秘性的感觉，当然不是普遍的经验，也不是常有的经验。凡事只讲实际的人，当然嘲讽神秘主义，当然不能相信科学可解释的神经作用，会发生科学所不能解释的神秘感觉。但世上“可为知者道不可与不知者言”的事正多着哩!

从前在十六世纪,有一次有一个意大利的牧师学者到英国乡下去，见了一大片盛开的苜蓿在阳光中竟同一湖欢舞的黄金，他只惊喜得手足无措，慌忙跪在地上，仰天祷告，感谢上帝的恩典，使他见得这样的美，这样的神景。他这样发疯似的举动当时一定招起在旁乡下人的哗笑。我这篇要讲的经历，恐怕也有些那牧师狂喜的疯态，但我也深信读者里自有同情的人，所以我也不怕遭乡下人的笑话!

去年七月中有一天晚上，天雨地湿，我独自冒着雨在伦敦的海姆司堆特（Hampstead）问路警，问行人，在寻彭德街第十号的屋子。那就是我初次，不幸也是末次，会见曼殊斐尔——“那二十分不死的时间!”——的一晚。

我先认识麦雷君（John Middleton Murry），Athenaeum 的总主笔，诗人，著名的评衡家，也是曼殊斐尔一生最后十余年间最密切的伴侣。

他和她自一九一三年起，即夫妇相处，但曼殊斐尔却始终用她到英国以后的笔名 Katherine Mansfield。她生长于纽新兰（New Zealand），原名是 Kathleen Beanchamp，是纽新兰银行经理 Sir Harold Beanchamp 的女儿，她十五年前离开了本乡，同着三个小妹子到英国，进伦敦大学皇后学院读书。她从小就以美慧著名，但身体也从小即很怯弱，她曾在德国住过，那时她写她的第一本小说 In a German Pension，大战期内她在法国的时候多，近几年她也常在瑞士、意大利及法国南部。她所以常在外国，就为她身体太弱，禁不得英伦的雾迷雨苦的天时，麦雷为了伴她也只得把一部分的事业放弃（Athenaeum 之所以并入 London Nation 就为此），跟着他安琪儿似的爱妻，寻求健康。据说可怜的曼殊斐尔战后得了肺病证明以后，医生明说她不过两三年的寿限，所以麦雷和她相处有限的光阴，真是分秒可数，多见一次夕照，多经一度朝旭，她优昙似的余荣，便也消减了如许的活力，这颇使人想起茶花女一面吐血一面纵酒恣欢时的名句：

"You know I have not long to live,

Therefore I will live fast!"

——"你知道我是活不久长的，

所以我存心活他一个痛快！"

我正不知道多情的麦雷，眼看这艳丽无双的夕阳，渐渐消翳，心里"爱莫能助"的悲感，浓烈到何等田地！

但曼殊斐尔的"活他一个痛快"的方法，却不是像茶花女的纵酒恣欢，而是在文艺中努力；她像夏夜榆林中的鹃鸟，呕出缕缕的心血来制成无双的情曲，便唱到血枯音嘶，也还不忘她的责任是牺牲自己有限的精力，替自然界多增几分的美，给苦闷的人间几分艺术化精神的安慰。

她心血所凝成的便是两本小说集，一本是 Bliss，一本是去年出版的 Garden Party。凭这两部书里的二三十篇小说，她已经在英国的文学界里占了一个很稳固的位置。一般的小说只是小说，她的小说却是纯粹的文学，真的艺术；平常的作者只求暂时的流行，博群众的欢迎，她却只想留下几小块"时灰"掩不暗的真晶，只要得少数知音者的赞赏。

但唯其是纯粹的文学，她的著作的光彩是深蕴于内而不是显露于外的，其趣味也须读者用心咀嚼，方能充分的理会，我承作者当面许可选译她的精品，如今她已去世，我更应珍重实行我翻译的特权，虽则我颇怀疑我自己的胜任，我的好友陈通伯他所知道的欧洲文学恐怕在北京比谁都更渊博些，他在北大教短篇小说，曾经讲过曼殊斐尔的，很使我欢喜。他现在答应也来选译几篇，我更要感谢他了。关于她短篇艺术的长处，我也希望通伯能有机会说一说。

现在让我讲那晚怎样的会晤曼殊斐尔。早几天我和麦雷在 Charing Cross 背后一家嘈杂的 A.B.C. 茶店里，讨论英法文坛的状况。我乘便说起近几年中国文艺复兴的趋向，在小说里感受俄国作者的影响最深，他喜的几于跳了起来，因为他们夫妻最崇拜俄国的几位大家，他曾经特别研究过道施滔庖符斯基，著有一本 Dostoyevsky：A Critical Study，曼殊斐尔又是私淑契诃夫 Chekhov 的，他们常在抱憾俄国文学始终不曾受英国人相当的注意，因之小说的质与式，还脱不尽维多利亚时期的 Philistinism。我又乘便问起曼殊斐尔的近况，他说她这一时身体颇过得去，所以此次敢伴着她回伦敦来住两个星期，他就给了我他们的住址，请我星期四晚上去会她和他们的朋友。

所以我会见曼殊斐尔，真算是凑巧的凑巧，星期三那天我到惠尔思（H.G.Wells）乡里的家去了（Easten Clebe），下一天和他的夫人一同回伦敦，那天雨下得很大，我记得回寓时浑身都淋湿了。

他们在彭德街的寓处，很不容易找，（伦敦寻地方总是麻烦的，我恨极了那个回街曲巷的伦敦。）后来居然寻着了，一家小小一楼一底的屋子，麦雷出来替我开门，我颇狼狈的拿着雨伞还拿着一个朋友还我的几卷中国字画。进了门，我脱了雨具，他让我进右首一间屋子，我到那时为止对于曼殊斐尔只是对一个有名的年轻女作家的景仰与期望；至于她的“仙姿灵态”我那时绝对没有想到，我以为她只是与 Rose Macaulay，Virginia Woolf，Roma Wilson，Vanessa Bell 几位女文学家的同流人物。平常男子文学家与美术家，已经尽够怪僻，近代女子文学家更似乎故意养成怪僻的习惯，最显著的一个通习是装饰之务淡朴，务不入时，务“背女性”。头发是剪了的，又不好好的收拾，一团和糟的散在肩上；袜子永远是粗纱的；鞋上不是沾有泥就是带灰，并且大都是最难看的样式；裙子不是异样的短就是过分的长，眉目间也许有一两圈“天才的黄晕”，或是带着最可厌的美国式龟壳大眼镜，但她们的脸上却从不见脂粉的痕迹，手上装饰亦是永远没有的，至多无非是多烧了香烟的焦痕，哗笑的声音十次里有九次半盖过同座的男子；走起路来也是挺胸凸肚的，再也辨不出是夏娃的后身；开起口来大半是男子不敢出口的话，当然最喜欢讨论的是 Freudian Complex，

Birth Control 或是 George Moore 与 James Joyce 私人印行的新书，例如 A Storytellers Holiday 与 Ulysses。总之她们的全人格只是妇女解放的一幅讽刺画（Amy Lowell 听说整天的抽大雪茄！），和这一班立意反对上帝造人的本意的“唯智的”女子在一起，当然也有许多有趣味的地方。但有时总不免感觉她们矫揉造作的痕迹过深，引起一种性的憎忌。

我当时未见曼殊斐尔以前，固然并没有想她是这样一流的 Futuristic，但也绝对没有梦想到她是女性的理想化。

所以我推进那房门的时候，我就盼望她——一个将近中年和蔼的妇人——笑盈盈的从壁炉前沙发上站起来和我握手问安。

但房里——一间狭长的壁炉对门的房——只见鹅黄色恬静的灯光，壁上炉架上杂色的美术的陈设和画件，几件有彩色画套的沙发围列在炉前，却没有一半个人影。麦雷让我一张椅上坐了，伴着我谈天，谈的是东方的观音和耶教的圣母，希腊的 Virgin Diana，埃及的 Isis，波斯的 Mithraism 里的 Virgin 等等之相仿佛，似乎处女的圣母是所有宗教里一个不可少的象征……我们正讲着，只听门上一声剥啄，接着进来了一位年轻的女郎，含笑着站在门口，“难道她就是曼殊斐尔——这样的年轻……”我心里在疑惑。她一头的褐色卷发，盖着一张小圆脸，眼极活泼，口也很灵动，配着一身极鲜艳的衣装——漆鞋，绿丝长袜，银红绸的上衣，酱紫的丝绒围裙——亭亭的立着，像一棵临风的郁金香。

麦雷起来替我介绍，我才知道她不是曼殊斐尔，而是屋主人，不知是密司 Beir 还是 Beek，我记不清了，麦雷是暂寓在她家的。她是个画家，壁挂的画，大都是她自己的作品，她在我对面的椅上坐了，她从炉架上取下一个小发电机似的东西拿在手里，头上又戴了一个接电话生戴的听箍，向我凑得很近的说话，我先还当是无线电的玩具，随后方知这位秀美的女郎，听觉和我自己的视觉仿佛，要借人为方法来补充先天的不足。

（我那时就想起聋美人是个好诗题，对她私语的风情是不可能的了！）

她正坐定，外面的门铃大响——我疑心她的门铃是特别响些，来的是我在法兰先生（Roger Fry）家里会过的 Sydney Waterloo，极诙谐的一位先生，有一次他从他巨大的口袋里一连掏出了七八枝的烟斗，大的小的长的短的各种颜色的，叫我们好笑。他进来就问麦雷，迦赛林今天怎样。我竖起了耳朵听他的回答，麦雷说“她今天不下楼了，天气太坏，谁都不受用……”华德鲁就问他可否上楼去看她，麦说可以的，华又问了密司 B 的允许站了起来，他正要走出门，麦雷又赶过去轻轻的说“Sydney，don ' t talk too much.”

楼上微微听得步响，W 已在迦赛林房中了。一面又来了两个客，一个短的 M 才从希腊回来，一个轩昂的美丈夫，就是 London Nation and Athenaeum 里每周做科学文章署名 S 的 Sullivan。M 就讲他游历希腊的情形，尽背着古希腊的史迹名胜，Parnassus 长，Mycenae 短，讲个不住。S 也问麦雷迦赛林如何，麦说今晚不下楼，W 现在楼上。过了半点钟模样，W 笨重的足音下来了，S 就问他迦赛林倦了没有，W 说“不，不像倦，可是我也说不上，我怕她累，所以我下来了。”再等一歇，S 也问了麦雷的允许上楼去，麦也照样叮咛他不要让她乏了。麦问我中国的书画，我乘便就拿那晚带去的一幅赵之谦的“草书法画梅”，一幅王觉斯的草书，一幅梁山舟的行书，打开给他们看，讲了些书法大意，密司 B 听得高兴，手捧着她的听盘，挨近我身旁坐着。

但我那时心里却颇觉失望，因为冒着雨存心要来一会 Bliss 的作者，偏偏她又不下楼；同时 W，S，麦雷的烘云托月，又增加了我对她的好奇心，我想运气不好，迦赛林在楼上，老朋友还有进房去谈的特权，我外国人的生客，一定是没有份的了。我只得起身告别，走出房门，麦雷陪出来帮我穿雨衣，我一面穿衣，一面说我很抱歉，今晚密司曼殊斐尔不能下来，否则我是很想望会她一面的。不意麦雷竟很诚恳的说：“如其你不介意，不妨请上楼去一见。”我听了这话喜出望外立即将雨衣脱下，跟着麦雷一步一步地走上楼梯……

上了楼梯，叩门，进房，介绍，S告辞，和M一同出房，关门，她请我坐下，我坐下，她也坐下……这么一大串繁复的手续，我只觉得是像电火似的一扯过，其实我只推想应有这么些的经过，却并不曾觉到；当时只觉得一阵模糊，事后每次回想也只觉得是一阵模糊，我们平常从黑暗的街上走进一间灯烛辉煌的屋子，或是从光薄的屋子里出来骤然对着盛烈的阳光，往往觉得耀光太强，头晕目眩的，得定一定神，方能辨认眼前的事物。用英文说就是 Senses overwhelmed by excessive light，不仅是光，浓烈的颜色有时也有"潮没"官觉的效能。我想我那时，虽不定是被曼殊斐尔人格的烈光所潮没，她房里的灯光陈设以及她自身衣饰种种各品浓艳灿烂的颜色，已够使我不预防的神经，感觉刹那间的淆惑，那是很可理解的。

她的房给我的印象并不清切，因为她和我谈话时不容我分心去认记房中的布置，我只知道房是很小，一张大床差不多就占了全房大部分的地位，壁是用画纸裱的，挂着好几幅油画大概也是主人画的，她和我同坐在床左贴壁一张沙发榻上。

因为我斜倚她正坐的缘故，她似乎比我高得多，（在她面前哪一个不是低的，真是！）我疑心那两盏电灯是用红色罩的，否则何以我想起那房，便联想起"红烛高烧"的景象？但背景究属不甚重要，重要的是给我最纯粹的美感的——The purest aesthetic feeling——她；是使我使用上帝给我那把进天堂的秘钥的——她；是使我灵魂的内府里又增加了一部宝藏的——她。但要用不驯服的文字来描写那晚的她！不要说显示她人格的精华，就是单只忠实地表现我当时的单纯感象，恐怕就够难的了。从前有一个人一次做梦，进天堂去玩了，他异样的欢喜，明天一起身就到他朋友那里去，想描摹他神妙不过的梦境。但是！他站在朋友面前，结住舌头，一个字都说不出来，因为他要说的时候，才觉得他所学的在人间适用的字句，绝对不能表现他梦里所见天堂的景色，他气得从此不开口，后来就抑郁而死。我此时妄想用字来活现出一个曼殊斐尔，也差不多有同样的感觉，但我却宁可冒猥渎神灵的罪，免得像那位诚实君子活活的闷死。她的打扮与她的朋友 B 女士相像：也是铄亮的漆皮鞋，闪色的绿丝袜，枣红丝绒的围裙，嫩黄薄绸的上衣，领口是尖开的，胸前挂着一串细珍珠，袖口只齐及肘弯。她的发是黑的，也同密司 B 一样剪短的，但她栉发的样式，却是我在欧美从没有见过的，我疑心她是有心仿效中国式，因为她的发不但纯黑而且直而不卷，整整齐齐的一圈，前面像我们十余年前的“刘海”，梳得光滑异常，我虽则说不出所以然，但觉得她发之美也是生平所仅见。

至于她眉目口鼻之清之秀之明净，我其实不能传神于万一，仿佛你对着自然界的杰作，不论是秋月洗净的湖山，霞彩纷披的夕照，南洋里莹澈的星空，或是艺术界的杰作，培德花芬的沁芳南，怀格纳的奥配拉，米佐朗其罗的雕像，卫师德拉（Whistler）或是柯罗（Corot）的画；你只觉得他们整体的美，纯粹的美，完全的美，不能分析的美，可感不可说的美；你仿佛直接无碍的领会了造化最高明的意志，你在最伟大深刻的戟刺中经验了无限的欢喜，在更大的人格中解化了你的性灵。我看了曼殊斐尔像印度最纯澈的碧玉似的容貌，受着她充满了灵魂的电流的凝视，感着她最和软的春风似的神态，所得的总量我只能称之为一整个的美感。她仿佛是个透明体，你只感讶她粹极的灵澈性，却看不见一些杂质。就是她一身的艳服，如其别人穿着也许会引起琐碎的批评，但在她身上，你只是觉得妥帖，像牡丹的绿叶，只是不可少的衬托，汤林生，她生前的一个好友，以阿尔帕斯山巅万古不融的雪，来比拟她清极超俗的美，我以为很有意味的。她说——

“曼殊斐尔以美称，然美固未足以状其真，世以可人为美，曼殊斐尔固可人矣，然何其脱尽尘寰气。一若高山琼雪，清澈重霄，其美可惊，而其凉亦可感，艳阳被雪，幻成异彩，亦明明可识，然亦似神境在远，不隶人间。曼殊斐尔肌肤明皙如纯牙，其官之秀，其目之黑，其颊之腴，其约发环整如鬖，其神态之娴静，有华族粲者之明粹，而无西艳伉杰之容。其躯体尤苗约，绰如也，若明蜡之静焰，若晨星之淡妙，就语者未尝不自讶其吐息之重浊，而惖是静且淡者之且神化……”

汤林生又说她锐敏的目光，似乎直接透入你灵府深处将你所蕴藏的秘密一齐照彻，所以他说她有鬼气，有仙气，她对着你看，不是见你的面之表，而是见你心之底，但她却不是侦刺你的内蕴，并不是有目的的搜罗而只是同情的体贴。你在她面前，自然会感觉对她无慎密的必要；你不说她也有数，你说了她也不会惊讶。她不会责备，她不会怂恿，她不会奖赞，她不会代你出什么物质利益的主意，她只是默默的听，听完了然后对你讲她自己超于善恶的见解——真理。

这一段从长期交谊中出来深入的话，我与她仅一二十分钟的接近当然不会体会到，但我敢说从她神灵的目光里推测起来，这几句话不但是可能，而且是极近情的。

所以我那晚和她同坐在蓝丝绒的榻上，幽静的灯光，轻笼住她美妙的全体，我像受了催眠似的，只是痴对她神灵的妙眼，一任她利剑似的光波，妙乐似的音浪，狂潮骤雨似的向着我灵府泼淹，我那时即使有自觉的感觉，也只似开茨（Keats）听鹃啼时的：

My heart aches，and a drowsy numbness pains
My sense，as though of hemlock I had drunk…
This not through envy of thy happy lot,
But being too happy in thy happiness…

曼殊斐尔音声之美，又是一个 Miracle，一个个音符从她脆弱的声带里颤动出来，都在我习于尘俗的耳中，启示一种神奇的意境。仿佛蔚蓝的天空中一颗一颗的明星先后涌现。像听音乐似的，虽则明明你一生从不曾听过，但你总觉得好像曾经闻到过的，也许在梦里，也许在前生。她的，不仅引起你听觉的美感，而竟似直达你的心灵底里，抚摩你蕴而不宣的苦痛，温和你半冷半僵的希望，洗涤你窒碍性灵的俗累，增加你精神快乐的情调；仿佛凑住你灵魂的耳畔私语你平日所冥想不得的仙界消息。我便此时回想，还不禁内动感激的悲慨，几于零泪；她是去了，她的音声笑貌也似蜃彩似的一翳不再，我只能学 Aft Vogler 之自慰，虔信

Whose voice has gone forth, but each survives for the melodies when eternity affirms the conception of an hour.……

Enough that he heard it once; we shall hear it by and by.

曼殊斐尔，我前面说过，是病肺痨的，我见她时，正离她死不过半年，她那晚说话时，声音稍高，肺管中便如吹荻管似的呼呼作响。她每句语尾收顿时，总有些气促，颧颊间便也多添一层红润，我当时听出了她肺弱的音息，便觉得切心的难过，而同时她天才的兴奋，偏是逼迫她音度的提高，音愈高，肺嘶亦更呖呖，胸间的起伏亦隐约可辨，可怜！我无奈何只得将自己的声音特别的放低，希冀她也跟着放低些，果然很灵效，她也放低了不少，但不久她又似内感思想的戟刺，重复节节的高引，最后我再也不忍因我而多耗她珍贵的精力，并且也记得麦雷再三叮嘱 W 与 S 的话，就辞了出来。总计我自进房至出房——她站在房门口送我——不过二十分的时间。

我与她所讲的话也很有意味，但大部分是她对于英国当时最风行的几个小说家的批评——例如 Rebecca West，Romer Wilson，Hutchingson，Swinnerton 等——恐怕因为一般人不稔悉，那类简约的评语不能引起相当的兴味。麦雷自己是现在英国中年的评衡家最有学有识之一人，——他去年在牛津大学讲的“The Problem of Style”有人誉为安诺德（Matthew Arnold）以后评衡界最重要的一部贡献——而他总常常推尊曼殊斐尔，说她是评衡的天才，有言必中肯的本能。所以我此刻要把她简评的珠沫，略过不讲，很觉得有些可惜，她说她方才从瑞士回来，在那里和罗素夫妇的寓处相距颇近，常常说起东方的好处，所以她原来对于中国的景仰，更一进而为爱慕的热忱。她说她

最爱读 Arthur Waley 所翻的中国诗，她说那样的诗艺在西方真是一个 Wonderful Revelation，她说新近 Amy Lowell 译的很使她失望，她这里又用她爱用的短句 That ‘s not the thing！她问我译过没有，她再三劝我应当试试，她以为中国诗只有中国人能译得好的。

她又问我是否也是写小说的，她又问中国顶喜欢契诃夫的哪几篇，译得怎么样，此外谁最有影响。

她问我最喜读哪几家小说，我说哈代、康德拉，她的眉梢耸了一耸笑道——

“Isn’ t it！ We have to go back to the old masters for good literature the real thing！”

她问我回中国去打算怎么样，她希望我不进政治，她愤愤地说现代政治的世界，不论哪一国，只是一乱堆的残暴和罪恶。

后来说起她自己的著作。我说她的太是纯粹的艺术，恐怕一般人反而不认识，她说：

“That’ s just it.Then of course，popularity is never the thing for us.”

我说我以后也许有机会试翻她的小说，很愿意先得作者本人的许可。他很高兴的说她当然愿意，就怕她的著作不值得翻译的劳力。

她盼望我早日回欧洲，将来如到瑞士再去找她，她说怎样的爱瑞士风景，琴妮湖怎样的妩媚，我那时就仿佛在湖心柔波间与她荡舟玩景:

Clear，placid leman！…

Thy soft murmuring sounds sweet as if a sister ' s voice reproved.

That I with stern delights should ever have been so moved……

我当时就满口的答应，说将来回欧一定到瑞士去访她。

末了我说恐怕她已经倦了，深恨与她相见之晚，但盼望将来还有再见的机会，她送我到房门口，与我很诚挚地握别。

将近一月前，我得到消息说曼殊斐尔已经在法国的芳丹卜罗去世，这一篇文字，我早已想写出来，但始终为笔懒，延到如今，岂知如今却变了她的祭文！下面附的一首诗也许表现我的悲感更亲切些。

哀曼殊斐尔

我昨夜梦入幽谷，
听子规在百合丛中泣血，
我昨夜梦登高峰，见一颗光明泪自天坠落。

罗马西郊有座墓园，
芝罗兰静掩着客殇的诗骸；
百年后海岱士（Hades）黑辇之轮。
又喧响于芳丹卜罗榆青之间。

说宇宙是无情的机械，
为甚明灯似的理想闪耀在前；
说造化是真善美之创现，
为甚五彩虹不常住天边？

我与你虽仅一度相见——
但那二十分不死的时间！
谁能信你那仙姿灵态，
竟已朝露似的永别人间？

非也！生命只是个实体的幻梦；
美丽的灵魂，永承上帝的爱宠；
三十年小住，只拟昙花之偶现，
泪花里我想见你笑归仙宫。

你记否伦敦约言，曼殊斐尔！
今夏再于琴妮湖之边；
琴妮湖（Lake Geneva）永抱着白朗矾（Mount Blanee）的雪影，
此日我怅望云天，泪下点点。

我当年初临生命的消息，
梦觉似骤感恋爱之庄严；
生命的觉悟，是爱之成年，
我今又因死而感生与恋之涯沿！

同情是掼不破的纯晶，
爱是实现生命之唯一途径；
死是座伟秘的洪炉，
此中凝炼万象所从来之神明。

我哀思焉能电花似飞骋，
感动你在天曼殊之灵？
我洒泪向风中遥送，
问何时能戡破生死之门？

（原刊1923年5月《小说月报》第14卷第5号）

我过的端阳节

我方才从南口回来。天是真热，朝南的屋子里都到九十度以上，两小时的火车竟如在火窖中受刑，坐起一样的难受。我们今天一早在野鸟开唱以前就起身，不到六时就骑骡出发，除了在永陵休息半小时以外，一直到下午一时余，只是在高度的日光下赶路。我一到家，只觉得四肢的筋肉里像用细麻绳扎紧似的难受，头里的血，像沸水似的急流，神经受了烈性的压迫，仿佛无数烧红的铁条蛇盘似的绞紧在一起……

一进阴凉的屋子，只觉得一阵眩晕从头顶直至踵底，不仅眼前望不清楚，连身子也有些支持不住。我就向着最近的藤椅上瘫了下去，两手按住急颤的前胸，紧闭着眼，纵容内心的混沌，一片暗黄，一片茶青，一片墨绿，影片似的在倦绝的眼膜上扯过……

直到洗过了澡，神志方才回复清醒，身子也觉得异常的爽快，我就想了……

人啊，你不自己惭愧吗？

野兽，自然的，强悍的，活泼的，美丽的，我只是羡慕你。

什么是文明：只是腐败了的野兽！你若是拿住一个文明惯了的人

类，剥了他的衣服装饰，夺了他作伪的工具——语言文字，把他赤裸裸的放在荒野里看看——多么“寒碜”的一个畜生呀！恐怕连长耳朵的小骡儿，都瞧他不起哪！

白天，狼虎放平在丛林里睡觉，他躲在树荫底下发痧；

晚上清风在树林中演奏轻微的妙乐，鸟雀儿在巢里做好梦，他倒在一块石上发烧咳嗽——着了凉！

也不等狼虎去商量他有限的皮肉，也不必小雀儿去嘲笑他的懦弱；单是他平常歌颂的艳阳与凉风，甘霖与朝露，已够他的受用：在几小时之内可使他脑子里消灭了金钱、名誉、经济、主义等等的虚景，在一半天之内，可使他心窝里消灭了人生的情感悲乐种种的幻象，在三两天之内——如其那时还不曾受淘汰－一可使他整个的超出了文明人的丑态，那时就叫他放下两支手来替脚平分走路的负担，他也不以为离奇，抵拚撕破皮肉爬上树去采果子吃，也不会感觉到体面的观念……

平常见了活泼可爱的野兽，就想起红烧野味之美。现在你失去了文明的保障，但求彼此平等待遇两不相犯，已是万分的侥幸……

文明只是个荒谬的状况；文明人只是个凄惨的现象，——

我骑在骡上嚷累叫热，跟着哑巴的骡夫，比手势告诉我他整天的跑路，天还不算顶热，他一路很快活的不时采一朵野花，拆一茎麦穗，笑他古怪的笑，唱他哑巴的歌；我们到了客寓喝冰汽水喘息，他路过一条小涧时，扑下去喝一个贴面饱，同行的有一位说：“真的，他们这样的胡喝，就不会害病，真贱！”

回头上了头等车坐在皮椅上嚷累叫热，又是一瓶两瓶的冰水，还怪嫌车里不安电扇；同时前面火车头里司机的加煤的，在一百四五十度的高温里笑他们的笑，谈他们的谈……

田里刈麦的农夫拱着棕黑色的裸背在工作，从早起已经做了八九时的工，热烈的阳光在他们的皮上像在打出火星来似的，但他们却不曾嚷腰酸叫头痛……

我们不敢否认人是万物之灵；我们却能断定人是万物之淫；

什么是现代的文明；只是一个淫的现象。

淫的代价是活力之腐败与人道之丑化。

前面是什么，没有别的，只是一张黑沉沉的大口，在我们运定的道上张开等着，时候到了把我们整个的吞了下去完事！

六月二十日

（原刊 1923 年 6 月 24 日《晨报副刊》）

泰戈尔来华

泰戈尔在中国，不仅已得普遍的知名，竟是受普遍的景仰。问他爱念谁的英文诗，十余岁的小学生，就自信不疑的答说泰戈尔。在新诗界中，除了几位最有名神形毕肖的泰戈尔的私淑弟子以外，十首作品里至少有八九首是受他直接或间接的影响的。这是很可惊的状况，一个外国的诗人，能有这样普及的引力。

现在他快到中国来了，在他青年的崇拜者听了，不消说，当然是最可喜的消息，他们不仅天天竖耳企踵的在盼望，就是他们梦里的颜色，我猜想，也一定多增了几分妩媚。现世界是个堕落沉寂的世界；我们往常要求一二伟大圣洁的人格，给我们精神的慰安时，每每不得已上溯已往的历史，与神化的学士艺才，结想象的因缘。哲士、诗人与艺术家，代表一民族一时代特具的天才；可怜华族，千年来只在精神穷窭中度活，真生命只是个追忆不全的梦境，真人格亦只似昏夜池水里的花草映影，在有无虚实之间，谁不想念春秋战国才智之盛，谁不永慕屈子之悲歌，司马之大声，李白之仙音；谁不长念庄生之逍遥，东坡之风流，渊明之冲淡？我每想及过去的光荣，不禁疑问现时人荒心死的现象，莫非是噩梦的虚景，否则何以我们民族的灵海中，曾经有过偌大的潮迹，如今何至于沉寂如此？孔陵前子贡手植的楷树，圣庙中孔子手植的桧树，如其传话是可信的，过了二千几百年，经了几度的灾劫，到现在还不时有新枝从旧根上生发，我们华族天才的活力，难道还不如此桧此楷？

什么是自由？自由是不绝的心灵活动之表现。斯拉夫民族自开国起直至十九世纪中期，只是个庞大喑哑在无光的空气中苟活的怪物，但近六七十年来天才累出，突发大声，不但惊醒了自身，并且惊醒了所有迷梦的邻居。斯拉夫伟奥可怖的灵魂之发现，是百年来人类史上最伟大的一件事迹。华族往往以睡狮自比，这又泄漏我们想象力之堕落；期望一民族回复或取得吃人噬兽的暴力者，只是最下流“富国强兵教”的信徒，我们希望以后文化的意义与人类的目的明定以后，这类的谬见可以渐渐的销匿。

精神的自由，决不有待于政治或经济或社会制度之妥协，我们且看印度。印度不是我们所谓已亡之国吗？我们常以印度、朝鲜、波兰并称，以为亡国的前例。我敢说我们见了印度人，不是发心怜悯，是意存鄙蔑。（我想印度是最受一班人误解的民族，虽同在亚洲；大部分人以为印度人与马路上的红头阿三是一样同样的东西！）就政治看来，说我们比他们比较的有自由，这话勉强还可以说。但要论精神的自由，我们只似从前的俄国，是个庞大喑哑在无光的气圈中苟活的怪物，他们（印度）却有心灵活动的成绩，证明他们表面政治的奴缚非但不曾压倒，而且激动了他们潜伏的天才。在这时期他们连出了一个宗教性质的政治领袖——甘地——一个实行的托尔斯泰；两个大诗人，伽利达撒（Kalidasa）与泰戈尔。单是甘地与泰戈尔的名字，就是印度民族不死的铁证。

东方人能以人格与作为，取得普通的崇拜与荣名者，不出在“国富兵强”的日本，不出在政权独立的中国，而出于亡国民族之印度——这不是应发人猛省的事实吗？

泰戈尔在世界文学中，究占如何位置，我们此时还不能定，他的诗是否可算独立的贡献，他的思想是否可以代表印族复兴之潜流，他的哲学（如其他有哲学）是否有独到的境界——这些问题，我们没有回答的能力。但有一事我们敢断言肯定的，就是他不朽的人格。他的诗歌，他的思想，他的一切，都有遭遗忘与失时之可能，但他一生热奋的生涯所养成的人格，却是我们不易磨翳的纪念。[泰戈尔生平的经过，我总觉得非是东方的，也许印度原不能算东方（陈寅恪君在海外常常大放厥词，辩印度之为非东方的。）]所以他这回来华，我个人最大的盼望，不在他更推广他诗艺的影响，不在传说他宗教的哲学的乃至于玄学的思想，而在他可爱的人格，给我们见得到他的青年，一个伟大深入的神感。他一生所走的路，正是我们现代努力于文艺的青年不可免的方向。他一生只是个不断的热烈的努力，向内开豁他天赋的才智，自然吸收应有的营养。他境遇虽则一流顺利，但物质生活的平易，并不反射他精神生活之不艰险。我们知道诗人、艺术家的生活，集中在外人捉摸不到的内心境界。历史上也许有大名人一生不受物质的苦难，但决没有不经心灵界的狂风暴雨与沉郁黑暗时期者。歌德是一生不愁衣食的显例，但他在七十六岁那年对他的友人说他一生不曾有过四星期的幸福，一生只是在烦恼痛苦劳力中。泰戈尔是东方的一个显例，他的伤痕也都在奥密的灵府中的。

我们所以加倍的欢迎泰戈尔来华，因为他那高超和谐的人格，可以给我们不可计量的慰安，可以开发我们原来淤塞的心灵泉源，可以指示我们努力的方向与标准，可以纠正现代狂放恣纵的反常行为，可以摩挲我们想见古人的忧心，可以消平我们过渡时期张皇的意义，可以使我们扩大同情与爱心，可以引导我们入完全的梦境。

如其一时期的问题，可以综合成一个现代的问题，就只是“怎样做一个人？”泰戈尔在与我们所处相仿的境地中，已经很高尚的解决了他个人的问题，所以他是我们的导师、榜样。

他是个诗人，尤其是一个男子，一个纯粹的人；他最伟大的作品就是他的人格。这话是极普通的话，我所以要在此重复的说，为的是怕误解。人不怕受人崇拜，但最怕受误解的崇拜。歌德说，最使人难受的是无意识的崇拜。泰戈尔自己也常说及，他最初最后只是个诗人——艺术家如其你愿意——他即使有宗教的或哲理的思想，也只是他诗心偶然的流露，决不为哲学家谈哲学，或为宗教而训宗教的。有人喜欢拿他的思想比这个那个西洋的哲学，以为他是表现东方一部的时代精神与西方合流的；或是研究他究竟有几分的耶稣教几分是印度教——这类的比较学也许在性质偏爱的人觉得有意思，但于泰戈尔之为泰戈尔，是绝对无所发明的。譬如有人见了他在山氐尼开顿（Santiniketan）学校里所用的晨祷：

Thou art our Father.Do thou help us to know Thee as Father.We bow down to Thee.Do thou never afflict us，O Father，by causing a separation between Thee and us.O thou self-revealing one，O Thou Parent of the universe，purge away the multitude of our sins，and send unto us whatever is good and noble.TO Thee，from whom spring joy and goodness, nay who art all goodness thyself，to Thee we bow down now and for ever.

耶教人见了这段祷告一定拉本家，说泰戈尔准是皈依基督的，但回头又听见他们的晚祷：

The Deity who is in fire and water，nay，who pervades the Universe through and through，and makes His abode in tiny plants and towering forests-to such a Deity we bow down for ever and ever.

这不最明显的泛神论吗？这里也许有 Lucretius 也许有 Spinoza 也许有 Upanishads, 但决不是天父云云的一神教，谁都看得出来。回头在揭檀迦利的诗里，又发现什么 Lia 既不是耶教的，又不是泛神论。结果把一般专好拿封条拿题签来支配一切的，绝对的糊涂住了，他们一看这事不易办，就说泰戈尔的宗教思想不彻底，等等。实际上唯一的解释是泰戈尔是诗人，不是宗教家。也不是专门的哲学家。管他神是一个或是两个或是无数或是没有，诗人的标准，只是诗的境界之真。在一般人看来是不相容纳的冲突（因为他们只见字面）他看来只是一体的谐合（因为他能超文字而悟实在）。

同样的在哲理方面，也就有人分别研究，说他的人格论是近于讹的，说他的艺术论是受讹影响的……这也是劳而无功的。

自从有了大学教授以来，尤其是美国的教授，学生忙的是：比较学，比较宪法学，比较人种学，比较宗教学，比较教育学，比较这样，比较那样，结果他们竟想把最高粹的思想艺术，也用比较的方法来研究——我看倒不如来一门比较大学教授学还有趣些！

思想之不是糟粕，艺术之不是凡品，就在他们本身有完全、独立、纯粹不可分析的性质。类不同便没有可比较性，拿西洋现成的宗教哲学的派别去比凑一个创造的艺术家，犹之拿唐采芝或王玉峰去比附真纯创造的音乐家一样的可笑，一样的隔着靴子搔痒。

我们只要能够体会泰戈尔诗化的人格，与领略他充满人格的诗文，已经尽够的了，此外的事自有专门的书呆子去顾管，不劳我们费心。

我乘便又想起一件事，一九一三年泰戈尔被选得诺贝尔奖金的电报到印度时，印度人听了立即发疯一般的狂喜，满街上小孩大人一齐呼庆祝，但诗人在家里，非但不乐，而且叹道："我从此没有安闲日子过了！"接着下年英政府又封他为爵士，从此，真的，他不曾有过安闲时日。他的山氏尼开顿竟变了朝拜的中心，他出游欧美时，到处受无上的欢迎，瑞典、丹麦几处学生，好像都为他举行火把会与提灯会，在德国听他讲演的往往累万，美国招待他的盛况，恐怕不在英国皇太子之下。但这是诗人所心愿的幸福吗，固然我不敢说诗人便能完全免除虚荣心，但这类群众的哄动，大部分只是歌德所谓无意识的崇拜，真诗人决不会艳羡的，最可厌是西洋一般社交太太们，她们的宗教照例是英雄崇拜；英雄愈新奇，她们愈乐意，泰戈尔那样的道貌岸然，宽袍布帽，当然加倍的搔痒了她们的好奇心，大家要来和这远东的诗圣，握握手，亲热亲热，说几句照例的肉麻话……这是近代享盛名的一点小报应，我想性爱恬淡的泰戈尔先生，临到这种情形，真也是说不出的苦。据他的英友恩厚之告诉我们说他近来愈发厌烦嘈杂了，又且他身体也不十分能耐劳，但他就使不愿意，却也很少显示于外，所以他这次来华，虽则不致受社交太太们之窘，但我们有机会瞻仰他言论丰采的人，应该格外的体谅他，谈论时不过分去劳乏他，演讲能节省处节省，使他和我们能如家人一般的相与，能如在家乡一般的舒服，那才对得他高年跋涉的一番至意。

七月六日

（原刊 1923 年 9 月 10 日《小说月报》第 14 卷第 9 号）

泰山日出

振铎来信要我在《说月报》的泰戈尔号上说几句话。我也曾答应了，但这一时游济南游泰山游孔陵，太乐了，一时竟拉不拢心思来做整篇的文字，一直挨到现在期限快到，只得勉强坐下来，把我想得到的话不整齐的写出。

我们在泰山顶上看出太阳。在航过海的人，看太阳从地平线下爬上来，本不是奇事；而且我个人是曾饱饫过江海与印度洋无比的日彩的。但在高山顶上看日出，尤其在泰山顶上，我们无餍的好奇心，当然盼望一种特异的境界，与平原或海上不同的。果然，我们初起时，天还暗沉沉的，西方是一片的铁青，东方微有些白意，宇宙只是——如用旧词形容——一体莽莽苍苍的。但这是我一面感觉劲烈的晓寒，一面睡眠不曾十分醒豁时约略的印象。等到留心回览时，我不由得大声的狂叫——因为眼前只是一个见所未见的境界。原来昨夜整夜暴风的工程，却砌成一座普遍的云海。除了日观峰与我们所在的玉皇顶以外，东西南北只是平铺着弥漫的云气，在朝旭未露前，宛似无量数厚毳长绒的绵羊，交颈接背的眠着，卷耳与弯角都依稀辨认得出。那时候在这茫茫的云海中，我独自站在雾霭溟蒙的小岛上，发生了奇异的幻想——

我躯体无限的长大，脚下的山峦比例我的身量，只是一块拳石；这巨人披着散发，长发在风里像一面墨色的大旗，飒飒的在飘荡。这巨人竖立在大地的顶尖上，仰面向着东方，平拓着一双长臂，在盼望，在迎接，在催促，在默默的叫唤；在崇拜，在祈祷，在流泪——在流久慕未见而将见悲喜交互的热泪……

这泪不是空流的，这默祷不是不生显应的。

巨人的手，指向着东方——

东方有的，在展露的，是什么？

东方有的是瑰丽荣华的色彩，东方有的是伟大普照的光明——出现了，到了，在这里了……

玫瑰汁、葡萄浆、紫荆液、玛瑙精、霜枫叶——大量的染工，在层累的云底工作；无数蜿蜒的鱼龙，爬进了苍白色的云堆。

一方的异彩，揭去了满天的睡意，唤醒了四隅的明霞一光明的神驹，在热奋地驰骋……

云海也活了，眠熟了兽形的涛澜，又回复了伟大的呼啸，昂头摇尾的向着我们朝露染青馒形的小岛冲洗，激起了四岸的水沫浪花，震荡着这生命的浮礁，似在报告光明与欢欣之临莅……

再看东方——海句力士已经扫荡了他的阻碍，雀屏似的金霞，从无垠的肩上产生，展开在大地的边沿。起……起……用力，用力。纯焰的圆颅，一探再探的跃出了地平，翻登了云背，临照在天空……

歌唱呀，赞美呀，这是东方之复活，这是光明的胜利……

散发祷祝的巨人，他的身彩横亘在无边的云海上，已经渐渐的消翳在普遍的欢欣里；现在他雄浑的颂美的歌声，也已在霞采变幻中，普彻了四方八隅……

听呀，这普彻的欢声；看呀，这普照的光明！

这是我此时回忆泰山日出时的幻想，亦是我想望泰戈尔来华的颂词。

（原刊1923年9月10日《小说月报》第14卷第9号）

山中来函

剑三：

我还活着。但是至少是一个“出家人”。我住在我们镇上的一个山里，这里有一个新造的祠堂，叫做“三不朽”，这名字肉麻得凶，其实只是一个乡贤祠的变名，我就寄宿在这里。你不要见笑徐志摩活着就进了祠堂，而且是三不朽！这地方倒不坏，我现在坐着写字的窗口，正对着山景，烧剩的庙，精光的树，常青的树，石牌坊戏台，怪形的石错落在树木间，山顶上的宝塔，塔顶上徘徊着的“饿老鹰”有时卖弄着他们穿天响的怪叫，累累的坟堆、享亭、白木的与包着芦席的棺材——都在嫩色的朝阳里浸着。隔壁是祠堂的大厅，供着历代的忠臣、孝子、清客、书生、大官、富翁、棋国手（陈子仙）、数学家（李善兰壬叔）以及我自己的祖宗，他们为什么“不朽”，我始终没有懂；再隔壁是节孝祠，多是些跳井的投河的上吊的吞金的服盐卤的也许吃生鸦片吃火柴头的烈女烈妇以及无数咬紧牙关的“望门寡”，抱牌位做亲的，教子成名的，节妇孝妇，都是牺牲了生前的生命来换死后的冷猪头肉，也还不很靠得住的；再隔壁是东寺，外边墙壁已是半烂，殿上神像只剩了泥灰。前窗望出去是一条小河的尽头，一条藤萝满攀着磊石的石桥，一条狭堤，过堤一潭清水，不知是血污还是蓄荷池（土音同），一个鬼客栈（厝所）一片荒场也是墓墟累累的；再望去是硖石镇的房屋了，这里时常过路的是：香客，挑菜担的乡下人，青布包头的妇人，背着黄叶篓子的童子，戴黑布风帽手提灯笼的和尚，方巾的道士，寄宿在戏台下与我们守望相助的丐翁，牧羊的童子与他的可爱的白山羊，到山上去寻柴，掘树根，或掠干草的，送羹饭与叫姓的（现在眼前就是，真妙，前面一个男子手里拿着一束稻柴，口里喊着病人的名字叫他到"屋里来"，后面跟着一个著红棉袄绿背心的老妇人，撑着一把雨伞，低声的答应着那男子的叫唤）。晚上只听见各种的声响：塔院里的钟声，林子里的风响，寺角上的铃声，远外小儿啼声，狗吠声，枭鸟的咒诅声，石路上行人的脚步声——点缀这山脚下深夜的沉静，管祠堂人的房子里，不时还闹鬼，差不多每天有鬼话听！

这是我的寓处。世界，热闹的世界，离我远得很；北京的灰砂也吹不到我这里来——博生真鄙吝，连一份《晨报》附张都舍不得寄给我；朋友的信息更是杳然了。今天我偶尔高兴，写成了三段《东山小曲》，现在寄给你，也许可以补补空白。

我唯一的希望只是一场大雪。

志摩问安 一月二十日

（原刊 1924 年 3 月 11 日《晨报副刊。文学旬刊》）

拜伦

荡荡万斛船 影若扬白虹
自非风动天 莫置大水中
——杜甫

今天早上，我的书桌上散放着一叠画，我伸手提起一枝毛笔蘸饱了墨水正想下笔写的时候，一个朋友走进屋子来，打断了我的思路。“你想做什么？”他说。“还债，”我说，“一辈子只是还不清的债，开销了这一个，那一个又来，像长安街上要饭的一样，你一开头就糟。这一次是为他。”我手点着一本书里 Westall 画的拜伦像（原本现在伦敦肖像画院）。“为谁，拜伦！”那位朋友的口音里夹杂了一些鄙夷的鼻音。“不仅做文章，还想替他开会哪，”我跟着说。“哼，真有工夫，又是戴东原那一套”——那位先生发议论了——“忙着替死鬼开会演说追悼，哼！我们自己的祖祖宗宗的生忌死忌，春祭秋祭，先就忙不开，还来管姓呆姓摆的出世去世；中国鬼也就够受，还来张罗洋鬼！俄国共产党的爸爸死了，北京也听见悲声，上海广东也听见哀声；书呆子的退伍总统死了，又来一个同声一哭。二百年前的戴东原还不是一个一头黄毛一身奶臭一把鼻涕一把尿的娃娃，与我们什么相干，又用得着我们的正颜厉色开大会做论文！现在真是愈出愈奇了，什么连拜伦也得利益均沾，又不是疯了，你们无事忙的文学先生们！谁是拜伦？一个滥笔头的诗人，一个宗教家说的罪人，一个花花公子，一个贵族。就使追悼会纪念会是现代的时髦，你也得想想受追悼的配不配，也得想想跟你们所谓时代精神合式不合式，拜伦是贵族，你们贵国是一等的民主共和国，哪里有贵族的位置？拜伦又没有发明什么苏维埃，又没有做过世界和平的大梦，更没有用科学方法整理过国故，他只是一个拐腿的纨绔诗人，一百年前也许出过他的风头，现在埋在英国纽斯推德(Newstead)的贵首头都早烂透了，为他也来开纪念会，哼，他配！讲到拜伦的诗你们也许与苏和尚的脾味合得上，看得出好处，这是你们的福气——要我看他的诗也不见得比他的骨头活得了多少。并且小心，拜伦倒是条好汉，他就恨盲目的崇拜，回头你们东抄西袭的忙着做文章想是讨好他，小心他的鬼魂到你梦里来大声的骂你一顿！”

那位先生大发牢骚的时候，我已经抽了半支烟，眼看着缭绕的氤氲，耐心的挨他的骂，方才想好赞美拜伦的文章也早已变成了烟丝飞散，我呆呆的靠在椅背上出神了：——

拜伦是真死了不是？全朽了不是？真没有价值，真不该替他揄扬传布不是？

眼前扯起了一重重的雾幔，灰色的，紫色的，最后呈现了一个惊人的造像。最纯粹，光净的白石雕成了一个人头，供在一架五尺高的檀木几上，放射出异样的光辉，像是阿博洛，给人类光明的大神，凡人从没有这样庄严的“天庭”，这样不可侵犯的眉宇，这样的头颅，但是不，不是阿博洛，他没有那样骄傲的锋芒的大眼，像是阿尔帕斯山南的蓝天，像是威尼市的落日，无限的高远，无比的壮丽，人间的万花镜的展览反映在他的圆睛中，只是一层鄙夷的薄翳；阿博洛也没有那样美丽的发鬈，像紫葡萄似的一穗穗贴在花岗石的墙边；他也没有那样不可信的口唇，小爱神背上的小弓也比不上他的精致，口角边微露着厌世的表情，像是蛇身上的文彩，你明知是恶毒的，但你不能否认它的艳丽；给我们弦琴与长笛的大神也没有那样圆整的鼻孔，使我们想象他的生命的剧烈与伟大，像是大火山的决口……

不，他不是神，他是凡人，比神更可怕更可爱的凡人，他生前在红尘的狂涛中沐浴，洗涤他的遍体的斑点，最后他踏脚在浪花的顶尖，在阳光中呈露他的无瑕的肌肤，他的骄傲，他的力量，他的壮丽，是天上磋奕司与玖必德的忧愁。

他是一个美丽的恶魔，一个光荣的叛儿。

一片水晶似的柔波，像一面晶莹的明镜，照出白头的“少女”，闪亮的“黄金篦”，“快乐的阿翁”。此地更没有海潮的啸响，只有草虫的讴歌，醉人的树色与花香，与温柔的水声，小妹子的私语似的，在湖边吞咽。山上有急湍，有冰河，有漫天的松林，有奇伟的石景。瀑布像是疯癫的恋人，在荆棘丛中跳跃，从巉岩上滚坠，在磊石间震碎，激起无数的珠子，圆的、长的、乳白色的、透明的，阳光斜落在急流的中腰，幻成五彩的虹纹。这急湍的顶上是一座突出的危崖，像一个猛兽的头颅，两旁幽邃的松林，像是一颈的长鬣，一阵阵的瀑雷，像是他的吼声。在这绝壁的边沿站着一个丈夫，一个不凡的男子，怪石一般的峥嵘，朝旭一般的美丽，劲瀑似的桀骜，松林似的忧郁。他站着，交抱着手臂，翻起一双大眼凝视着无极的青天，三个阿尔帕斯的鸷鹰在他的头顶不息的盘旋；水声，松涛的呜咽，牧羊人的笛声，前峰的崩雪声——他凝神的听着。

只要一滑足，只要一纵身，他想，这躯壳便崩雪似的坠入深潭，粉碎在美丽的水花中，这些大自然的谐音便是赞美他寂灭的丧钟。他是一个骄子，人间踏烂的蹊径不是为他准备的，也不是以人间的镣链可以锁住他的鸷鸟的翅羽。他曾经丈量过巴南苏斯的群峰，曾经搏斗过海理士彭德海峡的凶涛，曾经在马拉松放歌，曾经在爱琴海边狂啸，曾经践踏过滑铁卢的泥土，这里面埋着一个败灭的帝国。他曾经实现过西撒凯旋时的光荣，丹桂笼住他的发鬈，玫瑰承住他的脚踪，但他也免不了他的滑铁卢；运命是不可测的恐怖，征服的背后隐着侮辱的狞笑，御座的周遭显现了狴犴的幻影；现在他的遍体的斑痕，都是诽毁的箭镞，不更是繁花的装缀，虽则在他的无瑕的体肤上一样的不曾停留些微污损。太阳也有他的淹没的时候，但是谁能忘记他临照时的光焰？

What is life，what is death，and what are we.

That when the ship sinks，we no longer may be.

虬哪（Juno）发怒了。天变了颜色，湖面也变了颜色。四周的山峰都披上了黑雾的袍服，吐出迅捷的火舌，摇动着，仿佛是相互的示威，雷声像猛兽似的在山坳里咆哮、跳荡，石卵似的雨块，随着风势打击着一湖的粼光，这时候（一八一六年六月十五日）仿佛是爱俪儿（Ariel）的精灵耸身在绞绕的云中，默唪着咒语，眼看着

Jove’s slightnings，the precursors
O’the dreadful thunder-claps……
The fire，and cracks
Of sulphurous roaring，the most mighty Neptune
Seem’d tobesiege，and make his bold waves tremble，
Yea his dread tridents shake.

Tempest

在这大风涛中，在湖的东岸，龙河（Rhone）合流的附近，在小屿与白沫间，飘浮着一只疲乏的小舟，扯烂的布帆，破碎的尾舵，冲当着巨浪的打击，舟子只是着忙的祷告。乘客也失去了镇定，都已脱卸了外衣，准备与涛澜搏斗。这正是卢骚的故乡，那小舟的历险处又恰巧是玖荔亚与圣潘罗（Julia and St Preux）遇难的名迹。舟中人有一个美貌的少年是不会泅水的，但他却从不介意他自己的骸骨的安全，他

那时满心的忧虑，只怕是船翻时连累他的友人为他冒险，因为他的友人是最不怕险恶的，厄难只是他的雄心的刺激，他曾经狎侮爱琴海与地中海的怒涛，何况这有限的梨梦湖中的掀动，他交叉着手，静看着萨福埃（Savoy）的雪峰，在云罅里隐现。这是历史上一个希有的奇逢，在近代革命精神的始祖神感的胜处，在天地震怒的俄顷，载在同一的舟中。一对共患难的，伟大的诗魂，一对美丽的恶魔，一对光荣的叛儿！

他站在梅锁朗奇（Mesolonghi）的滩边（一八二四年一月，四至二十二日）。海水在夕阳光里起伏，周遭静瑟瑟的莫有人迹，只有连绵的砂碛，几处卑陋的草屋，古庙宇残圮的遗迹，三两株灰苍色的柱廊，天空飞舞着几只阔翅的海鸥，一片荒凉的暮景。他站在滩边，默想古希腊的荣华，雅典的文章，斯巴达的雄武，晚霞的颜色二千年来不曾消灭，但自由的鬼魂究不曾在海砂上留存些微痕迹……他独自的站着，默想他自己的身世，三十六年的光阴已在时间的灰烬中埋着，爱与憎，得志与屈辱，盛名与怨诅，志愿与罪恶，故乡与知友，威尼市的流水，罗马古剧场的夜色，阿尔帕斯的白雪，大自然的美景与恚怒，反叛的磨折与尊荣，自由的实现与梦境的消残……他看着海砂上映着的漫长的身形，凉风拂动着他的衣裾——寂寞的天地间的一个寂寞的伴侣－一他的灵魂中不由的激起了一阵感慨的狂潮，他把手掌埋没了头面。此时日轮已经翳隐，天上星先后的显现，在这美丽的暝色中，流动着诗人的吟声，像是松风，像是海涛，像是蓝奥孔苦痛的呼声，像是海伦娜岛上绝望的吁叹：

This time this heart should be unmoved,
Since others it hath ceased to move;
Yet.though I cannot be beloved.
Still let me love !
My days are in the yellow leaf.

The flowers and fruits of love are gone;
The worm, the canker, and the grief;
Are mine alone!

The fire that on my bosom preys
Is lone as some volcanic isle;
No torch is kindled at its blaze–
A funeral pile!
The hope, the fear, the jealous care,
The exalted portion of the pain
And power of love, I cannot share,
But wear the chain.

But its not thus–and its not here–
Such thoughts should shake my soul, nor now,
Where glory decks the hero' s bier
Or binds his brow.

The sword, the banner, and the field,
Glory and Grace, around me see!
The spartan, born upon his shield,
Was not more free.
Awake! (not Greece–she is awake!)
Awake, my spirit! Think through whom
The life–blood tracks its parent lake,
And then strike home!

Tread those reviving passions down;
Unworthy manhood ! –untothee
Indifferent should the smile or frown
Of beauty be.

If thou regret’st thy youth, why live;
The land of honorable death
Is here: –up to the field, and give
Away thy breath !
Seek out–less sought than found–
A dier’s grave for thee the best;
Then look around, and choose thy ground,
And take thy rest.

年岁已经僵化我的柔心，
我再不能感召他人的同情；
但我虽则不敢想望恋与悯，
我不愿无情！
往日已随黄叶枯萎，飘零；
恋情的花与果更不留踪影，
只剩有腐土与虫与怆心，
长伴前途的光阴！

烧不尽的烈焰在我的胸前，
孤独的，像一个喷火的荒岛；
更有谁凭吊，更有谁怜——
一堆残骸的焚烧！

希冀，恐惧，灵魂的忧焦，
恋爱的灵感与苦痛与蜜甜，
我再不能尝味，再不能自傲——
我投入了监牢！

但此地是古英雄的乡国，
白云中有不朽的灵光，
我不当怨艾，惆怅，为什么
这无端的凄惶？

希腊与荣光，军旗与剑器，
古战场的尘埃，在我的周遭，
古勇士也应慕羡我的际遇，
此地，今朝！
苏醒！不是希腊——她早已惊起！
苏醒，我的灵魂！问谁是你的
血液的泉源，休辜负这时机，
鼓舞你的勇气！

丈夫！休教已往的沾恋
梦魇似的压迫你的心胸。
美妇人的笑与颦的婉恋，
更不当容宠！

再休眷念你的消失的青年，
此地是健儿殉身的乡土，
听否战场的军鼓，向前，

毁灭你的体肤！
只求一个战士的墓窟，
收束你的生命，你的光阴；
去选择你的归宿的地域，
自此安宁。

他念完了诗句，只觉得遍体的狂热，壅住了呼吸，他就把外衣脱下，走入水中，向着浪头的白沫里耸身一窜，像一只海豹似的，鼓动着鳍脚，在铁青色的水波里泳了出去。……

“冲锋，冲锋，跟我来！”

“冲锋，冲锋，跟我来！”这不是早一百年拜伦在希腊梅锁龙奇临死前昏迷时说的话？那时他的热血已经让冷血的医生给放完了，但是他的争自由的旗帜却还是紧紧的擎在他的手里……

再迟八年，一位八十二岁的老翁也在他的解脱前，喊一声“More light！”

“不够光亮！”“冲锋，冲锋，跟我来！”

火热的烟灰掉在我的手背上，惊醒了我的出神，我正想开口答复那位朋友的讥讽，谁知道睁眼看时，他早溜了！

（原刊1924年4月《小说月报》第15卷第4号）

泰戈尔

我有几句话想趁这个机会对诸君讲，不知道你们有没有耐心听。泰戈尔先生快走了，在几天内他就离别北京，在一两个星期内他就告辞中国。他这一去大约是不会再来的了。也许他永远不能再到中国。

他是六七十岁的老人，他非但身体不强健，他并且是有病的。所以他要到中国来，不但他的家属，他的亲戚朋友，他的医生，都不愿意他冒险，就是他欧洲的朋友，比如法国的罗曼·罗兰，也都有信去劝阻他。他自己也曾经踌躇了好久，他心里常常盘算他如其到中国来，他究竟能不能够给我们好处，他想中国人自有他们的诗人、思想家、教育家，他们有他们的智慧、天才、心智的财富与营养，他们更用不着外来的补助与戟刺，我只是一个诗人，我没有宗教家的福音，没有哲学家的理论，更没有科学家实利的效用，或是工程师建设的才能，他们要我去做什么，我自己又为什么要去，我有什么礼物带去满足他们的盼望。他真的很觉得迟疑，所以他延迟了他的行期。但是他也对我们说到冬天完了春风吹动的时候（印度的春风比我们的吹得早），他不由的感觉了一种内迫的冲动，他面对着逐渐滋长的青草与鲜花，不由的抛弃了，忘却了他应尽的职务，不由的解放了他的歌唱的本能，和着新来的鸣雀，在柔软的南风中开怀的讴吟。同时他收到我们催请的信，我们青年盼望他的诚意与热心，唤起了老人的勇气。他立即定夺了他东来的决心。他说趁我暮年的肢体不曾僵透，趁我衰老的心灵还能感受，决不可错过这最后唯一的机会，这博大、从容、礼让的民族，我幼年时便发心朝拜，与其将来在黄昏寂静的境界中萎衰的惆怅，毋宁利用这夕阳未暝时的光芒，了却我晋香人的心愿？

他所以决意的东来，他不顾亲友的功阻，医生的警告，不顾自身的高年与病体，他也撇开了在本国一切的任务，跋涉了万里的海程，他来到了中国。

自从四月十二在上海登岸以来，可怜老人不曾有过一半天完整的休息，旅行的劳顿不必说，单就公开的演讲以及较小集会时的谈话，至少也有了三四十次！他的，我们知道，不是教授们的讲义，不是教士们的讲道，他的心府不是堆积货品的栈房，他的辞令不是教科书的喇叭。他是灵活的泉水，一颗颗颤动的圆珠从他心里兢兢的泛登水面都是生命的精液；他是瀑布的吼声，在白云间，青林中，石罅里，不住的欢响；他是百灵的歌声，他的欢欣、愤慨、响亮的谐音，弥漫在无际的晴空。但是他是倦了。终夜的狂歌已经耗尽了子规的精力，东方的曙色亦照出他点点的心血染红了蔷薇枝上的白露。

老人是疲乏了。这几天他睡眠也不得安宁，他已经透支了他有限的精力。他差不多是靠散拿吐瑾过日的。他不由的不感觉风尘的厌倦，他时常想念他少年时在恒河边沿拍浮的清福，他想望椰树的清荫与曼果的甜瓤。

但他还不仅是身体的惫劳，他也感觉心境的不舒畅。这是很不幸的。我们做主人的只是深深的负歉。他这次来华，不为游历，不为政治，更不为私人的利益，他熬着高年，冒着病体，抛弃自身的事业，备尝行旅的辛苦，他究竟为的是什么？他为的只是一点看不见的情感，说远一点，他的使命是在修补中国与印度两民族间中断千余年的桥梁。

说近一点，他只想感召我们青年真挚的同情。因为他是信仰生命的，他是尊崇青年的，他是歌颂青春与清晨的，他永远指点着前途的光明。悲悯是当初释迦牟尼证果的动机，悲悯也是泰戈尔先生不辞艰苦的动机。

现代的文明只是骇人的浪费，贪淫与残暴，自私与自大，相猜与相忌，飓风似的倾覆了人道的平衡，产生了巨大的毁灭。芜秽的心田里只是误解的蔓草，毒害同情的种子，更没有收成的希冀。在这个荒惨的境地里，难得有少数的丈夫，不怕阻难，不自馁怯，肩上扛着铲除误解的大锄，口袋里满装着新鲜人道的种子，不问天时是阴是雨是晴，不问是早晨是黄昏是黑夜，他只是努力的工作，清理一方泥土，施殖一方生命，同时口唱着嘹亮的新歌，鼓舞在黑暗中将次透露的萌芽。泰戈尔先生就是这少数中的一个。他是来广布同情的，他是来消除成见的。

我们亲眼见过他慈祥的阳春似的表情，亲耳听过他从心灵底里迸裂出的大声，我想只要我们的良心不曾受恶毒的烟煤熏黑，或是被恶浊的偏见污染，谁不曾感觉他至诚的力量，魔术似的，为我们生命的前途开辟了一个神奇的境界，燃点了理想的光明?

所以我们也懂得他的深刻的懊怅与失望，如其他知道部分的青年不但不能容纳他的灵感，并且存心的诬毁他的热忱。我们固然奖励思想的独立，但我们决不敢附和误解的自由。他生平最满意的成就就在他永远能得青年的同情，不论在德国，在丹麦，在美国，在日本，青年永远是他最忠心的朋友。他也曾经遭受种种的误解与攻击，政府的猜疑与报纸的诬陷与守旧派的讥评，不论如何的谬妄与剧烈，从不曾扰动他优容的大量，他的希望，他的信仰，他的爱心，他的至诚，完全的托付青年。我的须，我的发是白的，但我的心却永远是青的，他常常的对我们说，只要青年是我的知己，我理想的将来就有着落，我乐观的明灯永远不致黯淡。他不能相信纯洁的青年也会堕落在怀疑、猜忌、卑琐的泥潭，他更不能相信中国的青年也会沾染不幸的污点。他真不预备在中国遭受意外的待遇。他很不自在，他很感觉异样的怆心。

因此精神的懊丧更加重他躯体的倦劳。他差不多是病了。我们当然很焦急的期望他的健康，但他再没有心境继续他的讲演。我们恐怕今天就是他在北京公开讲演最后的一个机会。他有休养的必要。我们也决不忍再使他耗费有限的精力。他不久又有长途的跋涉，他不能不有三四天完全的养息。所以从今天起，所有已经约定的集会，公开与私人的，一概撤销，他今天就出城去静养。

我们关切他的一定可以原谅，就是一小部分不愿意他来作客的诸君也可以自喜战略的成功。他是病了，他在北京不再开口了，他快走了，他从此不再来了。但是同学们，我们也得平心的想想，老人到底有什么罪，他有什么负心，他有什么不可容赦的犯案？公道是死了吗，为什么听不见你的声音？

他们说他是守旧，说他是顽固。我们能相信吗？他们说他是“太迟”，说他是“不合时宜”，我们能相信吗？他自己是不能信，真的不能信。他说这一定是滑稽家的反调。他一生所遭逢的批评只是太新，太早，太急进，太激烈，太革命的，太理想的，他六十年的生涯只是不断的奋斗与冲锋，他现在还只是冲锋与奋斗。但是他们说他是守旧，太迟，太老。他顽固奋斗的对象只是暴烈主义、资本主义、帝国主义、武力主义、杀灭性灵的物质主义；他主张的只是创造的生活，心灵的自由，国际的和平，教育的改造，普爱的实现。但他们说他是帝国政策的间谍，资本主义的助力，亡国奴族的流民，提倡裹脚的狂人！

肮脏是在我们的政客与暴徒的心里，与我们的诗人又有什么关系？昏乱是在我们冒名的学者与文人的脑里，与我们的诗人又有什么亲属？我们何妨说太阳是黑的，我们何妨说苍蝇是真理？

同学们，听信我的话，像他的这样伟大的声音我们也许一辈子再不会听着的了。留神目前的机会，预防将来的惆怅！他的人格我们只能到历史上去搜寻比拟。他的博大的温柔的灵魂我敢说永远是人类记忆里的一次灵绩。他的无边的想象是辽阔的同情使我们想起惠德曼；他的博爱的福音与宣传的热心使我们记起托尔斯泰；他的坚韧的意志与艺术的天才使我们想起造摩西像的密仡郎其罗；他的诙谐与智慧使我们想象当年的苏格拉底与老聃！他的人格的和谐与优美使我们想念暮年的歌德；他的慈祥的纯爱的抚摩，他的为人道不厌的努力，他的磅礴的大声，有时竟使我们唤起救主的心像，他的光彩，他的音乐，他的雄伟，使我们想念奥林匹克山顶的大神。他是不可侵凌的，不可逾越的，他是自然界的一个神秘的现象。他是三春和暖的南风，惊醒树枝上的新芽，增添处女颊上的红晕。他是普照的阳光。他是一派浩瀚的大水，来从不可追寻的渊源，在大地的怀抱中终古的流着，不息的流着，我们只是两岸的居民，凭借这慈恩的天赋，灌溉我们的田稻，苏解我们的消渴，洗净我们的污垢。他是喜马拉雅积雪的山峰，一般的崇高，一般的纯洁，一般的壮丽，一般的高傲，只有无限的青天枕藉他银白的头颅。

人格是一个不可错误的实在，荒歉是一件大事，但我们是饿惯了的，只认鸠形与鹄面是人生本来的面目，永远忘却了真健康的颜色与彩泽。标准的降低是一种可耻的堕落：我们只是踞坐在井底青蛙，但我们更没有怀疑的余地。我们也许揣详东方的初白，却不能非议中天的太阳。我们也许见惯了阴霾的天时，不耐这热烈的光焰，消散天空的云雾，暴露地面的荒芜，但同时在我们心灵的深处，我们岂不也感觉一个新鲜的影响，催促我们生命的跳动，唤醒潜在的想望，仿佛是武士望见了前峰烽烟的信号，更不踌躇的奋勇前向？只有接近了这样超轶的纯粹的丈夫，这样不可错误的实在，我们方始相形的自愧我们的口不够阔大，我们的嗓音不够响亮，我们的呼吸不够深长，我们的信仰不够坚定，我们的理想不够莹澈，我们的自由不够磅礴，我们的语言不够明白，我们的情感不够热烈，我们的努力不够勇猛，我们的资本不够充实……

我自信我不是恣滥不切事理的崇拜，我如其曾经应用浓烈的文字，这是因为我不能自制我浓烈的感想。但是我最急切要声明的是，我们的诗人，虽则常常招受神秘的徽号，在事实上却是最清明，最有趣，最诙谐，最不神秘的生灵。他是最通达人情，最近人情的。我盼望有机会追写他日常的生活与谈话。如其我是犯嫌疑的，如其我也是性近神秘的（有好多朋友这么说），你们还有适之先生的见证，他也说他是最可爱最可亲的个人：我们可以相信适之先生绝对没有"性近神秘"的嫌疑！所以无论他怎样的伟大与深厚，我们的诗人还只是有骨有血的人，不是野人，也不是天神。唯其是人，尤其是最富情感的人，所以他到处要求人道的温暖与安慰，他尤其要我们中国青年的同情与情爱。他已经为我们尽了责任，我们不应，更不忍辜负他的期望。同学们！爱你的爱，崇拜你的崇拜，是人情不是罪孽，是勇敢不是懦怯！

十二日在真光讲

（原刊 1924 年 5 月 19 日《晨报副刊》）

北戴河海滨的幻想

他们都到海边去了。我为左眼发炎不曾去。我独坐在前廊，偎坐在一张安适的大椅内，袒着胸怀，赤着脚，一头的散发，不时有风来撩拂。清晨的晴爽，不曾消醒我初起时睡态；但梦思却半被晓风吹断。我阖紧眼帘内视，只见一斑斑消残的颜色，一似晚霞的余赭，留恋地胶附在天边。廊前的马樱、紫荆、藤萝、青翠的叶与鲜红的花，都将他们的妙影映印在水汀上，幻出幽媚的情态无数；我的臂上与胸前，亦满缀了绿荫的斜纹。从树荫的间隙平望，正见海湾；海波亦似被晨曦唤醒，黄蓝相间的波光，在欣然的舞蹈。滩边不时见白涛涌起，迸射着雪样的水花。浴线内点点的小舟与浴客，水禽似的浮着；幼童的欢叫，与水波拍岸声，与潜涛呜咽声，相间的起伏，竞报一滩的生趣与乐意。但我独坐的廊前，却只是静静的，静静的无甚声响。妩媚的马樱，只是幽幽的微辗着，蝇虫也敛翅不飞。只有远近树里的秋蝉，在纺纱似的垂引他们不尽的长吟。

在这不尽的长吟中，我独坐在冥想。难得是寂寞的环境，难得是静定的意境；寂寞中有不可言传的和谐，静默中有无限的创造。我的心灵，比如海滨，生平初度的怒潮，已经渐次的消失，只剩有疏松的海砂中偶尔的回响，更有残缺的贝壳，反映星月的辉芒。此时摸索潮余的斑痕，追想当时汹涌的情景，是梦或是真，再亦不须辨问，只此眉梢的轻皱，唇边的微哂，已足解释无穷奥绪，深深的蕴伏在灵魂的微纤之中。

青年永远趋向反叛，爱好冒险；永远如初度航海者，幻想黄金机缘于浩淼的烟波之外；想割断系岸的缆绳，扯起风帆，欣欣的投入无垠的怀抱。他厌恶的是平安，自喜的是放纵与豪迈。无颜色的生涯，是他目中的荆棘；绝海与凶巇，是他爱取自由的途径。他爱折玫瑰，为她的色香，亦为她冷酷的刺毒。他爱搏狂澜，为他的庄严与伟大，亦为他吞噬一切的天才，最是激发他探险与好奇的动机。他崇拜冲动：不可测，不可节，不可预逆，起，动，消歇皆在无形中，狂飙似的倏忽与猛烈与神秘。他崇拜斗争：从斗争中求剧烈的生命之意义，从斗争中求绝对的实在，在血染的战阵中，呼叫胜利之狂欢或唱败丧的哀曲。

幻象消灭是人生里命定的悲剧；青年的幻灭，更是悲剧中的悲剧，夜一般的沉黑，死一般的凶恶。纯粹的，猖狂的热情之火，不同阿拉伯的神灯，只能放射一时的异彩，不能永久的朗照；转瞬间，或许，便已敛熄了最后的焰舌，只留存有限的余烬与残灰，在未灭的余温里自伤与自慰。

流水之光，星之光，露珠之光，电之光，在青年的妙目中闪耀，我们不能不惊讶造化者艺术之神奇，然可怖的黑影，倦与衰与饱餍的黑影，同时亦紧紧的跟着时日进行，仿佛是烦恼、痛苦、失败，或庸俗的尾曳，亦在转瞬间，彗星似的扫灭了我们最自傲的神辉——流水涸，明星没，露珠散灭，电闪不再！

在这艳丽的日辉中，只见愉悦与欢舞与生趣，希望，闪烁的希望，在荡漾，在无穷的碧空中，在绿荫的光泽里，在虫鸟的歌吟中，在青草的摇曳中——夏之荣华，春之成功。春光与希望，是长驻的；自然与人生，是调谐的。

在远处有福的山谷内，莲馨花在坡前微笑，稚羊在乱石间跳跃，牧童们，有的吹着芦笛，有的平卧在草地上，仰看幻想浮游的白云，放射下的青影在初黄的稻田中缥缈地移过。在远处安乐的村中，有妙龄的村姑，在流涧边照映她自制的春裙；口衔烟斗的农夫三四，在预度秋收的丰盈，老妇人们坐在家门外阳光中取暖，她们的周围有不少的儿童，手擎着黄白的钱花在环舞与欢呼。

在远——远处的人间，有无限的平安与快乐，无限的春光……

在此暂时可以忘却无数的落蕊与残红；亦可以忘却花荫中掉下的枯叶，私语地预告三秋的情意；亦可以忘却苦恼的僵瘪的人间，阳光与雨露的殷勤，不能再恢复他们腮颊上生命的微笑，亦可以忘却纷争的互杀的人间，阳光与雨露的仁慈，不能感化他们凶恶的兽性；亦可以忘却庸俗的卑俗的人间，行云与朝露的丰姿，不能引逗他们刹那间的凝视；亦可以忘却自觉的失望的人间，绚烂的春时与媚草，只能反激他们悲伤的意绪。

我亦可以暂时忘却我自身的种种；忘却我童年时期清风白水似的天真；忘却我少年时期种种虚荣的希冀；忘却我渐次的生命的觉悟；忘却我热烈的理想的寻求；忘却我心灵中乐观与悲观的斗争；忘却我攀登文艺高峰的艰辛；忘却刹那的启示彻悟之神奇；忘却我生命潮流之骤转；忘却我陷落在危险的旋涡中之幸与不幸；忘却我追忆不完全的梦境；忘却我大海底里埋着的秘密；忘却曾经刳割我灵魂的利刃，炮烙我灵魂的烈焰，摧毁我灵魂的狂飙与暴雨；忘却我的深刻的怨与艾；忘却我的冀与愿；忘却我的恩泽与惠感；忘却我的过去与现在……

过去的实在，渐渐的膨胀，渐渐的模糊，渐渐的不可辨认；现在的实在，渐渐的收缩，逼成了意识的一线，细极狭极的一线，又裂成了无数不相联续的黑点……黑点亦渐次的隐翳？幻术似的灭了，灭了，一个可怕的黑暗的空虚……

（原刊 1924 年 6 月 21 日《晨报副刊 · 文学旬刊》）

落叶

前天你们查先生来电话要我讲演，我说但是我没有什么话讲，并且我又是最不耐烦讲演的。他说：你来吧，随你讲，随你自由的讲，你爱说什么就说什么。我们这里你知道这次开学情形很困难，我们学生的生活很枯燥很闷，我们要你来给我们一点活命的水。这话打动了我。枯燥、闷，这我懂得。虽则我与你们诸君是不相熟的，但这一件事实，你们感觉生活枯闷的事实，却立即在我与诸君无形的关系间，发生了一种真的深切的同情。我知道烦闷是怎么样一个不成形不讲情理的怪物，他来的时候，我们的全身仿佛被一个大蜘蛛网盖住了，好容易挣出了这条手臂，那条又叫粘住了。那是一个可怕的网子。我也认识生活枯燥，他那可厌的面目，我想你们也都很认识他。他是无所不在的，他附在各个人的身上，他现在各个人的脸上。你望望你的朋友去，他们的脸上有他，你自己照镜子去，你的脸上，我想，也有他。可怕的枯燥，好比是一种毒剂，他一进了我们的血液，我们的性情，我们的皮肤就变了颜色，而且我怕是离着生命远，离着坟墓近的颜色。

我是一个信仰感情的人，也许我自己天生就是一个感情性的人。比如前几天西风到了，那天早上我醒的时候是冻着才醒过来的，我看着纸窗上的颜色比往常的淡了，我被窝里的肢体像是浸在冷水里似的，我也听见窗外的风声，吹着一棵枣树上的枯叶，一阵一阵的掉下来，在地上卷着，沙沙的发响，有的飞出了外院去，有的留在墙角边转着，那声响真像是叹气。我因此就想起这西风，冷醒了我的梦，吹散了树上的叶子，它那成绩在一般饥荒贫苦的社会里一定格外的可惨。那天我出门的时候，果然见街上的情景比往常不同了；穷苦的老头、小孩全躲在街角上发抖；他们迟早免不了树上枯叶子的运命。那一天我就觉得特别的闷，差不多发愁了。

因此我听着查先生说你们生活怎样的烦闷，怎样的干枯，我就很懂得，我就愿意来对你们说一番话。我的思想——如其我有思想 - 一永远不是成系统的。我没有那样的天才。我的心灵的活动是冲动性的，简直可以说痉挛性的。思想不来的时候，我不能要他来，他来的时候，就比如穿上一件湿衣，难受极了，只能想法子把他脱下。我有一个比喻，我方才说起秋风里的枯叶；我可以把我的思想比作树上的叶子，时期没有到，他们是不会掉下来的；但是到时期了，再要有风的力量，他们就只能一片一片的往下落；大多数也许是已经没有生命了的，枯了的，焦了的，但其中也许有几张还留着一点秋天的颜色，比如枫叶就是红的，海棠叶就是五彩的。这叶子实用是绝对没有的；但有人，比如我自己，就有爱落叶的癖好。它们初下来时颜色有很鲜艳的，但时候久了，颜色也变，除非你保存得好。所以我的话，那就是我的思想，也是与落叶一样的无用，至多有时有几痕生命的颜色就是了。你们不爱的尽可以随意的踩过，绝对不必理会；但也许有少数人有缘分的，不责备它们的无用，竟许会把它们捡起来揣在怀里，间在书里，想延留它们幽淡的颜色。感情，真的感情，是难得的，是名贵的，是应当共有的；我们不应该拒绝感情，或是压迫感情，那是犯罪的行为，与压住泉眼不让上冲，或是掐住小孩不让喘气一样的犯罪。人在社会里本来是不相连续的个体。感情，先天的与后天的，是一种线索，一种经纬，把原来分散的个体织成有文章的整体。但有时线索也有破烂与涣散的时候。所以一个社会里必须有新的线索继续的产出，有破烂的地方去补，有涣散的地方去拉紧，才可以维持这组织大体的匀整，有时生产力特别加增时，我们就有机会或是推广，或是加添我们现有的面积，或是加密，像网球板穿双线似的，我们现成的组织，因为我们知道创造的势力与破坏的势力，建设与溃败的势力，上帝与撒旦的势力，是同时存在的。这两种势力是在一架天平上比着；他们很少有平衡的时候，不是这头沉，就是那头沉。是的，人类的运命是在一架大天平上比着，一个巨大的黑影，那是我们集合的化身，在那里看着，他的手里满拿着分量的砝码，一会往这头送，一会又往那头送，地球尽转着，太阳、月亮、星星，轮流的照着，我们的运命永远是在天平上称着。

我方才说网球拍，不错，球拍是一个好比喻。你们打球的知道网拍上哪里几根线是最吃重最要紧，哪几根线要是特别有劲的时候，不仅你对敌时拉球、抽球、拍球格外来的有力，出色，并且你的拍子也就格外的经用。少数特强的分子保持了全体的匀整。这一条原则应用到人道上，就是说，假如我们有力量加密，加强我们最普通的同情线，那线如其穿连得到所有跳动的人心时，那时我们的大网子就坚实耐用，天津人说的，就有根。不问天时怎样的坏，管他雨也罢，云也罢，霜也罢，风也罢，管他水流怎样的急，我们假如有这样一个强有力的大网子，哪怕不能在时间无尽的洪流里——早晚网起无价的珍品，哪怕不能在我们运命的天平上重重的加下创造的生命的分量？

所以我说真的感情，真的人情，是难能可贵的，那是社会组织的基本成分。初起也许只是一个人心灵里偶然的震动，但这震动，不论怎样的微弱，都产生了极远的波纹；这波纹要是唤得起同情的反应时，原来细的便并成了粗的，原来弱的便合成了强的，原来脆性的便结成了韧性的，像一缕缕的苎麻打成了粗绳似的；原来只是微波，现在掀成了大浪，原来只是山罅里的一股细水，现在流成了滚滚的大河，向着无边的海洋里流着。比如耶稣在山头上的训道（Sermon on the Mount）还不是有限的几句话，但这一篇短短的演说，却制定了人类想望的止境，建设了绝对的价值的标准，创造了一个纯粹的完全的宗教。那是一件大事实，人类历史上一件最伟大的事实。再比如释迦牟尼感悟了生老病死的究竟，发大慈悲心，发大勇猛心，发大无畏心，抛弃了他人间的地位，富与贵，家庭与妻子，直到深山里去修道，结果他也替苦闷的人间打开了一条解放的大道，为东方民族的天才下一个最光华的定义。那又是人类历史上的一件奇迹。但这样大事的起源还不止是一个人的心灵里偶然的震动，可不仅仅是一滴最透明的真挚的感情滴落在黑沉沉的宇宙间？

感情是力量，不是知识。人的心是力量的府库，不是他的逻辑。有真感情的表现，不论是诗是文是音乐是雕刻或是画，好比是一块石子掷在平面的湖心里，你站着就看得见他引起的变化。没有生命的理论，不论他论的是什么理，只是拿石块扔在沙漠里，无非在干枯的地面上添一颗干枯的分子，也许掷下去时便听得出一些干枯的声响，但此外只是一大片死一般的沉寂了。所以感情才是成江成河的水泉，感情才是织成大网的线索。

但是我们自己的网子又是怎么样呢？现在时候到了，我们应当张大了我们的眼睛，认明白我们周围事实的真相。我们已经含糊了好久，现在再不容含糊的了。让我们来大声的宣布我们的网子是坏了的，破了的，烂了的；让我们痛快的宣告我们民族的破产，道德、政治、社会、宗教、文艺，一切都是破产了的。我们的心窝变成了蠹虫的家，我们的灵魂里住着一个可怕的大谎！那天平上沉着的一头是破坏的重量，不是创造的重量；是溃败的势力，不是建设的势力；是撒旦的魔力，不是上帝的神灵。霎时间这边路上长满了荆棘，那边道上涌起了洪水，我们头顶有骇人的声响，是雷霆还是炮火呢？我们周围有一哭声与笑声，哭是我们的灵魂受污辱的悲声，笑是活着的人们疯魔了的狞笑，那比鬼哭更听的可怕，更凄惨。我们张开眼来看时，差不多再没有一块干净的土地，哪一处不是叫鲜血与眼泪冲毁了的；更没有平安的所在，因为你即使忘却了外面的世界，你还是躲不了你自身的烦闷与苦痛。不要以为这样混沌的现象是原因于经济的不平等，或是政治的不安定，或是少数人的放肆的野心。这种种都是空虚的，欺人自欺的理论，说着容易，听着中听，因为我们只盼望脱卸我们自身的责任，只要不是我的份，我就有权利骂人。但这是，我着重的说，懦怯的行为；这正是我说的我们各个人灵魂里躲着的大谎！你说少数的政客，少数的军人，或是少数的富翁，是现在变乱的原因吗？我现在对你说：先生，你错了，你很大的错了，你太恭维了那少数人，你太瞧不起你自己。让我们一致的来承认，在太阳普遍的光亮底下承认，我们各个人的罪恶，各个人的不洁净，各个人的苟且与懦怯与卑鄙！我们是与最肮脏的一样的肮脏，与最丑陋的一般的丑陋，我们自身就是我们运命的原因。除非我们能起拔了我们灵魂里的大谎，我们就没有救度；我们要把祈祷的火焰把那鬼烧净了去，我们要把忏悔的眼泪把那鬼冲洗了去，我们要有勇敢来承当罪恶；有了勇敢来承当罪恶，方有胆量来决斗罪恶。再没有第二条路走。如其你们可以容恕我的厚颜，我想念我自己近作的一首诗给你们听，因为那首诗，正是我今天讲的话的更集中的表现：

一毒药

今天不是我唱歌的日子，我口边涎着狞恶的微笑，不是我说笑的日子，我胸怀间插着发冷光的利刃；相信我，我的思想是恶毒的，因为这世界是恶毒的。我的灵魂是黑暗的，因为太阳已经灭绝了光彩，我的声调是像坟堆里的夜鸮，因为人间已经杀尽了一切的和谐，我的口音像是冤鬼责问他的仇人，因为一切的恩已经让路给一切的怨；但是相信我，真理是在我的话里，虽则我的话像是毒药。真理是永远不含糊的，虽则我的话里仿佛有两头蛇的舌，蝎子的尾尖，蜈蚣的触须；只因为我的心里充满着比毒药更强烈，比咒诅更狠毒，比火焰更猖狂，比死更深奥的不忍心与怜悯心与爱心，所以我说的话是毒性的，咒诅的，燎灼的，虚无的。

相信我，我们-切的准绳已经埋没在珊瑚土打紧的墓宫里，最劲冽的祭肴的香味也穿不透这严封的地层：一切的准则是死了的；我们一切的信心像是顶烂在树枝上的风筝，我们手里擎着这道断了的鹞线：一切的信心是烂了的；

相信我，猜疑的巨大的黑影，像一块乌云似的，已经笼盖着人间一切的关系：人子不再悲哭他新死的亲娘，兄弟不再来携着他姊妹的手，朋友变成了寇仇，看家的狗回头来咬他主人的腿。是的，猜疑淹没了一切。

在路旁坐着啼哭的，在街心里站着的，在你窗前探望的，都是被奸污的处女：池潭里只见些烂破的鲜艳的荷花；

在人道恶浊的涧水里流着，浮荇似的，五具残缺的尸体，它们是仁义礼智信，向着时间无尽的海澜里流去；

这海是一个不安静的海，波涛猖獗的翻着，在每个浪头的小白帽上分明的写着人欲与兽性；

到处是奸淫的现象：贪心搂抱着正义，猜忌逼迫着同情，懦怯狎亵着勇敢，肉欲侮弄着恋爱，暴力侵凌着人道，黑暗践踏着光明；

听呀，这一片淫猥的声响，听呀，这一片残暴的声响；

虎狼在热闹的市街里，强盗在你们妻子的床上，罪恶在你们深奥的灵魂里……

二白旗

来，跟着我来，拿一面白旗在你们的手里——不是上面写着激动怨毒，鼓励残杀字样的白旗，也不是涂着不洁净血液的标记的白旗，也不是画着忏悔与咒语的白旗（把忏悔画在你们的心里）；

你们排列着，噤声的，严肃的，像送丧的行列，不容许脸上留存一丝的颜色，一毫的笑容，严肃的，噤声的，像一队决死的兵士；现在时辰到了，一齐举起你们手里的白旗，像举起你们的心一样，仰看着你们头顶的青天，不转瞬的，恐惶的，像看着你们自己的灵魂一样；

现在时辰到了，你们让你们熬着、壅着，迸裂着，滚沸着的眼泪流，直流，狂流，自由的流，痛快的流，尽性的流，像山水出峡似的流，像暴雨倾盆似的流……

现在时辰到了，你们让你们咽着，压迫着，挣扎着，汹涌着的声音嚎，直嚎，狂嚎，放肆的嚎，凶狠的嚎，像飓风在大海波涛间的嚎，像你们丧失了最亲爱的骨肉时的嚎……

现在时辰到了，你们让你们回复了的天性忏悔，让眼泪的滚油煎净了的，让嚎恸的雷霆震醒了的天性忏悔，默默的忏悔，悠久的忏悔，沉彻的忏悔，像冷峭的星光照落在一个寂寞的山谷里，像一个黑衣的尼僧匐伏在一座金漆的神龛前；

……

在眼泪的沸腾里，在嚎恸的酣彻里，在忏悔的沉寂里，你们望见了上帝永久的威严。

三婴儿

我们要盼望一个伟大的事实出现，我们要守候一个馨香的婴儿出世——

你看他那母亲在她生产的床上受罪！

她那少妇的安详，柔和，端丽，现在在剧烈的阵痛里变形成不可信的丑恶：你看她那遍体的筋络都在她薄嫩的皮肤底里暴涨着，可怕的青色与紫色，像受惊的水青蛇在田沟里急泅似的，汗珠站在她的前额上像一颗颗的黄豆，她的四肢与身体猛烈的抽搐着，畸屈着，奋挺着，纠旋着，仿佛她垫着的席子是用针尖编成的，仿佛她的帐围是用火焰织成的。

一个安详的，镇定的，端庄的，美丽的少妇，现在在阵痛的残酷里变形成魔鬼似的可怖：她的眼，一时紧紧的阖着，一时巨大的睁着，她那眼，原来像冬夜池潭里反映着的明星，现在吐露着青黄色的凶焰，眼珠像是烧红的炭火，映射出她灵魂最后的奋斗，她的原来朱红色的口唇，现在像是炉底的冷灰，她的口颤着，撅着，扭着，死神的热烈的亲吻不容许她一息的平安，她的发是散披着横在口边，漫在胸前，像揪乱的麻丝，她的手指间紧抓着几穗拧下来的乱发。

这母亲在她生产的床上受罪——

但她还不曾绝望，她的生命挣扎着血与肉与骨与肢体的纤微，在危崖的边沿上，抵抗着，搏斗着，死神的逼迫。

她还不曾放手，因为她知道（她的灵魂知道！）这苦痛不是无因的，因为她知道她的胎宫里孕育着一个比她自己更伟大的生命的种子，包涵着一个比一切更永久的婴儿。

因为她知道这苦痛是婴儿要求出世的征候，是种子在泥土里爆裂成美丽的生命的消息，是她完成她自己生命的使命的时机；因为她知道这忍耐是有结果的，在她剧痛的昏瞀中她仿佛听着上帝准许人间祈祷的声音，她仿佛听着天使们赞美未来的光明的声音。

因此她忍耐着，抵抗着，奋斗着……她抵拼绷断她统体的纤微，她要赎出在她那胎宫里动荡着的生命，在她一个完全美丽的婴儿出世的盼望中，最锐利，最沉酣的痛感逼成了最锐利最沉酣的快感……

这也许是无聊的希冀，但是谁不愿意活命，就是到了绝望最后的边沿，我们也还要妄想希望的手臂从黑暗里伸出来挽着我们。我们不能不想望这痛苦的现在，只是准备着一个更光荣的将来，我们要盼望一个洁白的肥胖的活泼的婴儿出世！

新近有两件事实，使我得到很深的感触。让我来说给你们听听。

前几时有一天俄国公使馆挂旗，我也去看了。加拉罕站在台上，微微的笑着，他的脸上发出一种严肃的青光，他侧仰着他的头看旗上升时，我觉着了他的人格的尊严，他至少是一个有胆有略的男子，他有为主义牺牲的决心，他的脸上至少没有苟且的痕迹，同时屋顶那根旗杆上，冉冉的升上了一片的红光，背着窈远没有一斑云彩的青天。那面簇新的红旗在风前料峭的袅荡个不定。这异样的彩色与声响引起了我异样的感想。是腼腆，是骄傲，还是鄙夷，如今这红旗初次面对着我们偌大的民族？在场人也有拍掌的，但只是断续的拍掌，这就算是我想我们初次见红旗的敬意；但这又是鄙夷，骄傲，还是惭愧呢？那红色是一个伟大的象征，代表人类史里最伟大的一个时期；不仅标示俄国民族流血的成绩，却也为人类立下了一个勇敢尝试的榜样。在那旗子抖动的声响里我不仅仿佛听出了这近十年来那斯拉夫民族失败与胜利的呼声，我也想象到百数十年前法国革命时的狂热，一七八九年七月四日那天巴黎市民攻破巴士梯亚牢狱时的疯癫。自由，平等，友爱！友爱，平等，自由！你们听呀，在这呼声里人类理想的火焰一直从地面上直冲破天顶，历史上再没有更重要更强烈的转变的时期。卡莱尔（Carlyle）在他的法国革命史里形容这件大事有三句名句，他说，“To describe this scene transcends the talent of mortals.After four hours of world-Bed’am it surrenders.The Bastille is down！”他说：“要形容这一景超过了凡人的力量。过了四小时的疯狂他（那大牢）投降了。巴士梯亚是下了！”打破一个政治犯的牢狱不算是了不得的大事，但这事实里有一个象征。巴士梯亚是代表阻碍自由的势力，巴黎市民的攻击是代表全人类争自由的势力，巴士梯亚的“下”是人类理想胜利的凭证。自由，平等，友爱！友爱，平等，自由！法国人在百几十年前猖狂的叫着。这叫声还在人类的性灵里荡着。我们不好像听见吗，虽则隔着百几十年光阴的旷野。如今凶恶的巴士梯亚又在我们的面前堵着；我们如其再不发疯，他那牢门上的铁钉，一个个都快刺透我们的心胸了！

这是一件事。还有一件是我六月间伴着泰戈尔到日本时的感想。早七年我过太平洋时曾经到东京去玩过几个钟头，我记得到上野公园去，上一座小山去下望东京的市场，只见连绵的高楼大厦，一派富盛繁华的景象。这回我又到上野去了，我又登山去望东京城了，那分别可太大了！房子，不错，原是有的；但从前是几层楼的高房，还有不少有名的建筑，比如帝国剧场、帝国大学等等，这次看见的，说也可怜，只是薄皮松板暂时支着应用的鱼鳞似的屋子，白松松的像一个烂发的花头，再没有从前那样富盛与繁华的气象。十九的城子都是叫那大地震吞了去烧了去的。我们站着的地面平常看是再坚实不过的，但是等到他起兴时小小的翻一个身，或是微微的张一张口，我们脆弱的文明与脆弱的生命就够受。我们在中国的差不多是不能想着世界上，在醒着的不是梦里的世界上，竟可以有那样的大灾难。

我们中国人是在灾难里讨生活的，水、旱、刀兵、盗劫，哪一样没有，但是我敢说我们所有的灾难合起来，也抵不上我们邻居一年前遭受的大难。那事情的可怕，我敢说是超过了人类忍受力的止境。我们国内居然有人以日本人这次大灾为可喜的，说他们活该，我真要请协和医院大夫用X光检查一下他们那几位，究竟他们是有没有心肝的。因为在可怕的运命的面前，我们人类的全体只是一群在山里逢着雷霆风雨时的绵羊，哪里还能容什么种族、政治等等的偏见与意气？我来说一点情形给你们听听，因为虽则你们在报上看过极详细的记载，不曾亲自察看过的总不免有多少距离的隔膜。我自己未到日本前与看过日本后，见解就完全的不同。你们试想假定我们今天在这里集会，我讲的，你们听的，假如日本那把戏轮着我们头上来时，要不了的搭的搭的搭的三秒钟我与你们与讲台与屋子就永远诀别了地面，像变戏法似的，影踪都没了。那是事实，横滨有好几所五六层高的大楼，全是在三四秒时间内整个儿与地面拉一个平，全没了。你们知道圣书里面形容天降大难的时候，不要说本来脆弱的人类完全放弃了一切的虚荣，就是最猛鸷的野兽与飞禽也会在霎时间变化了性质，老虎会来小猫似的挨着你躲着，利喙的鹰鹞会得躲入鸡棚里去窝着，比鸡还要驯服。在那样非常的变动时，他们也好似觉悟了这彼此同是生物的亲属关系，在天怒的跟前同是剥夺了抵抗力的小虫子，这里面就发生了同运命的同情。你们试想就东京一地说，二三百万的人口，几十百年辛勤的成绩，突然的面对着最后审判的实在，就在今天我们回想起当时他们全城子像一个滚沸的油锅时的情景，原来热闹的市场变成了光焰万丈的火盆，在这里面人类最集中的心力与体力的成绩全变了燃料，在这里面艺术、教育、政治、社会、人的骨与肉与血都化成了灰烬，还有百十万男女老小的哭嚷声，这哭声本体就可以摇动天地——我们不要说亲身经历，就是坐在椅子上想象这样不可信的情景时，也不免觉得害怕不是？

那可不是玩儿的事情。单只描写那样的大变，恐怕至少就须要荷马或是莎士比亚的天才。你们试想在那时候，假如你们亲身经历时，你的心理该是怎么样？你还恨你的仇人吗？你还不饶恕你的朋友吗？你还沾恋你个人的私有吗？你还有欺哄人的机会吗？你还有什么希望吗？你还不搂住你身旁的生物，管他是你的妻子，你的老子，你的听差，你的妈，你的冤家，你的老妈子，你的猫，你的狗，把你灵魂里还剩下的光明一齐放射出来，和着你同难的同胞在这普遍的黑暗里来一个最后的结合吗?

但运命的手段还不是那样的简单。他要是把你的一切都扫灭了，那倒也是一个痛快的结束；他可不然。他还让你活着，他还有更苛刻的试验给你。大难过了，你还喘着气；你的家，你的财产，都变了你脚下的灰，你的爱亲与妻与儿女的骨肉还有烧不烂的在火堆里燃着，你没有了一切；但是太阳又在你的头上光亮的照着，你还是好好的在平定的地面上站着，你疑心这一定是梦，可又不是梦，因为不久你就发现与你同难的人们，他们也一样的疑心他们身受的是梦。可真不是梦；是真的。你还活着，你还喘着气，你得重新来过，根本的完全的重新来过。除非是你自愿放手，你的灵魂里再没有勇敢的分子。那才是你的真试验的时候。这考卷可不容易交了，要到那时候你才知道你自己究竟有多大能耐，值多少，有多少价值。

我们邻居日本人在灾后的实际就是这样。全完了，要来就得完全来过，尽你自身的力量不够，加上你儿子的，你孙子的，你孙子的儿子的儿子的孙子的努力，也许可以重新撑起这份家私，但在这努力的过程中，谁也保不定天与地不再捣乱；你的几十年只要他的几秒钟。问题所以是你干不干?就只干脆的一句话，你干不干，是或否?同时也许无情的运命，扭着他那丑陋可怕的脸子在你的身旁冷笑，等着你最后的回话。你干不干，他仿佛也涎着他的怪脸问着你!

我们勇敢的邻居们已经交了他们的考卷；他们回答了一个干脆的干字，我们不能不佩服。我们不能不尊敬他们精神的人格。不等那大震灾的火焰缓和下去，我们邻居们第二次的奋斗已经庄严的开始了。不等运命的残酷的手臂松放，他们已经宣言他们积极的态度对运命宣战。这是精神的胜利，这是伟大，这是证明他们有不可摇的信心，不可动的自信力；证明他们是有道德的与精神的准备的，有最坚强的毅力与忍耐力的，有内心潜在着的精力的，有充分的后备军的，好比说，虽则前敌一起在炮火里毁了，这只是给他们一个出马的机会。他们不但不悲观，不但不消极，不但不绝望，不但不矮着嗓子乞怜，不但不倒在地下等救，在他们看来这大灾难，只是一个伟大的戟刺，伟大的鼓励，伟大的灵感，一个应有的试验，因此他们新来的态度只是双倍的积极，双倍的勇猛，双倍的兴奋，双倍的有希望；他们仿佛是经过大战的大将，战阵愈急迫愈危险，战鼓愈打得响亮，他的胆量愈大，往前冲的步子愈紧，必胜的决心愈强。这，我说，真是精神的胜利，一种道德的强制力，伟大的，难能的，可尊敬的，可佩服的。泰戈尔说的，国家的灾难，个人的灾难，都是一种试验：除是灾难的结果压倒了你的意志与勇敢，那才是真的灾难，因为你更没有翻身的希望。

这也并不是说他们不感觉灾难的实际的难受，他们也是人，他们虽勇，心究竟不是铁打的。但他们表现他们痛苦的状态是可注意的；他们不来零碎的呼叫，他们采用一种雄伟的庄严的仪式。此次震灾的周年纪念时，他们选定一个时间，举行他们全国的悲哀；在不知是几秒或几分钟的期间内，他们全国的国民一致的静默了，全国民的心灵在那短时间内融合在一阵忏悔的，祈祷的，普遍的肃静里（那是何等的凄伟！）；然后，一个信号打破了全国的静默，那千百万人民又一致的高声悲号，悲悼他们曾经遭受的惨运；在这一声弥漫的哀号里，他们国民，不仅发泄了蓄积着的悲哀，这一声长号，也表明他们一致重新来过的伟大的决心（这又是何等的凄伟！）。

这是教训，我们最切题的教训。我个人从这两件事情——俄国革命与日本地震——感到极深刻的感想；一件是告诉我们什么是有意义有价值的牺牲，那表面紊乱的背后坚定的站着某种主义或是某种理想，激起人类潜伏着一种普遍的想望；为要达到那想望的境界，他们就不顾冒怎样剧烈的险与难，拉倒已成的建设，踏平现有的基础，抛却生活的习惯，尝试最不可测量的路子。这是一种疯癫，但是有目的的疯癫；

单独的看，局部的看，我们尽可以下种种非难与责备的批评，但全部的看，历史的看时，那原来纷乱的就有了条理，原来散漫的就成了片段，甚至于在过程中一切反理性的分明残暴的事实都有了他们相当的应有的位置，在这部大悲剧完成时，在这无形的理想“物化”成事实时，在人类历史清理节账时，所得便超过所出，盈余至少是盖得过损失的。我们现在自己的悲惨就在问题不集中，不清楚，不一贯；我们缺少——用一个现成的比喻——那一面半空里升起来的彩色旗（我不是主张红旗我不过比喻罢了！），使我们有眼睛能看的人都不由的不仰着头望；缺少那青天里的一个霹雳，使我们有耳朵能听的不由的惊心。正因为缺乏这样一个一贯的理想与标准（能够表现我们潜在意识所想望的），我们有的那一部疯癫性——历史上所有的大运动都脱不了疯癫性的成分——就没有机会充分的外现，我们物质生活的累赘与沾恋，便有力量压迫住我们精神性的奋斗；不是我们天生不肯牺牲，也不是天生懦怯，我们在这时期内的确不曾寻着值得或是强迫我们牺牲的那件理想的大事，结果是精力的散漫，志气的怠惰，苟且心理的普遍，悲观主义的盛行，一切道德标准与一切价值的毁灭与埋葬。

人原来是行为的动物，尤其是富有集合行为力的，他有向上的能力，但他也是最容易堕落的，在他眼前没有正当的方向时，比如猛兽监禁在铁笼子里。在他的行为力没有发展的机会时，他就会随地躺了下来，管他是水潭是泥潭，过他不黑不白的猪奴的生活。这是最可惨的现象，最可悲的趋向。如其我们容忍这种状态继续存在时，那时每一对父母每次生下一个洁净的小孩，只是为这卑劣的社会多添一个堕落的分子，那是莫大的亵渎的罪业；所有的教育与训练也就根本的失去了意义，我们还不如盼望一个大雷霆下来毁尽了这三江或四江流域的人类的痕迹！

再看日本人天灾后的勇猛与毅力，我们就不由的不惭愧我们的穷，我们的乏，我们的寒伧。这精神的穷乏才是真可耻的，不是物质的穷乏。

我们所受的苦难都还不是我们应有的试验的本身，那还差得远着哪；但是我们的丑态已经恰好与人家的从容成一个对照。我们的精神生活没有充分的涵养，所以临着稀小的纷扰便没有了主意，像一个耗子似的，他的天才只是害怕，他的伎俩只是小偷；又因为我们的生活没有深刻的精神的要求，所以我们合群生活的大网子就缺少最吃分量最经用的那几条普遍的同情线，再加之原来的经纬已经到了完全破烂的状态，这网子根本就没有了联结，不受外物侵损时已有溃败的可能，哪里还能在时代的急流里，捞起什么有价值的东西？说也奇怪，这几千年历史的传统精神非但不曾供给我们社会一个巩固的基础，我们现在到了再不容隐讳的时候，谁知道发现我们的桩子，只是在黄河里造桥，打在流沙里的！

难怪悲观主义变成了流行的时髦！但我们年轻人，我们的身体里还有生命跳动，脉管里多少还有鲜血的年轻人，却不应当沾染这最致命的时髦，不应当学那随地躺得下去的猪，不应当学那苟且专家的耗子，现在时候逼迫了，再不容我们刹那的含糊。我们要负我们应负的责任，我们要来补织我们已经破烂的大网子，我们要在我们各个人的生活里抽出人道的同情的纤微来合成强有力的绳索，我们应当发现那适当的象征，像半空里那面大旗似的，引起普遍的注意；我们要修养我们精神的与道德的人格，预备忍受将来最难堪的试验。简单的一句话，我们应当在今天——过了今天就再没有那一天了——宣布我们对于生活基本的态度。是是还是否；是积极还是消极；是生道还是死道；是向上还是堕落？在我们年轻人一个字的答案上就挂着我们全社会的运命的决定。我盼望我至少可以代表大多数青年，在这篇讲演的末尾，高叫一声——用两个有力量的外国字－

“Everlasting yea！”

（原刊 1924 年 12 月 1 日《晨报六周年纪念增刊》）

济慈的《夜莺歌》

诗中有济慈（John Keats）的《夜莺歌》，与禽中有夜莺一样的神奇。除非你亲耳听过，你不容易相信树林里有一类发痴的鸟，天晚了才开口唱，在黑暗里倾吐她的妙乐，愈唱愈有劲，往往直唱到天亮，连真的心血都跟着歌声从她的血管里呕出；除非你亲自咀嚼过，你也不易相信一个二十三岁的青年有一天早饭后坐在一株李树底下迅笔的写，不到三小时写成了一首八段八十行的长歌，这歌里的音乐与夜莺的歌声一样的不可理解，同是宇宙间一个奇迹，即使有哪一天大英帝国破裂成无可记认的断片时，《夜莺歌》依旧保有她无比的价值：万万里外的星亘古的亮着，树林里的夜莺到时候就来唱着，济慈的《夜莺歌》永远在人类的记忆里存着。

那年济慈住在伦敦的Wentworth Place。百年前的伦敦与现在的英京大不相同，那时候"文明"的沾染比较的不深，所以华茨华斯站在威士明治德桥上，还可以放心的讴歌清晨的伦敦，还有福气在"无烟的空气"里呼吸，望出去也还看得见"田地、小山、石头、旷野，一直开拓到天边"。那时候的人，我猜想，也一定比较的不野蛮，近人情，爱自然，所以白天听得着满天的云雀，夜里听得着夜莺的妙乐。要是济慈迟一百年出世，在夜莺绝迹了的伦敦市里住着，他别的著作不敢说，这首《夜莺歌》至少，怕就不会成功，供人类无尽期的享受。说起来真觉得可悲，在我们南方，古迹而兼是艺术品的，只淘成了西湖上一座孤单的雷峰塔，这千百年来雷峰塔的文学还不曾见面，雷峰塔的映影已经永别了波心！也许我们的灵性是麻皮做的，木屑做的，要不然这时代普遍的苦痛与烦恼的呼声还不是最富灵感的天然音乐——但是我们的济慈在哪里？我们的《夜莺歌》在哪里？

济慈有一次低低的自语——“I feel the flowers growing on me”。意思是“我觉得鲜花一朵朵的长上了我的身”，就是说他一想着了鲜花，他的本体就变成了鲜花，在草丛里掩映着，在阳光里闪亮着，在和风里一瓣瓣的无形的伸展着，在蜂蝶轻薄的口吻下羞晕着。这是想象力最纯粹的境界：孙猴子能七十二般变化，诗人的变化力更是不可限量——莎士比亚戏剧里至少有一百多个永远有生命的人物，男的女的、贵的贱的、伟大的、卑琐的、严肃的、滑稽的，还不是他自己摇身一变变出来的。济慈与雪莱最有这与自然谐合的变术——雪莱制《云歌》时我们不知道雪莱变了云还是云变了雪莱；歌《西风》时不知道歌者是西风还是西风是歌者；颂《云雀》时不知道是诗人在九霄云端里唱着还是百灵鸟在字句里叫着；同样的济慈咏《忧郁》（Ode on Melancholy）时他自己就变了忧郁本体，“忽然从天上掉下来像一朵哭泣的云”；他赞美《秋》（To Autumn）时他自己就是在树叶底下挂着的叶子中心那颗渐渐发长的核仁儿，或是在稻田里静偃着玫瑰色的秋阳！这样比称起来，如其赵松雪关紧房门伏在地下学马的故事可信时，那我们的艺术家就落粗蠢，不堪的“乡下人气味”！

他那《夜莺歌》是他一个哥哥死的那年做的，据他的朋友有名肖像画家Robert Hayden给Miss Mitford的信里说，他在没有写下以前早就起了腹稿，一天晚上他们俩在草地里散步时济慈低低的背诵给他听——“…in a low，tremulous undertone which affected me extremely .”

那年碰巧——据着《济慈传》的Lord Houghton说，在他屋子的邻近来了一只夜莺，每晚不倦的歌唱，他很快活，常常留意倾听，一直听得他心痛神醉逼着他从自己的口里复制了一套不朽的歌曲。我们要记得济慈二十五岁那年在意大利在他的一个朋友的怀抱里作古，他是与他的夜莺一样，呕血死的！

能完全领略一首诗或是一篇戏曲，是一个精神的快乐，一个不期然的发现，这不是容易的事；要完全了解一个人的品性是十分难，要完全领会一首小诗也不得容易。我简直想说一半得靠你的缘分，我真有点儿迷信。就我自己说，文学本不是我的行业，我的有限的文学知识是“无师传授”的。斐德（Walter Pater）是一天在路上碰着大雨到一家旧书铺去躲避无意中发现的。歌德（Goethe）——说来更怪了——是司蒂文孙（R. L. S. ）介绍给我的（在他的Art of writing那书里他称赞George Henry Lewes的《歌德评传》；Everyman edition一块钱就可以买到一本黄金的书），柏拉图是一次在浴室里忽然想着要去拜访他的。雪莱是为他也离婚才去仔细请教他的，杜思退益夫斯基、托尔斯泰、丹农雪乌、波特莱耳、卢骚，这一班人也各有各的来法，反正都不是经由正宗的介绍，都是邂逅，不是约会。这次我到平大教书也是偶然的，我教着济慈的《夜莺歌》也是偶然的，乃至我现在动手写这一篇短文，更不是料得到的。友鸾再三要我写才鼓起我的兴来，我也很高兴写，因为看了我的乘兴的话，竟许有人不但发愿去读那《夜莺歌》，并且从此得到了一个亲口尝味最高级文学的门径，那我就得意极了。

但是叫我怎样讲法呢？在课堂里一头讲生字一头讲典故，多少有一个讲法，但是现在要我坐下来把这首整体的诗分成片段诠释它的意义，可真是一个难题！领略艺术与看山景一样，只要你地位站得适当，你这一望一眼便吸收了全景的精神；要你“远视”的看，不是近视的看；如其你捧住了树才能见树，那时即使你不惜工夫一株一株的审查过去，你还是看不到全林的景子。所以分析的看艺术，多少是煞风景的，综合的看法才对。所以我现在勉强讲这《夜莺歌》，我不敢说我能有什么心得的见解！我并没有！我只是在课堂里讲书的态度，按句按段的讲下去就是；至于整体的领悟还得靠你们自己，我是不能帮忙的。

你们没有听过夜莺先是一个困难。北京有没有我都不知道。下回萧友梅先生的音乐会要是有贝多芬的第六个《沁芳南》（The Pastoral Symphony）时，你们可以去听听，那里面有夜莺的歌声。好吧，我们只要能同意听音乐——自然的或人为的——有时可以使我们听出神。譬如你晚上在山脚下独步时听着清越的笛声，远远的飞来，你即使不滴泪，你多少不免"神往"不是？或是在山中听泉乐，也可使你忘却俗景，想象神境。我们假定夜莺的歌声比我们白天听着的什么鸟都要好听；他初起像是龚云甫，嗓子发沙的，很懈的试她的新歌；顿上一顿，来了，有调了。可还不急，只是清脆悦耳，像是珠走玉盘（比喻是满不相干的）！慢慢的她动了情感，仿佛忽然想起了什么事情使他激成异常的愤慨似的，他这才真唱了，声音越来越亮，调门越来越新奇，情绪越来越热烈，韵味越来越深长，像是无限的欢畅，像是艳丽的怨慕，又像是变调的悲哀——直唱得你在旁倾听的人不自主的跟着她兴奋，伴着她心跳。你恨不得和着她狂歌，就差你的嗓子太粗太浊合不到一起！这是夜莺，这是济慈听着的夜莺，本来晚上万籁俱寂后声音的感动力就特强，何况夜莺那样不可模拟的妙乐。

好了，你们先得想象你们自己也叫音乐的沉醴浸醉了，四肢软绵绵的，心头痒荠荠的，说不出的一种浓味的馥郁的舒服，眼帘也是懒洋洋的挂不起来，心里满是流膏似的感想，辽远的回忆，甜美的惆怅，闪光的希冀，微笑的情调一齐兜上方寸灵台时——再来——"in a low,tremulous undertone"——开诵济慈的《夜莺歌》，那才对劲儿！

这不是清醒时的说话，这是半梦呓的私语，心里畅快的压迫太重了流出口来绻缱的细语——我们用散文译过他的意思来看：

一

这唱歌的，唱这样神妙的歌的，决不是一只平常的鸟；她一定是一个树林里美丽的女神，有翅膀会飞翔的。她真乐呀，你听独自在黑夜的树林里，在枝干交叉，浓荫如织的青林里，她畅快的开放她的歌调，赞美着初夏的美景，我在这里听她唱，听的时候已经很多，她还是恣情的唱着；啊，我真被她的歌声迷醉了，我不敢羡慕她的清福，但我却让她无边的欢畅催眠住了，我像是服了一剂麻药，或是喝尽了一剂鸦片汁，要不然为什么这睡昏昏思离离的像进了黑甜乡似的，我感觉着一种微倦的麻痹，我太快活了，这快感太尖锐了，竟使我心房隐隐的生痛了！

二

你还是不倦的唱着——在你的歌声里我听出了最香冽的美酒的味儿。呵，喝一杯陈年的真葡萄酒都痛快呀！那葡萄是长在暖和的南方的，普鲁罔斯那种地方，那边有的是幸福与欢乐，他们男的女的整天在宽阔的太阳光底下作乐，有的携着手跳春舞，有的弹着琴唱恋歌；再加那遍野的香草与各样的树馨——在这快乐的地土下他们有酒窖埋着美酒。现在酒味益发的澄静，香冽了。真美呀，真充满了南国的乡土精神的美酒，我要来饮满一杯，这酒好比是希宝克林灵泉的泉水，在日光里滟滟发虹光的清泉，我拿一只古爵盛一个扑满。啊，看呀！这珍珠似的酒沫在这杯边上发瞬，这杯口也叫紫色的浓浆染一个鲜艳；你看看，我这一口就把这一大杯酒吞了下去——这才真醉了，我的神魂就脱离了躯壳，幽幽的辞别了世界，跟着你清唱的音响，像一个影子似淡淡的掩入了你那暗沉沉的林中。

三

想起这世界真叫人伤心。我是无沾恋的，巴不得有机会可以逃避，可以忘怀种种不如意的现象，不比你在青林茂荫里过无忧的生活，你不知道也无须过问我们这寒伧的世界，我们这里有的是热病、厌倦、烦恼，平常朋友们见面时只是愁颜相对，你听我的牢骚，我听你的哀怨；老年人耗尽了精力，听凭痹症摇落他们仅存的几根可怜的白发；年轻人也是叫不如意事蚀空了，满脸的憔悴，消瘦得像一个鬼影，再不然就进墓门；真是除非你不想他，你要一想的时候就不由得你发愁，不由得你眼睛里钝迟迟的充满了绝望的晦色；美更不必说，也许难得在这里，那里，偶然露一点痕迹，但是转瞬间就变成落花流水似没了，春光是挽留不住的，爱美的人也不是没有，但美景既不常驻人间，我们至多只能实现暂时的享受，笑口不曾全开，愁颜又回来了！因此我只想顺着你歌声离别这世界，忘却这世界，解化这忧郁沉沉的知觉。

四

人间真不值得留恋，去吧，去吧！我也不必乞灵于培克司（酒神）与他那宝辇前的文豹，只凭诗情无形的翅膀我也可以飞上你那里去。啊，果然来了！到了你的境界了！这林子里的夜是多温柔呀，也许皇后似的明月此时正在她天中的宝座上坐着，周围无数的星辰像侍臣似的拱着她。但这夜却是黑，暗阴阴的没有光亮，只有偶然天风过路时把这青翠荫蔽吹动，让半亮的天光丝丝的漏下来，照出我脚下青茵浓密的地土。

五

这林子里梦沉沉的不漏光亮，我脚下踏着的不知道是什么花，树枝上渗下来的清馨也辨不清是什么香；在这薰香的黑暗中我只能按着这时令猜度这时候青草里，矮丛里，野果树上的各色花香——乳白色的山楂花，有刺的野蔷薇，在叶丛里掩盖着的紫罗兰已快萎谢了，还有初夏最早开的麝香玫瑰，这时候准是满承着新鲜的露酿，不久天暖和了，到了黄昏时候，这些花堆里多的是采花来的飞虫。

我们要注意从第一段到第五段是一顺下来的：第一段是乐极了的语调，接着第二段声调跟着南方的阳光放亮了一些，但情调还是一路的缠绵。第三段稍为激起一点浪纹，迷离中夹着一点自觉的愤慨，到第四段又沉了下去，从"already with thee！"起，语调又极幽微，像是小孩子走入了一个阴凉的地窖子，骨髓里觉着凉，心里却觉着半害怕的特别意味，他低低的说着话，带颤动的，断续的；又像是朝上风来吹断清梦时的情调；他的诗魂在林子的黑荫里闻着各种看不见的花草的香味，私下一一的猜测诉说，像是山涧平流入湖水时的尾声……这第六段的声调与情调可全变了；先前只是畅快的惝恍，这下竟是极乐的谵语了。他乐极了，他的灵魂取得了无边的解脱与自由，他就想永保这最痛快的俄顷，就在这时候轻轻的把最后的呼吸和入了空间，这无形的消灭便是极乐的永生；他在另一首诗里说——

I know this being's lease,
My fancy to its utmost bliss spreads,
Yet could I on this very midnight cease,

And the worlds gaudy ensignsee in shreds;
Verse, Fame and Beauty are intense indeed,
But Death intenser-Death is Life' s high Meed.

在他看来（或是在他想来），“生”是有限的，生的幸福也是有限的——诗，声名与美是我们活着时最高的理想，但都不及死，因为死是无限的，解化的，与无尽流的精神相投契的，死才是生命最高的蜜酒，一切的理想在生前只能部分的，相对的实现，但在死里却是整体的绝对的谐合，因为在自由最博大的死的境界中一切不调谐的全调谐了，一切不完全的全完全了，他这一段用的几个状词要注意，他的死不是苦痛；是“Easeful death”舒服的，或是竟可以翻作“逍遥的死”；还有他说“Quiet breath”，幽静或是幽静的呼吸，这个观念在济慈诗里常见，很可注意；他在一处排列他得意的幽静的比象——

AUTUMNSUNS
Smiling at eve upon the quiet sheaves.
Sweet Sapphos Cheek-a sleeping infant' s breath-
The gradual sand that through an hour glass runns
A woodland rivulet, a poet' s death.

秋田里的晚霞，沙浮女诗人的香腮，睡孩的呼吸，光阴渐缓的流沙，山林里的小溪，诗人的死。他诗里充满着静的，也许香艳的，美丽的静的意境，正如雪莱的诗里无处不是动，生命的振动，剧烈的，有色彩的，嘹亮的。我们可以拿济慈的《秋歌》对照雪莱的《西风歌》，济慈的《夜莺》对比雪莱的《云雀》，济慈的《忧郁》对比雪莱的《云》，一是动、舞、生命、精华的、光亮的、搏动的生命，一是静、幽、甜熟的、渐缓的、奢侈的死，比生命更深奥更博大的死，那就是永生。懂了他的生死的概念我们再来解释他的诗。

六

但是我一面正在猜测着这青林里的这样那样，夜莺他还是不歇的唱着，这回唱得更浓更烈了。（先前只像荷池里的雨声，调虽急，韵节还是很匀净的；现在竟像是大块的骤雨落在盛开的丁香林中，这白英在狂颤中缤纷的堕地，雨中的一阵香雨，声调急促极了。）所以他竟想在这极乐中静静的解化，平安的死去，所以他竟与无痛苦的解脱发生了恋爱，昏昏的随口编着钟爱的名字唱着赞美他，要他领了他永别这生的世界，投入永生的世界。这死所以不仅不是痛苦，真是最高的幸福，不仅不是不幸，并且是一个极大的奢侈；不仅不是消极的寂灭，这正是真生命的实现。在这青林中，在这半夜里，在这美妙的歌声里，轻轻的挑破了生命的水泡，啊，去吧！同时你在歌声中倾吐了你的内蕴的灵性，放胆的尽性的狂歌好像你在这黑暗里看出比光明更光明的光明，在你的叶荫中实现了比快乐更快乐的快乐：——我即使死了，你还是继续的唱着，直唱到我听不着，变成了土，你还是永远的唱着。

这是全诗精神最饱满音调最神灵的一节，接着上段死的意思与永生的意思，他从自己又回想到那鸟的身上，他想我可以在这歌声里消散，但这歌声的本体呢？听歌的人可以由生入死，由死得生，这唱歌的鸟，又怎样呢？以前的六节都是低调，就是第六节调虽变，音还是像在浪花里浮沉着的一张叶片，浪花上涌时叶片上涌，浪花低伏时叶片也低伏；但这第七节是到了最高点，到了急调中的急调——诗人的情绪，和着鸟的歌声，尽情的涌了出来，他的迷醉中的诗魂已经到了梦与醒的边界。

这节里 Ruth 的本事是在《旧约》书里 The Book of Ruth，她是嫁给一个客民的，后来丈夫死了，她的姑要回老家，叫她也回自己的家再嫁人去，罗司一定不肯，情愿跟着她的姑到外国去守寡，后来她在麦田里收麦，她常常想着她的本乡，济慈就应用这段故事。

七

方才我想到死与灭亡，但是你，不死的鸟呀，你是永远没有灭亡的日子，你的歌声就是你不死的一个凭证。时化尽迁异，人事尽变化，你的音乐还是永远不受损伤，今晚上我在此地听你，这歌声还不是在几千年前已经在着，富贵的王子曾经听过你，卑贱的农夫也听过你。也许当初罗司那孩子在黄昏时站在异邦的田里割麦，她眼里含着一包眼泪思念故乡的时候，这同样的歌声，曾经从林子里透出来，给她精神的慰安，也许在中古时期幻术家在海上变出蓬莱仙岛，在波心里起造着楼阁，在这里面住着他们摄取来的美丽的女郎，她们凭着窗户望海思乡时，你的歌声也曾经感动她们的心灵，给她们平安与愉快。

八

这段是全诗的一个总束，夜莺放歌的一个总束，也可以说人生的大梦的一个总束。他这诗里有两个相对的（动机）：一个是这现世界，与这面目可憎的实际的生活，这是他巴不得逃避，巴不得忘却的，一个是超现实的世界，音乐声中不朽的生命，这是他所想望的，他要实现的，他愿意解脱了不完全暂时的生为要入这完全的永久的生。他如何去法，凭酒的力量可以去，凭诗的无形的翅膀亦可以飞出尘寰，或是听着夜莺不断的唱声也可以完全忘却这现世界的种种烦恼。他去了，他化入了温柔的黑夜，化入了神灵的歌声——他就是夜莺；夜莺就是他。夜莺低唱时他也低唱，高唱时他也高唱，我们辨不清谁是谁，第六第七段充分发挥“完全的永久的生”那个动机，天空里，黑夜里已经充塞了音乐——所以在这里最高的急调尾声一个字音 forlorn 里转回到那一个动机，他所从来那个现实的世界，往来穿着的还是那一条线，音调的接合，转变处也极自然；最后糅和那两个相反的动机，用醒（现世界）与梦（想象世界）结合全文，像拿一块石子掷入山壑内的深潭里，你听那音乐又清切又谐和，余音还在山壑里回荡着，使你想见那石块慢慢的，慢慢的沉入了无底的深潭……音乐完了，梦醒了，血呕尽了，夜莺死了！但他的余韵却袅袅的永远在宇宙间回响着……

十三年十二月二日夜半

（原刊 1925 年 2 月《小说月报》第 16 卷第 2 号）

翡冷翠山居闲话

在这里出门散步去，上山或是下山，在一个晴好的五月的向晚，正像是去赴一个美的宴会，比如去一个果子园，那边每株树上都是满挂着诗情最秀逸的果实，假如你单是站着看还不满意时，只要你一伸手就可以采取，可以恣尝鲜味，足够你性灵的迷醉。阳光正好暖和，决不过暖；风息是温驯的，而且往往因为他是从繁花的山林里吹度过来带一股幽远的淡香，连着一息滋润的水气，摩挲着你的颜面，轻绕着你的肩腰，就这单纯的呼吸已是无穷的愉快；空气总是明净的，近谷内不生烟，远山上不起霭，那美秀风景的全部正像画片似的展露在你的眼前，供你闲暇的鉴赏。

作客山中的妙处，尤在你永不须踌躇你的服色与体态；你不妨摇曳着一头的蓬草，不妨纵容你满腮的苔藓；你爱穿什么就穿什么；扮一个牧童，扮一个渔翁，装一个农夫，装一个走江湖的杰卜闪，装一个猎户；你再不必提心整理你的领结，你尽可以不用领结，给你的颈根与胸膛一半日的自由，你可以拿一条艳色的长巾包在你的头上，学一个太平军的头目，或是拜伦那埃及装的姿态；但最要紧的是穿上你最旧的旧鞋，别管它模样不佳，它们是顶可爱的好友，它们承着你的体重却不叫你记起你还有一双脚在你的底下。

这样的玩顶好是不要约伴，我竟想严格的取缔，只许你独身；因为有了伴多少总得叫你分心，尤其是年轻的女伴，那是最危险最专制不过的旅伴，你应得躲避她像你躲避青草里一条美丽的花蛇！平常我们从自己家里走到朋友的家里，或是我们执事的地方，那无非是在同一个大牢里从一间狱室移到另一间狱室去，拘束永远跟着我们，自由永远寻不到我们；但在这春夏间美秀的山中或乡间你要是有机会独身闲逛时，那才是你福星高照的时候，那才是你实际领受，亲口尝味，自由与自在的时候，那才是你肉体与灵魂行动一致的时候；朋友们，我们多长一岁年纪往往只是加重我们头上的枷，加紧我们脚胫上的链，我们见小孩子在草里在沙堆里在浅水里打滚作乐，或是看见小猫追它自己的尾巴，何尝没有羡慕的时候，但我们的枷，我们的链永远是制定我们行动的上司！所以只有你单身奔赴大自然的怀抱时，像一个裸体的小孩扑入他母亲的怀抱时，你才知道灵魂的愉快是怎样的，单就活着的快乐是怎样的，单就呼吸单就走道单就张眼看耸耳听的幸福是怎样的。因此你得严格的为己，极端的自私，只许你，体魄与性灵，与自然同在一个脉搏里跳动，同在一个音波里起伏，同在一个神奇的宇宙里自得。我们浑朴的天真是像含羞草似的娇柔，一经同伴的抵触，他就卷了起来，但在澄静的日光下，和风中，他的姿态是自然的，他的生活是无阻碍的。

你一个人漫游的时候，你就会在青草里坐地仰卧，甚至有时打滚，因为草的和暖的颜色自然的唤起你童稚的活泼；在静僻的道上你就会不自主的狂舞，看着你自己的身影幻出种种诡异的变相，因为道旁树木的阴影在他们纡徐的婆娑里暗示你舞蹈的快乐；你也会得信口的歌唱，偶尔记起断片的音调，与你自己随口的小曲，因为树林中的莺燕告诉你春光是应得赞美的；更不必说你的胸襟自然会跟着漫长的山径开拓，你的心地会看着澄蓝的天空静定，你的思想和着山壑间的水声，山罅里的泉响，有时一澄到底的清澈，有时激起成章的波动，流，流，流入凉爽的橄榄林中，流入妩媚的阿诺河去……

并且你不但不须应伴，每逢这样的游行，你也不必带书。书是理想的伴侣，但你应得带书，是在火车上，在你住处的客室里，不是在你独身漫步的时候。什么伟大的深沉的鼓舞的清明的优美的思想的根源不是可以在风籁中，云彩里，山势与地形的起伏里，花草的颜色与香息里寻得？自然是最伟大的一部书，歌德说，在他每一页的字句里我们读得最深奥的消息。并且这书上的文字是人人懂得的；阿尔帕斯与五老峰，雪西里与普陀山，莱茵河与扬子江，梨梦湖与西子湖，建兰与琼花，杭州西溪的芦雪与威尼市夕照的红潮，百灵与夜莺，更不提一般黄的黄麦，一般紫的紫藤，一般青的青草同在大地上生长，同在和风中波动——他们应用的符号是永远一致的，他们的意义是永远明显的，只要你自己性灵上不长疮瘢，眼不盲，耳不塞，这无形迹的最高等教育便永远是你的名分，这不取费的最珍贵的补剂便永远供你的受用；只要你认识了这一部书，你在这世界上寂寞时便不寂寞，穷困时不穷困，苦恼时有安慰，挫折时有鼓励，软弱时有督责，迷失时有南针。

十四年七月

（原刊 1925 年 7 月 4 日《现代评论》第 2 卷第 30 期，重刊同年 8 月 5 日《晨报副刊·文学旬刊》）

意大利的天时小引

我们常听说意大利的天就比别处的不同："蓝天的意大利""艳阳的意大利""光亮的意大利"。我不曾来的时候，我常常想象意大利的天，阴霾，晦塞，雾盲，昏沉那类的字在这里当然是不适用不必说，就是下雨也一定像夏天阵雨似的别有风趣，只是在雨前雨后增添天上的妩媚；我想没有云的日子一定多，头顶只见一个碧蓝的圆穹，地下只是艳丽的阳光，大致比我们冬季的北京再加几倍光亮的模样。有云的时候，也一定是最可爱的云彩，鹅毛似的白净，一条条在蓝天里挂着，要不然就是彩色最鲜艳的晚霞，玫瑰、琥珀、玛瑙、珊瑚、翡翠、珍珠什么都有；看着了那样的天（我想）心里有愁的人一定会忘所愁，本来快活的一定加倍的快活……

那是想象中的意大利的天与天时，但想望总不免过分；在这世界上最美满的事情离着理想的境界总还有几步路。意大利的天，虽则比别处的好，终究还不是"洞天"。你们后来的记好了，不要期望过奢；我自己幸亏多住了几天，否则不但不满意，差一些还会十分的失望。

初入境的印象我敢说一定是很强的。我记得那天钻出了阿尔帕斯的山脚，连环的雪峰向后直退。郎巴德的平壤像一条地毯似的直铺到前望的天边；那时头上的天与阳光的确不同，急切说不清怎样的不同，就只蓝天比往常的蓝，白云比寻常的白，阳光比平常的亮，你身边站着的旅伴说“阿这是意大利”，你也脱口的回答“阿这是意大利”，你的心跳就自然的会增快，你的眼力自然的会加强。田里的草，路旁的树，湖里的水都仿佛微笑着轻轻的回应你，阿这是意大利！

但我初到的两个星期，从米兰到威尼市，经翡冷翠去罗马，意大利的天时，你说怎样，简直是荒谬！威尼市不曾见着它有名夕照的影子，翡冷翠只是不清明，罗马最不顾廉耻，简直连绵的淫雨了四天，四月有正月的冷，什么游兴都给毁了，临了逃向翡冷翠那天我真忍不住咒了。

（原刊 1925 年 8 月 19 日《晨报副刊》）

“迎上前去”

这回我不撒谎，不打隐谜，不唱反调，不来烘托；我要说几句至少我自己信得过的话，我要痛快的招认我自己的虚实，我愿意把我的花押画在这张供状的末尾。

我要求你们大量的容许，准我在我第一天接手《晨报副刊》的时候，介绍我自己，解释我自己，鼓励我自己。

我相信真的理想主义者是受得住眼看他往常保持着的理想煨成灰，碎成断片，烂成泥，在这灰、这断片、这泥的底里，他再来发现他更伟大、更光明的理想。我就是这样的一个。

只有信生病是荣耀的人们才来不知耻的高声嚷痛，这时候他听着有脚步声，他以为有帮助他的人向着他来，谁知是他自己的灵性离了他去！真有志气的病人，在不能自己豁脱苦痛的时候，宁可死休，不来忍受医药与慈善的侮辱。我又是这样的一个。

我们在这生命里到处碰头失望，连续遭逢“幻灭”，头顶只见乌云，地下满是黑影；同时我们的年岁、病痛、工作、习惯，恶狠狠的压上我们的肩背，一天重似一天，在无形中嘲讽的呼喝着，“倒，倒，你这不量力的蠢材！”因此你看这满路的倒尸，有全死的，有半死的，有爬着挣扎的，有默无声息的……嘿！生命这十字架，有几个人扛得起来？

但生命还不是顶重的担负，比生命更重实更压得死人的是思想那十字架。人类心灵的历史里能有几个天成的孟贲乌育？在思想可怕的战场上我们就只有数得清有限的几具光荣的尸体。我不敢非分的自夸；我不够狂，不够妄。我认识我自己力量的止境，但我却不能制止我看了这时候国内思想界萎瘪现象的愤懑与羞恶。我要一把抓住这时代的脑袋，问它要一点真思想的精神给我看看——不是借来的税来的冒来的描来的东西，不是纸糊的老虎，摇头的傀儡，蜘蛛网幕面的偶像；我要的是筋骨里迸出来，血液里激出来，性灵里跳出来，生命里震荡出来的真纯的思想。我不来问他要，是我的懦怯；他拿不出来给我看，是他的耻辱。朋友，我要你选定一边，假如你不能站在我的对面，拿出我要的东西来给我看，你就得站在我这一边，帮着我对这时代挑战。

我预料有人笑骂我的大话。是的，大话。我正嫌这年头的话太小了，我们是得造一个比小更小的字来形容这年头听着的说话，写下印成的文字；我们得请一个想象力细致如史魏夫脱（Dean Swift）的来描写那些说小话的小口，说尖话的尖嘴。一大群的食蚁兽！他们最大的快乐是忙着他们的尖喙在泥土里垦寻细微的蚂蚁。蚂蚁是吃不完的，同时这可笑的尖嘴却益发不住的向尖的方向进化，小心再隔几代连蚂蚁这食料都显太大了！

我不来谈学问，我不配，我书本的知识是真的十二分的有限。年轻的时候我念过几本极普通的中国书，这几年不但没有知新，温故都说不上，我实在是孤陋，但我却抱定孔子的一句话“知之为知之，不知为不知，是知也”，决不来强不知为知；我并不看不起国学与研究国学的学者，我十二分的尊敬他们，只是这部分的工作我只能艳羡的看他们去做，我自己恐怕不但今天，竟许这辈子都没希望参加的了。外国书呢？看过的书虽则有几本，但是真说得上“我看过的”能有多少，说多一点，三两篇戏，十来首诗，五六篇文章，不过这样罢了。

科学我是不懂的，我不曾受过正式的训练，最简单的物理化学，都说不明白，我要是不预备就去考中学校，十分里有九分是落第，你信不信！天上我只认识几颗大星，地上几棵大树！这也不是先生教我的；从先生那里学来的，十几年学校教育给我的，究竟有些什么，我实在想不起，说不上，我记得的只是几个教授可笑的嘴脸与课堂里强烈的催眠的空气。

我人事的经验与知识也是同样的有限，我不曾做过工；我不曾尝味过生活的艰难，我不曾打过仗，不曾坐过监，不曾进过什么秘密党，不曾杀过人，不曾做过买卖，发过一个大的财。

所以你看，我只是个极平常的人，没有出人头地的学问，更没有非常的经验。但同时我自信我也有我与人不同的地方。我不曾投降这世界。我不受它的拘束。

我是一只没笼头的野马，我从来不曾站定过。我人是在这社会里活着，我却不是这社会里的一个，像是有离魂病似的，我这躯壳的动静是一件事，我那梦魂的去处又是一件事。我是一个傻子，我曾经妄想在这流动的生活里发现一些不变的价值，在这打谎的世上寻出一些不磨灭的真，在我这灵魂的冒险是生命核心里的意义；我永远在无形的经验的巉岩上爬着。

冒险——痛苦——失败——失望，是跟着来的，存心冒险的人就得打算他最后的失望；但失望却不是绝望，这分别很大。我是曾经遭受失望的打击，我的头是流着血，但我的脖子还是硬的；我不能让绝望的重量压住我的呼吸，不能让悲观的慢性病侵蚀我的精神，更不能让厌世的恶质染黑我的血液。厌世观与生命是不可并存的；我是一个生命的信徒，起初是的，今天还是的，将来我敢说也是的。我决不容忍性灵的颓唐，那是最不可救药的堕落，同时却继续躯壳的存在；在我，单这开口说话，提笔写字的事实，就表示后背有一个基本的信仰，完全的没破绽的信仰；否则我何必再做什么文章，办什么报刊?

但这并不是说我不感受人生遭遇的痛创；我决不是那童性的乐观主义者；我决不来指着黑影说这是阳光，指着云雾说这是青天，指着分明的恶说这是善；我并不否认黑影、云雾和恶，我只是不怀疑阳光与青天与善的实在；暂时的掩蔽与侵蚀，不能使我们绝望，这正应得加倍的激动我们寻求光明的决心。

前几天我觉着异常懊丧的时候无意中翻着尼采的一句话，极简单的几个字却涵有无穷的意义与强悍的力量，正如天上星斗的纵横与山川的经纬，在无声中暗示你人生的奥义，祛除你的迷惘，照亮你的思路，他说“受苦的人没有悲观的权利”（The sufferer has no right to pessimism），我那时感觉一种异样的惊心，一种异样的彻悟：

我不辞痛苦，因为我要认识你，上帝；

我甘心，甘心在火焰里存身，

到最后那时辰见我的真，

见我的真，我定了主意，上帝，再不迟疑！

所以我这次从南边回来，决意改变我对人生的态度，我写信给朋友说这来要来认真做一点“人的事业”了。——

我再不想成仙，蓬莱不是我的分；

我只要这地面，情愿安分的做人。

在我这“决心做人，决心做一点认真的事业”，是一个思想的大转变；因为先前我对这人生只是不调和不承认的态度，因此我与这现世界并没有什么相互的关系，我是我，它是它，它不能责备我，我也不来批评它。但这来我决心做人的宣言却把我放进了一个有关系，负责任的地位，我再不能张着眼睛做梦，从今起得把现实当现实看：我要来察看，我要来检查，我要来清除，我要来颠扑，我要来挑战，我要来破坏。

人生到底是什么？我得先对我自己给一个相当的答案。人生究竟是什么？为什么这形形色色的，纷扰不清的现象——宗教、政治、社会、道德、艺术、男女、经济？我来是来了，可还是一肚子的不明白，我得慢慢的看古玩似的，一件件拿在手里看一个清切再来说话，我不敢保证我的话一定在行，我敢担保的只是我自己思想的忠实，我前面说过我的学识是极浅陋的，但我却并不因此自馁，有时学问是一种束缚，知识是一层障碍，我只要能信得过我能看的眼，能感受的心，我就有我的话说；至于我说的话有没有人听，有没有人懂，那是另外一件事，我管不着了——“有的人身死了才出世的”，谁知道一个人有没有真的出世那一天？

是的，我从今起要迎上前去！生命第一个消息是活动，第二个消息是搏斗，第三个消息是决定；思想也是的，活动的下文就是搏斗。搏斗就包含一个搏斗的对象，许是人，许是问题，许是现象，许是思想本体。一个武士最大的期望是寻着一个相当的敌手，思想家也是的，他也要一个可以较量他充分的力量的对象。“攻击是我的本性，”一个哲学家说，“要与你的对手相当——这是一个正直的决斗的第一个条件。你心存鄙夷的时候你不能搏斗。你占上风，你认定对手无能的时候你不应当搏斗。我的战略可以约成四个原则：——第一，我专打正占胜利的对象——在必要时我暂缓我的攻击，等他胜利了再开手；第二，我专打没有人打的对象，我这边不会有助手，我单独的站定一边——在这搏斗中我难为的只是我自己；第三，我永远不来对人的攻击——在必要时我只拿一个人格当显微镜用，借它来显出某种普遍的，但却隐遁不易踪迹的恶性；第四，我攻击某事物的动机，不包含私人嫌隙的关系，在我攻击是一个善意的，而且在某种情况下，感恩的凭证。”

这位哲学家的战略，我现在僭引作我自己的战略，我盼望我将来不至于在搏斗的沉酣中忽略了预定的规律，万一疏忽时我恳求你们随时提醒。我现在戴我的手套去！

（原刊 1925 年 10 月 5 日《晨报副刊》）

论自杀

一读桂林梁巨川先生遗书

前七年也是这秋叶初焦的日子，在城北积水潭边一家临湖的小阁上伏处着一个六十老人；到深夜里邻家还望得见他独自挑着荧荧的灯火，在那小楼上伏案疾书。

有一天破晓时他独自开门出去，投入净业湖的波心里淹死了。那位自杀的老先生就是桂林梁巨川先生，他的遗书新近由他的哲嗣焕鼐与漱冥两先生印成六卷共四册，分送各公共阅览机关与他们的亲友。

遗书第一卷是“遗笔汇存”，就是巨川先生成仁前分致亲友的绝笔，共有十七缄，原迹现存彭冀仲先生别墅楼中（我想一部分应归京师图书馆或将来国立古物院保存），这里有影印的十五缄；遗书第二卷是先生少时自勉的日记（“感敏山房日记”节钞一卷）；第三卷“侍疾日记”是先生侍疾他的老太太时的笔录；第四卷是辛亥年的奏疏与民国初年的公牍；第五卷“伏卵录”是先生从学的札记；末第六卷“别竹辞花记”

是先生决心就义前在缨子胡同手建的本宅里回念身世的杂记二十余则，有以“而今不可得矣”句作束的多条。

梁巨川先生的自杀在当时就震动社会的注意。就是倡言打破偶像主义与打破礼教束缚的新青年，也表示对死者相当的敬意，不完全驳斥他的自杀行为。陈独秀先生说他“总算是为救济社会而牺牲自己的生命,在旧历史上真是有数人物……言行一致的……身殉了他的主义”，陶孟和先生在那篇《论自杀》是完全一个社会学者的看法；他的态度是严格批评的。陶先生分明是不赞成他自杀的；他说他“政治观念不清，竟至误送性命，够怎样的危险啊！”陶先生把性命看得很重。“自杀的结果是损失一个生命，并且使死者之亲族陷于穷困……影响是及于社会的。”一个社会学家分明不能容许连累社会的自杀行为。“但是梁先生深信自杀可以唤起国民的爱国心”；“为唤醒国民的自杀”，陶先生那篇论文的结句说，“是借着断绝生命的手段做增加生命的事，岂能有效力吗？”

“岂能有效力吗”？巨川先生去世以来整整有七年了。我敢说我们都还记得曾经有这么一回事。他为什么要自杀？一般人的答话，我猜想，一定说他是尽忠清室，再没有别的了。清室！什么清室！今天故宫博物院展览，你去了没有？坤寿（宁）宫里有溥仪太太的相片，长得真不错，还有她的亲笔英文，你都看了没有？那老头多傻！这二十世纪还来尽忠！白白的淹死了一条老命！

同时让我们来听听巨川自表的话：——

我身值清朝之末，故云殉清；其实非以清朝为本位，而以幼年所学为本位。……幼年所闻以对于世道有责任为主义，此主义深印于吾脑中，即以此主义为本位故不容不殉。

殉清又何言非本位？曰义者天地间不可歇绝之物，所以保全自身之人格，培补社会之元气，当引为自身当行之事，非因外势之牵迫而为也……诸君试思今日世局因何故而败坏至于此极。正由朝三暮四，反复无常，既卖旧君，复卖良友，又卖主帅，背弃平时之要约，假托爱国之美名，受金钱收买，受私人嗾使，买刺客以坏长城，因个人而破大局，转移无定，面目靦然。由此推行，势将全国人不知信义为何物，无一毫拥护公理之心，则人既不成为人，国焉能成为国……此鄙人所以自不量力，明知大势难救，而捐此区区，聊为国性一线之存也。

……辛亥之役无捐躯者为历史缺憾，数年默审于心，今更得正确理由，曰不实行共和爱民之政（口言平民主义之官僚锦衣玉食威福自雄视人民皆为奴隶民德堕落民生蹙穷南北分裂实在不成事体），辜负清廷禅让之心。遂于戊午年十月初六夜或初七晨赴积水潭南岸大柳根一带身死……

由这几节里，我们可以看出巨川先生的自杀，决不是单纯的“尽忠”；即使是尽忠，也是尽忠于世道（他自己说）。换句话说，他老先生实在再也看不过革命以来实行的，也最流行的不要脸主义；他活着没法子帮忙，所以决意牺牲自己的性命，给这时代一个警告，一个抗议。“所欲有甚于生者”，是他总结他的决心的一句话。

这里面有消息，巨川先生的学力、智力，在他的遗著里可以看出，决不是寻常的；他的思想也绝对不能说叫旧礼教的迷信束缚住了的。不，甚至他的政治观念，虽则不怎样精密，怎样高深，却不能说他（像陶先生说他）是“不清”，因而“误送了命”。不；如其曾经有一个人分析他自己的情感与思路的究竟，得到不可避免自杀的结论，因而从容的死去，那个人就是梁巨川先生。他并不曾“误送了”他的命。我们可以相信即使梁先生当时暂缓他的自杀，去进大学校的法科，理清他所有的政治观念（我敢说梁先生就在老年，他的理智摄收力也决不比一个普通法科学生差）；——结果积水潭大柳根一带还是他的葬身地。这因为他全体思想的背后还闪亮着一点不可错误的什么——随你叫他“天理”、“义”、信念、理想，或是康德的道德范畴——就是孟子说的“甚于生”的那一点，在无形中制定了他最后的惨死，这无形的一点什么，决不是教科书知识所可淹没，更不是寻常教育所能启发的。前天我正在讲起一民族的国民性，我说“到了非常的时候它的伟大的不灭的部分，就在少数或是甚至一二人的人格里，要求最集中最不可错误的表现……因此在一个最无耻的时代里往往诞生出一两个最知耻的个人，例如宋末有文天祥，明末有黄梨洲一流人。在他们几位先贤，不比当代看得见的一群遗老与新少，忠君爱国一类的观念脱卸了肤浅字面的意义，却取得了一种永久的象征的意义，……他们是为他们的民族争人格，争‘人之所以为人’……在他们性灵的不朽里呼吸着民族更大的性灵”。我写那一段的时候并不曾想起梁巨川先生的烈迹，却不意今天在他的言行里（我还是初次拜读他的遗著）找到了一个完全的现成的例证。因此我觉得我们不能不尊敬梁巨川自杀的那件事实，正因为我们尊敬的不是他的单纯自杀行为的本体，而是那事实所表现的一点子精神。“为唤醒国民的自杀”，陶孟和先生说，“是借着断绝生命的手段做增加生命的事”；粗看这话似乎很对，但是话里有语病，就是陶先生笼统的拿生命一个字代表截然不同的两件事：他那话里的第一个生命里指个人躯壳的生存，那是迟早有止境的，他的第二个生命是指民族或社会全体灵性的或精神的生命，那是没有寄居的躯壳同时却是永生不灭的。至于实际上有效力没有效力，那是另外一件事，又当别论的。但在社会学家科学的立场看来，他竟许根本否认有精神生命这回事，他批评一切行为的标准，只是它影响社会肉眼看得见暂时的效果；我们不能不羡慕他的人生观的简单、舒服、便利，同时却不敢随声附和。当年钱牧斋也曾立定主意殉国，他雇了一只小船，满载着他的亲友，摇到河身宽阔处死去，但当他走上船头先用手探入河水的时候他忽然发现“水原来是这样冷”的一个真理，他就赶快缩回了温暖的船舱，原船摇了回去。他的常识多充足，他的头脑多清明！还有吴梅村也曾在梁上挂好上吊的绳子，自己爬上了一张桌子正要把脖子套进绳圈去的时候，他的妻子家人跪在地下的哭声居然把他生生的救了下来。那时候吴老先生的念头，我想竟许与陶先生那篇论文里的一个见解完全吻合："自杀的结果是损失一个生命，并且使死者的亲属陷于穷困之影响是及于社会的"，还是收拾起梁上的绳子好好伴太太吃饭去吧。这来社会学者的头脑真的完全占了实际的胜利，不曾误送人命哩！

固然像钱吴一流人本来就没有高尚的品格与独立的思想，他们的行为也只是陶先生所谓方式的，即使当时钱老先生没有怪嫌水冷居然淹了进去，或是吴先生硬得过妻子们的哭声，居然把他的脖子套进了绳圈去勒死了——他们的自杀也只当得自杀，只当得与殉夫殉贞节一例看，本身就没有多大精神的价值，更说不上增加民族的精神的生命。但他们这要死又缩回来不死，可真成了笑话——不论它怎样暗合现代社会学家合理的论断。

顺便我倒又想起一个近例。就比如蔡孑民（蔡元培）先生在彭允彝时代宣言，并且实行他的不合作主义，退出了混浊的北京，到今天还淹留在外国。当初有人批评他那是消极的行为。胡适之先生就在《努力》上发表了一篇极为精彩的文章——《蔡元培是消极吗？》——说明蔡先生的态度正是在那时情况下可能的积极态度，涵有进取的，抗议的精神，正是昏朦时代的一声警钟。就实际看，蔡先生这走的确并不曾发生怎样看得见的效力；现在的政治能比彭允彝时期清明多少是问题，现在的大学能比蔡先生在时干净多少是问题。不，蔡先生的不合作行为并不曾发生什么社会的效果。但是因此我们就能断定蔡先生的出走，就比如梁巨川先生的自杀，是错误吗？不，至少我一个人不这么想。我当时也在《努力》上说了话，我说"蔡元培所以是个南边人说的'戆大'，愚不可及的一个书呆子，卑污苟且社会里的一个最不合时宜的理想者。所以他的话是没有人能懂的；他的行为只有极少数人——如真有——敢表同情的；他的主张，他的理想，尤其是一盆飞旺的炭火，大家怕炙手，如何敢去抓呢？""小人知进而不知退""不忍为同流合污之苟安”“不合作”“为保持人格起见”“生平仅知是非公道，从不以人为单位”——这些话有多少人能懂，有多少人敢懂？这样的一个理想主义者非失败不可，因为理想主义者总是失败的。若然理想胜利，那就是卑污苟且的社会政治失败——那是一个过于奢侈的希望了。

我先前这样想，现在还是这样想。归根一句话，人的行为是不可以一概论的；有的，例如梁巨川先生的自杀，甚至蔡先生的不合作，是精神性的行为，它的起源与所能发生的效果，决不是我们常识所能测量，更不是什么社会的或是科学的评价标准所能批判的。在我们一班信仰（你可以说迷信）精神生命的痴人，在我们还有寸土可守的日子，决不能让实利主义的重量完全压倒人的性灵的表现，更不能容忍某时代迷信（在中世是宗教，现代是科学）的黑影完全淹没了宇宙间不变的价值。

二再论梁巨川先生的自杀

志摩：

你未免太挖苦社会学的看法了。我的那篇没有什么价值的旧作是不是社会学的或科学的看法，且不必管，但是你若说社会学家科学的人生观是“简单”“舒服”“便利”，我却不敢随声附和，我有点替社会科学抱不平。我现在还没有工夫替社会科学做辩护人，我且先替我自己说几句吧。

在我读你的在今日（十月十二日）《晨报副刊》的大作之先，我也正读了梁漱冥先生送给我的那部遗书。我这次读了巨川先生的年谱，辛壬类稿的跋语、伏卵录、别竹辞花记几种以后，我对于巨川先生坚强不拔的品格，谨慎廉洁的操行，忠于戚友的热诚，益加佩服。在现在一切事物都商业化的时代里，竟有巨川先生这样的人，实在是稀有的现象。我虽然十分的敬重巨川先生，我虽然希望自己还有旁人都能像巨川先生那样的律己，对于父母、家庭、朋友、国家或主义那样的忠诚，但是我总觉得自杀不应该是他老先生所采的办法。

志摩，你将来对于自杀或者还有什么深微奥妙的见解，像我这样浅见的人，总以为自杀并不是挽救世道人心的手段。我所不赞成的是消极的自杀，不是死。假使一个人为了一个信仰，被世人杀死，那是一个奋斗的殉道者的光荣的死，这是我所钦佩的。假使一个人因为自己的信仰，不为世人所信从，竟自己将自己的生命断送，这是一种消极的行为，是失败后的愤激的手段，虽然自杀者自己常声明说这个死是为的要唤醒同胞。假使一个医生因为设法支配微生物，反为微生物侵入身体内部而死，这是科学家牺牲的精神，这是最可景仰的行为。假使一个军官因为他的军人都不听从他的命令，他想要用他的自己的死感化他们，叫他们听从，这未免有点方法错误。我觉得巨川先生的死是这一类。

为唤醒一个人，一个与自己极有关系的人，用“尸谏”或者可以一时的有效。至于挽回世道人心总不是尸谏所能奏功的。

世界上曾有一个大教主是用死完成他的大功业的，他就是耶稣。但是耶稣并不是自杀。他的在十字架上的死，是证明他的卫道的忠心，而他的徒弟们采用唯理的解释法说他是为人类赎罪孽。

一般的说来，物理的生命是心理的生命的一个主要条件。没有身体哪里还有理想呢？诚然的，在世界上也常有身体消灭反能使理想生存的时候。苏格拉底饮鸩而哲学的思想大昌。文天祥遇害而忠气亘古今。但是所谓“杀身成仁”只限于杀身是奋斗的必不可免的结果的时候。杀身有种种的情形，有种种的方法，绝不是凡是杀身都是成仁的，更不是成仁必须杀身的。

但是，志摩：你千万不要以为这个见解就是爱惜生命，而不爱惜主义或理想。爱惜生命正是因为爱惜一种主义。志摩：假使你有一个理想是你认为在你的生命的价值以上无数倍的，你怎样想得到那个理想？你用自杀的方法去得到那个理想呢？你还是活着用种种的方法去得到那个理想呢？假使你——或随便一个男子恋爱了一个女子，好像丹梯的爱毗亚特里斯，或歌德小说中少年维特的爱夏罗特（我举这个例，但是不要忘记维特的苦恼不过是一本小说，并且他的恋爱又有复杂的情形），这个男子用自杀的方法赢取那女子的爱呢，还是用种种恋爱的行为与表示去赢取那女子的爱呢？这个男子在有的时候或者以为即使他自己失去了生命，果然那女子能对于他有爱意，他也情愿，他也就达到了他的理想，但是像我这样的俗人，你或者称为一个功利主义者，总觉得这不过是失望者的自己安慰自己，与恋爱的本意不同。

我也并不是根本的反对自杀，我承认各人有自杀的自由，但是如以改良社会，挽回世道人心或忠于一种主义、信仰，或精神的生命为志愿，便不应该自杀，因为自杀与这些种志愿是相矛盾的。凡是志愿必须活着的人努力才有达到的希望，如巨川先生一生高洁的救世的行为尚不能唤起多人的注意与摹仿，他老先生的一死会可以唤醒全世人吗？即使他老先生的自杀一时的可以警醒了许多人，那也不过是一般人一时的感情的表现，人类本能的爱惜生命的感情的表现，又于世道人心有什么关系呢？无论巨川先生的志愿是救世，或是醒世，都必须积极努力，以本人为始，联合无数人努力的做去。救世或醒世没有捷径的，只有持久不懈的努力。我钦佩巨川先生之余还不得不说他老先生的自杀实是一个遗憾。这或者是因为我曾进过大学法科的缘故！

孟和十月十二日

陶孟和先生是我们朋辈中的一位隐士：他的家远在北新桥的北面；要不是我前天无意中从尘封的书堆里检出他的旧文来与他挑衅，他的矜贵的墨沈是不易滴落到宣武门外来的。我想我们都很乐意有机会读陶先生的文章，他的思路的清澈与他文体的从容永远是读者们的一个有利益的愉快。这里再用不着我的不识趣的蛇足。我也不须答辩；陶先生大部分的见解都是我最同意的。活着努力，活着奋斗，陶先生这样说，我也这样说。我又不是个傻子，谁来提倡死了再去奋斗？——除非地下的世界与地上的世界同样的不完全。不，陶先生不要误会，我并不曾说自杀是“改良社会，挽回世道人心”的一个合理办法。我只说梁巨川先生见到了一点，使他不得不自杀；并且在他，这消极的手段的确表现了他的积极的目的；至于实际社会的效果，不但陶先生看不见，就我同情他自杀的一个也是一样的看不见。我的信仰，我也不怕陶先生与读者们笑话，我自认永远在虚无缥缈间。

志摩附言

（原刊 1925 年 10 月 12/15 日《晨报副刊》）

再论自杀

陈衡哲女士来信：

志摩：到京后尚不曾以只字奉助，惭愧得很。但你们的副刊真不错，我读了叔本华的《妇女论》，张陈两先生的苏俄论辩，以及你和孟和先生的论自杀，都感觉到一种激刺，觉得非也说两句话不行。这三个题目岂不都是很值得讨论的吗？但苏俄及妇女论的两个题目太大了；虽然他们都在逼着我讲话，但我却尚只得忍耐着。现在且抄一首关于自杀的旧作给你和副刊的读者看看。你我当记得，叔永的兄弟任季彭，是为袁世凯要作皇帝，投入西湖的葛洪井而死的。这首诗是我对于这件事的一点意见；这个意思至今还不曾改变。请你注意，我的着眼处，乃在自杀的愿念；因为自杀的愿念，未必定等于自杀的行为。比如无此愿念而愿效此行为，则结果便不免要如钱牧斋的闹笑话；有此愿念而暂时无此行为，则结果即不能杀身成仁，至少也能增加不少无畏的精神，至少可以不怕死。此意不知你与孟和先生以为何如？原诗附后。衡哲谨白

吾闻任子，
愤世自裁。

任子如未死，
今日此生当属谁？
浏阳谭子昔有言：
“吾死者屡今幸存，
此生不应复我有。”
生非我有无我相，
何汤不赴火不走？
呜呼！
自杀之行不足羡，自杀之愿乃可念：
譬如人人皆能怀愿如任子，
世又安有畏葸之细士？

我不很明白陈女士这里“自杀的愿念”的意义。乡下人家的养媳妇叫婆婆咒了一顿就想跳河死去；这算不算自杀的愿念？做生意破了产没面目见人想服毒自尽；这是不是自杀的愿念？有印度人赤着身子去喂恒河里的鳄鱼；有在普渡山舍身岩上跳下去粉身碎骨的；有跟着皇帝死为了丈夫死的各种尽忠与殉节；有文学里维特的自杀；奥赛洛误杀了玳思玳蒙娜的自杀，露米欧殉情的自杀，玖丽亚从棺材里醒过来后的自杀……如其自杀的意义只是自动的生命的舍弃，那上面约举的各种全是自杀，从养媳妇跳河起到玖丽亚服毒止，全是的。但这中间的分别多大：乡下死了一个养媳妇我们至多觉着她死得可怜，或是我们听得某处出了节烈，我们不仅觉得怜，并且觉得愤：“呒，礼教又吃了一条命！”但我们在莎士比亚戏里看到玖丽亚的自杀或是在歌德的小说里看到维特的自杀，我们受感动（天生永远不会受感动的人那就没法想，而且这类快活人世上也不少！）的部分不是我们浮面的情感，更不是我们的理智，而是我们轻易不露面的一点子性灵。在这种境地一切纯理的准绳与判断完全失却了效用，像山脚下的矮树永远够不到山顶上吞吐的白云。玖丽亚也许痴。但她不得不死，假如玖丽亚从棺材里醒回来见露米欧毒死在她的身旁她要是爬了起来回家另听父母替她择配去，你看客答应不答应？虽则你明知道（在想象中）那样可爱一个女孩白白死了是怪可惜的——社会的损失！再比如维特也许傻，真傻，但他，缚住在他的热情的逻辑内，也不得不死，假如维特是孟和先生理想的合理的爱者而不是歌德把他写成那样热情的爱者，他在得到了夏洛德真爱他的凭据（一度亲吻）以后，就该堂皇的要求她的丈夫正式离婚，或是想法叫夏洛德跟他私奔，成全他们俩在地面上的恋爱——你答应不答应？办法当然是办法，但维特却不成“维特”了，歌德那本小书，假如换一个更“合理”的结局，我们可以断言，当年就不会轰动全欧，此时也决不会牢牢的留传在人的记忆中了。

所以自杀照我看是决不可以一概论的，虽则它那行为结果只是断绝一个身体的生命。自杀的动机与性质太不同了，有的是完全愚暗，有的是部分思想不清，有的是纯感情作用，有的殉教，有的殉礼，有的殉懦怯，有的殉主义。有的我们绝对鄙薄，有的我们怜悯，有的使我们悲愤，有的使我们崇拜。有的连累自杀者的家庭或社会；有的形成人类永久的灵感。“死有轻于鸿毛，有重于泰山”，这一句话概括尽了。

但是我们还不曾讨论出我们应得拿什么标准去评判自杀。陶孟和先生似乎主张以自杀能否感化社会为标准（消极的自杀当然是单纯懦怯，不成问题）。陈衡哲女士似乎主张自杀的发愿或发心在当事人有提高品格的影响。我答陶先生的话是社会是根本不能感化的，圣人早已死完了，我们活着都无能为力。何况断气以后，陶先生的话对的。陈女士的发愿说亦似不尽然。你说曾经想自杀而不能实行的人，就会比从没有想过自杀的人不怕死，更有胆量？我说不敢肯定这一说。就说我自己，并且我想在这时代十个里至少九个半的青年，曾经不但想而且实际准备过自杀，还不止一次；但却不敢自信我们因此就在道德上升了格。不再是“畏葸的细士”。不，我想单这发愿是不够的，并且我们还得看为什么发愿。要不然乡下养媳妇几乎没有不想寻死过的，这也是发愿，可有什么价值？反面说，玖丽亚与维特事前并不存心死，他们都要认真的活，但他们所处的境地连着他们特有的思想的逻辑逼迫他们最后的舍生，他们也就不沾恋，我们旁观人感受的是一种纯精神性的感奋，道德性的你也可以说，但在这里你就说不上发愿不发愿。热恋中人思想的逻辑是最简单不过的：我到生命里来求爱，现在我在某人身上发现了一生的大愿，但为某种不可克胜的阻力我不能在活着时实现我的心愿，因此我勉强活着是痛苦，不如到死的境界里去求平安，我就自杀吧。他死因为他到了某时候某境地在他是不得不死。同样的，你一生的大愿如其是忠君或是爱国，或是别的什么，你事实上思想上找不到出路时你就望最消极或是最积极的方向——死——走去完事。

这里我想我们得到了一点评判的消息。就是自杀不仅必得是有意识的，而且在自杀者必定得在他的思想上达到一个“不得不”的境界，然后这自杀才值得我们同情的考量。这有意识的涵义就是自杀动机相对的纯粹性，就是自杀者是否凭借自杀的手段去达到他要的“有甚于生”的那一点。我同情梁巨川先生的自杀就为在他的遗集里我发现他的自杀不仅是有意识的，而且在他的思想上的确达到了一个“不得不”的境界。此外愤世类的自杀，乃至存心感化类的自杀我都看不出许可的理由，而且我怕我们只能看作一种消极的自杀，借口头的饰词自掩背后或许不可告人的动机——因为老实说，活比死难得多，我们不能轻易奖励避难就易的行为，这一点我与孟和先生完全同意。

（原刊 1925 年 10 月 24 日《晨报副刊》）

罗曼·罗兰

罗曼·罗兰（Romain Rolland），这个美丽的音乐的名字，究竟代表些什么？他为什么值得国际的敬仰，他的生日为什么值得国际的庆祝？他的名字，在我们多少知道他的几个人的心里，引起些个什么？他是否值得我们已经认识他思想与景仰他人格的更亲切的认识他，更亲切的景仰他；从不曾接近他的赶快从他的作品里去接近他？

一个伟大的作者如罗曼·罗兰或托尔斯泰，正像是一条大河，它那波澜，它那曲折，它那气象，随处不同，我们不能划出它的一湾一角来代表它那全流。我们有幸福在书本上结识他们的正比是尼罗河或扬子江沿岸的泥蝶，各按我们的受量分沾他们的润泽的恩惠罢了。说起这两位作者——托尔斯泰与罗曼·罗兰：他们灵感的泉源是同一的，他们的使命是同一的，他们在精神上有相互的默契（详后），仿佛上天从不教他的灵光在世上完全灭迹，所以在这普遍的混浊与黑暗的世界内往往有这类禀承灵智的大天才在我们中间指点迷途，启示光明。但他们也自有他们不同的地方；如其我们还是引申上面这个比喻，托尔斯泰、罗曼·罗兰的前人，就更像是尼罗河的流域，它那两岸是浩瀚的沙碛，古埃及的墓宫，三角金字塔的映影，高矗的棕榈类的林木，间或有帐幕的游行队，天顶永远有异样的明星；罗曼·罗兰、托尔斯泰的后人，像是扬子江的流域，更近人间，更近人情的大河，它那两岸是青绿的桑麻，是连栉的房屋，在波鳞里泅着的是鱼是虾，不是长牙齿的鳄鱼，岸边听得见的也不是神秘的驼铃，是随熟的鸡犬声。这也许是斯拉夫与拉丁民族各有的异禀，在这两位大师的身上得到更集中的表现，但他们润泽这苦旱的人间的使命是一致的。

十五年前一个下午，在巴黎的大街上，有一个穿马路的叫汽车给碰了，差一点没有死。他就是罗曼·罗兰。那天他要是死了，巴黎也不会怎样的注意，至多报纸上本地新闻栏里登一条小字："汽车肇祸，撞死了一个走路的，叫罗曼·罗兰，年四十五岁，在大学里当过音乐史教授，曾经办过一种不出名的杂志叫 Cahiersdela Guinzaine 的。"

但罗兰不死，他不能死；他还得完成他分定的使命。在欧战爆裂的那一年，罗兰的天才，五十年来在无名的黑暗里埋着的，忽然取得了普遍的认识。从此他不仅是全欧心智与精神的领袖，他也是全世界一个灵感的泉源。他的声音仿佛是最高峰上的崩雪，回响在远近的万壑间。五年的大战毁了无数的生命与文化的成绩，但毁不了的是人类几个基本的信念与理想，在这无形的精神价值的战场上，罗兰永远是一个不仆的英雄。对着在恶斗的旋涡里挣扎着的全欧，罗兰喊一声彼此是弟兄放手！对着蜘网似密布，疫疠似蔓延的怨恨，仇毒，虚妄，疯癫，罗兰集中他孤独的理智与情感的力量作战。对着普遍破坏的现象，罗兰伸出他单独的臂膀开始组织人道的势力。对着叫褊浅的国家主义与恶毒的报复本能迷惑住的知识阶级，他大声的唤醒他们应负的责任，要他们恢复思想的独立，救济盲目的群众。"在战场的空中"（"Above the Battle Field"）不是在战场上，在各民族共同的天空，不是在一国的领土内，我们听得罗兰的呼声，也就是人道的呼声，像一阵光明的骤雨，激斗着地面上互杀的烈焰。罗兰的作战是有结果的，他联合了国际间自由的心灵，替未来的和平筑一层有力的基础。这是他自己的话：

“我们从战争得到一个付重价的利益，它替我们联合了各民族中不甘受流行的种族怨毒支配的心灵。这次的教训益发激励他们的精力，强固他们的意志。谁说人类友爱是一个绝望的理想？我再不怀疑未来的全欧一致的结合。我们不久可以实现那精神的统一。这战争只是它的热血的洗礼。”

这是罗兰，勇敢的人道的战士！当他全国的刀锋一致向着德人的时候，他敢说不，真正的敌人是你们自己心怀里的仇毒。当全欧破碎成不可收拾的断片时，他想象到人类更完美的精神的统一。友爱与同情，他相信，永远是打倒仇恨与怨毒的利器；他永远不怀疑他的理想是最后的胜利者。在他的前面有托尔斯泰与道施滔奄夫斯基（虽则思想的形式不同），他的同时有泰戈尔与甘地（他们的思想的形式也不同），他们的立场是在高山的顶上，他们的视域在时间上是历史的全部，在空间里是人类的全体，他们的声音是天空里的雷震，他们的赠与是精神的慰安。我们都是牢狱里的囚犯，镣铐压住的，铁栏锢住的，难得有一丝雪亮暖和的阳光照上我们黝黑的脸面，难得有喜雀过路的欢声清醒我们昏沉的头脑。“重浊”，罗兰开始他的贝多芬传：

“重浊是我们周围的空气。这世界是叫一种凝厚的污浊的秽息给闷住了——一种卑琐的物质压在我们的心里，压在我们的头上，叫所有民族与个人失却了自由工作的机会。我们会让掐住了转不过气来。来，让我们打开窗子好叫天空自由的空气进来，好叫我们呼吸古英雄们的呼吸。”

打破固执的偏见来认识精神的统一；打破国界的偏见来认识人道的统一。这是罗兰与他同理想者的教训。解脱怨毒的束缚来实现思想的自由；反抗时代的压迫来恢复性灵的尊严。这是罗兰与他同理想者的教训。人生原是与苦俱来的；我们来做人的名分不是诅咒人生因为它给我们苦痛，我们正应在苦痛中学习，修养，觉悟，在苦痛中发现我们内蕴的宝藏，在苦痛中领会人生的真谛。英雄，罗兰最崇拜如密仡郎其罗与贝多芬一类人的道英雄，不是别的，只是伟大的耐苦者。那些不朽的艺术家，谁不曾在苦痛中实现生命，实现艺术，实现宗教，实现一切的奥义？自己是个深感苦痛者，他推致他的同情给世上所有的受苦痛者；在他这受苦，这耐苦，是一种伟大，比事业的伟大更深沉的伟大。他要寻求的是地面上感悲哀感孤独的灵魂。“人生是艰难的。谁不甘愿承受庸俗，他这辈子就是不断的奋斗。并且这往往是苦痛的奋斗，没有光彩，没有幸福，独自在孤单与沉默中挣扎。穷困压着你，家累累着你，无意味的沉闷的工作消耗你的精力，没有欢欣，没有希冀，没有同伴，你在这黑暗的道上甚至连一个在不幸中伸手给你的骨肉的机会都没有。”这受苦的概念便是罗兰人生哲学的起点，在这上面他要筑起一座强固的人道的寓所。因此在他有名的传记里他用力传述先贤的苦难生涯，使我们憬悟至少在我们的苦痛里，我们不是孤独的，在我们切己的苦痛里隐藏着人道的消息与线索。“不快活的朋友们，不要过分的自伤，因为最伟大的人们也曾分尝你们的苦味。我们止应得跟着他们的努奋自勉。假如我们觉得软弱，让我们靠着他们喘息。他们有安慰给我们。从他们的精神里放射着精力与仁慈。即使我们不研究他们的作品，即使我们听不到他们的声音，单从他们面上的光彩，单从他们曾经生活过的事实里，我们应得感悟到生命最伟大，最生产——甚至最快乐——的时候是在受苦痛的时候。”

我们不知道罗曼·罗兰先生想象中的新中国是怎样的；我们不知道为什么他特别示意要听他的思想在新中国的回响。但如其他能知道新中国像我们自己知道它一样，他一定感觉与我们更密切的同情，更贴近的关系，也一定更急急的伸手给我们握着——因为你们知道，我也知道，什么是新中国只是新发现的深沉的悲哀与苦痛深深的盘伏在人生的底里！这也许是我个人新中国的解释；但如其有人拿一些时行的口号，什么打倒帝国主义等等，或是分裂与猜忌的现象，去报告罗兰先生说这是新中国，我再也不能预料他的感想了。

我已经没有时候与地位叙述罗兰的生平与著述；我只能匆匆的略说梗概。他是一个音乐的天才，在幼年音乐便是他的生命。他妈教他琴，在谐音的波动中他的童心便发现了不可言喻的快乐。莫察德与贝多芬是他最早发现的英雄。所以在法国经受普鲁士战争爱国主义最高昂的时候，这位年轻的圣人正在“敌人”的作品中尝味最高的艺术。他的自传里写着：“我们家里有好多旧的德国音乐书。德国？我懂得那个字的意义？在我们这一带我相信德国人从没有人见过的。我翻着那一堆旧书，爬在琴上拼出一个个的音符。这些流动的乐音，谐调的细流，灌溉着我的童心，像雨水漫入泥土似的淹了进去。莫察德与贝多芬的快乐与苦痛，想望的幻梦，渐渐的变成了我的肉的肉，我的骨的骨。我是它们，它们是我。要没有它们我怎过得了我的日子？我小时生病危殆的时候，莫察德的一个调子就像爱人似的贴近我的枕衾看着我。长大的时候，每回逢着怀疑与懊丧，贝多芬的音乐又在我的心里拨旺了永久生命的火星。每回我精神疲倦了，或是心上有不如意事，我就找我的琴去，在音乐中洗净我的烦愁。”

要认识罗兰的不仅应得读他神光焕发的传记，还得读他十卷的Jean Christophe，在这书里他描写他的音乐的经验。

他在学堂里结识了莎士比亚，发现了诗与戏剧的神奇。他的哲学的灵感，与歌德一样，是泛神主义的斯宾诺塞。他早年的朋友是近代法国三大诗人：克洛岱尔（Paul Claudel 法国驻日大使），Ande Suares，与 Charles Peguy（后来与他同办 Cahiersdela Guinzaine）。那时槐格纳是压倒一时的天才，也是罗兰与他少年朋友们的英雄。但在他个人更重要的一个影响是托尔斯泰。他早就读他的著作，十分的爱慕他，后来他念了他的《艺术论》，那只俄国的老象——用一个偷来的比喻——走进了艺术的花园里去，左一脚踩倒了一盆花，那是莎士比亚，右一脚又踩倒了一盆花，那是贝多芬，这时候少年的罗曼·罗兰走到了他的思想的歧路了。莎氏、贝氏、托氏，同是他的英雄，但托氏愤愤的申斥莎、贝一流的作者，说他们的艺术都是要不得，不相干的，不是真的人道的艺术——他早年的自己也是要不得不相干的。在罗兰一个热烈的寻求真理者，这来就好似晴天里一个霹雳；他再也忍不住他的疑虑。他写了一封信给托尔斯泰，陈述他的冲突的心理。他那年二十二岁。过了几个星期罗兰差不多把那信都忘了，一天忽然接到一封邮件：三十八满页写的一封长信，伟大的托尔斯泰亲笔给这不知名的法国少年写的！“亲爱的兄弟，”那六十老人称呼他，“我接到你的第一封信，我深深的受感在心。我念你的信，泪水在我的眼里。”下面说他艺术的见解：我们投入人生的动机不应是为艺术的爱，而应是为人类的爱。只有经受这样灵感的人才可以希望在他的一生实现一些值得一做的事业。这还是他的老话，但少年的罗兰受深彻感动的地方是在这一时代的圣人竟然这样恳切的同情他，安慰他，指示他，一个无名的异邦人。他那时的感奋我们可以约略想象。因此罗兰这几十年来每逢少年人写信给他，他没有不亲笔作复，用一样慈爱诚挚的心对待他的后辈。这来受他的灵感的少年人更不知多少了。这是一件含奖励性的事实。我们从此可以知道凡是一件不勉强的善事就比如春天的熏风，它一路来散布着生命的种子，唤醒活泼的世界。

但罗兰那时离着成名的日子还远，虽则他从幼年起只是不懈的努力。他还得经受身世的失望（他的结婚是不幸的，近三十年来他几乎是完全隐士的生涯，他现在瑞士的鲁山，听说与他妹子同居），种种精神的苦痛，才能享受他的劳力的报酬——他的天才的认识与接受。他写了十二部长篇剧本，三部最著名的传记（密仡郎其罗、贝多芬、托尔斯泰），十大篇 Jean Christophe，算是这时代里最重要的作品的一部，还有他与他的朋友办了十五年灰色的杂志，但他的名字还是在晦塞的灰堆里掩着——直到他将近五十岁那年，这世界方才开始惊讶他的异彩。贝多芬有几句话，我想可以一样适用到一生劳悴不怠的罗兰身上：

“我没有朋友，我必得单独过活；但是我知道在我心灵的底里上帝是近着我，比别人更近。我走近他我心里不害怕，我一向认识他的。我从不着急我自己的音乐，那不是坏运所能颠扑的，谁要能懂得它，它就有力量使他解除折磨旁人的苦恼。”

（原刊 1925 年 10 月 31 日《晨报副刊》）

守旧与“玩”旧

一

走路有两个走法：一个是跟前面人走，信任他是认识路的；一个是走自己的路，相信你自己有能力认识路的。谨慎的人往往太不信任他自己；有胆量的人往往过分信任他自己。为便利计，我们不妨把第一种办法叫作古典派或旧派；第二种办法叫作浪漫派或新派。在文学上，在艺术上，在一般思想上，在一般做人的态度上，我们都可以看出这样一个分别，这两种办法的本身，在我看来，并没有什么好坏；这只是个先天性情上或后天嗜好上的一个区别；你也许夸他自己寻路的有勇气，但同时就有人骂他狂妄；你也许骂跟在人家背后的人寒伧，但同时就有人夸他稳健。应得留神的就只一点：就只那个“信”字是少不得的，古典派或旧派就得相信——完全相信——领他路的那个人是对的，浪漫派或新派就得相信——完全相信——他自己是对的，没有这点子原始的信心，不论你跟人走，或是你自己领自己，走出道理来的机会就不见得多，因为你随时有叫你心里的怀疑打断兴会的可能；并且即使你走着了也不算希奇，因为那是碰巧，与打中白鸽票的差不多。

二

在思想上抱住古代直下来的几根大柱子的，我们叫作旧派。

这手势本身并不怎样的可笑，但我们却盼望他自己确凿的信得过那几条柱子是不会倒的。并且我们不妨进一步假定上代传下来的确有几根靠得住的柱子，随你叫它纲，叫它常，礼或是教，爱什么就什么，但同时因为在事实上有了真的便有假的，那几根真靠得住的柱子的中间就夹着了加倍加倍的幻柱子，不生根的，靠不住的，假的。你要是抱错了柱子，把假的认作真的，结果你就不免伊索寓言里那条笨狗的命运：它把肉骨头在水里的影子认是真的，差一点叫水淹了它的狗命。但就是那狗，虽则笨，虽则可笑，至少还有它诚实的德性：它的确相信那河里的骨头影子是一条真骨头。假如比方说，伊索那条狗曾经受过现代文明教育，那就是说学会了骗人上当，明知道水里的不是真骨头，却偏偏装出正经而且大量的样子，示意与它一同站在桥上的狗朋友们，它们碰巧是不受教育的，因此容易上人当，叫它们跳下水去吃肉骨头影子，它自己倒反站在旁边看趣剧作乐，那时我们对它的举动能否拍掌，对它的态度与存心能否容许？

三

寓言是给有想象力并且有天生幽默的人们看的，它内中的比喻是“不伤道”的；在寓言与童话里——我们竟不妨加一句在事实上——就有许多畜生比普通人们——如其我们没有一个时候忘得了人是宇宙的中心与一切的标准——更有道德，更诚实，更有义气，更有趣味，更像人！

四

上面说完了原则，使用了比方，现在要应用了。在应用之前，我得介绍我说这番话的缘由。孤桐在他的《再疏解轋义》——《甲寅周刊》第十七期——里有下面几节文章——

……凡一社会能同维秩序，各长养子孙，利害不同，而游刃有余，贤不肖混淆而无过不及之大差，雍容演化，即于繁祉，共游一藩，不为天下裂，必有共同信念以为之基。基立而构兴，则相与饮食焉，男女焉，教化焉，事为焉，涂虽万殊，要归于一者也。兹信念者，亦期于有而已，固不必持绝对之念，本逻辑之律，以绳其为善为恶，或衷于理与否也……（圈是原有的也是我要特加的。摩。）

……此诚世道之大忧，而深识怀仁之士所难熟视无睹者也。笃而论之，如耶教者，其罅陋焉得言无，然天下之大，大抵上智少而中才多，宇宙之谜，既未可以尽明。因葆其不可明者，养人敬畏之心，取使彝伦之叙，乃为忧世者意念之所必至，故神道设教，圣人不得已而为之。固不容于其义理，详加论议也。

……过此以往，稍稍还醇返朴，乃情势之所必然；此为群化消长之常，甲无所谓进化，乙亦无所谓退化，与愚曩举轋义，盖有合焉。夫吾国亦苦社会公同信念之摇落也甚矣，旧者悉毁而新者未生，后生徒恃已意所能判断者，自立准裁，大道之忧，孰甚于是，愚为此惧。论入怀己，趣申本义，昧时之讥，所不敢辞。

五

孤桐这次论的是美国田芮西州新近宣传的那件大案；与他“韃义有合”的是判决那案件的法官们所代表的态度，就是特举的说，不承认我们人的祖宗与猴子的祖宗是同源的，因为圣经上不是这么说，并且这是最污辱人类尊严的一种邪说。关于孤桐先生论这件事的批评，我这里暂且不管，虽则我盼望有人管，因为他那文里叙述兼论断的一段话并不给我他对于任何一句有真切了解的印象。我现在要管的是孤桐在这篇文章里泄露给我们他自己思想的基本态度。

自分是“根器浅薄之流”，我向来不敢对现代“思想界的权威者”的思想存挑战的妄念，甲寅记者先生的议论与主张，就我见得到看得懂的说，很多是我不敢苟同的，但我这一晌只是忍着不说话。

同时我对于现代言论界里有孤桐这样一位人物的事实，我到如今为止，认为不仅有趣味，而且值得欢迎的。因为在事实上得着得力的朋友固然不是偶然；寻着相当的敌手也是极难得的机会。前几年的所谓新思潮只是在无抵抗性的空间里流着；这不是“新人们”的幸运，这应该是他们的悲哀，因为打架大部分的乐趣，认真的说，就在与你相当的对敌切实较量身手的事实里：你揪他的头发，他回揪你的头毛，你腾空再去扼他的咽喉，制他的死命，那才是引起你酣兴的办法；这暴烈的冲突是快乐，假如你的力量都化在无反应性的空气里，那有什么意思？早年国内旧派的思想太没有它的保护人了，太没有战斗的准备，退让得太荒谬了；林琴南只比了一个手势就叫敌营的叫嚣吓了回去。新派的拳头始终不曾打着重实的对象；我个人一时间还猜想旧派竟许永远不会有对垒的能耐。但是不，《甲寅周刊》出世了，它那势力，至少就销数论，似乎超过了现行任何同性质的期刊物。我对于孤桐一向就存十二分敬意的，虽则明知在思想上他与我——如其我配与他对称这一次——完全是不同道的。这敬仰他因为他是个合格的敌人。在他身上，我常常想，我们至少认识了一个不苟且、负责任的作者，在他的文字里，我们至少看着了旧派思想部分的表现，有组织的根据论辩的表现。有肉有筋有骨的拳头，不再是林琴南一流棉花般的拳头了；在他的思想里，我们看了一个中国传统精神的秉承者，牢牢的抱住几条大纲，几则经义，决心在“邪说横行”的时代里替往古争回一个地盘；在他严刻的批评里新派觉悟了许多一向不曾省察到的缺陷与弱点。不，我们没有权利，没有推托，来蔑视这样一个认真的敌人，我常常这么想，即使我们有时在他卖弄他的整套家数时，看出不少可笑的台步与累赘的空架。每回我想着了安诺尔德说牛津是“败绩的主义的老家”，我便想象到一轮同样自傲的彩晕围绕在《甲寅周刊》的头顶；这一比量下来，我们这方倚仗人多的势力倒反吃了一个幽默上的亏输！不，假如我的祈祷有效力时，我第一就希冀《甲寅周刊》所代表的精神“亿万斯年”！

六

因为两极端往往有碰头的可能。在哲学上，最新的唯实主义与最老的唯心主义发现了彼此是紧邻的密切；在文学上，最极端的浪漫派作家往往暗合古典派的模型；在一般思想上，最激进的也往往与最保守的有联合防御的时候。这不是偶然；这里面有深刻的消息。“时代有不同”，诗人勃兰克说，“但天才永远站在时代的上面。”“运动有不同”，英国一个艺术批评家说，“但传统精神是绵延的。”正因为所有思想最后的目的就在发现根本的评价标准，最漫浪（那就是最向个性里来）的心灵的冒险往往只是发现真理的一个新式的方式，虽则它那本质与最旧的方式所包容的不能有可称量的分别。一个时代的特征，虽则有，毕竟是暂时的，浮面的；这只是大海里波浪的动荡，它那渊深的本体是不受影响的；只要你有胆量与力量没透这时代的掀涌的上层你就淹入了静定的传统的底质，要能探险得到这变的底里的不变，那才是攫着了骊龙的颔下珠，那才是勇敢的思想者最后的荣耀，旧派人不离口的那个“道”字，依我浅见，应从这样的讲法，才说得通，说得懂。

七

孤桐这回还是顶谨慎的捧出他的“大道”的字样来作他文章的后镇——“大道之忧，孰甚于是？”但是这回我自认我对于孤桐，不仅他的大道，并且他思想的基本态度，根本的失望了！而且这失望在我是一种深刻的幻灭的苦痛。美丽的安琪儿的腿，这样看来，原来是泥做的！请看下文。

我举发孤桐先生思想上没有基本信念。我再重复我上面引语加圈的几句：“……兹信念者，亦期于有而已，固不必持绝对之念，本逻辑之律，以绳其为善为恶，或衷于理与否也。”所有唯心主义或理想主义的力量与灵感就在肯定它那基本信念的绝对性；历史上所有殉道、殉教、殉主义的事例，无非那几个人在确信他们那信仰的绝对性的真切与热奋中，他们的考量便完全超越了小己的利益观念，欣欣的为他们各人心目中特定的“恋爱”上十字架，进火焰，登断头台，服毒剂，尝刀锋，假如他们——不论是耶稣，是圣保罗，是贞德、勃罗诺、罗兰夫人，或是甚至苏格腊底斯——假如他们各个人当初曾经有刹那间会悟到孤桐的达观：“固不必持绝对之念”：那在他们就等于彻底的怀疑，如何还能有勇气来完成他们各人的使命？

但孤桐已经自认他只是一个“实际政家”，他的职司，用他自己的辞令，是在“操剥复之机，妙调和之用”，这来我们其实“又何能深怪”？上当只是我自己。“我的腿是泥塑的”，安琪儿自己在那里说，本来用不着我们去发现。一个“实际政家”往往就是一个“投机政家”，正因他所见的只是当时与暂时的利害，在他的口里与笔下，一切主义与原则都失却了根本的与绝对的意义与价值，却只是为某种特定作用而姑妄言之的一套，背后本来没有什么思想的诚实，面前也没有什么理想的光彩。“作者手里的题目，”阿诺尔德说，“如其没有贯彻他的，他一定做不好；谁要不能独立的运思，他就不会被一个题目所贯彻。”（Matthew Arnold：Preface to Merope）如今在孤桐的文章里，我们凭良心说，能否寻出些微“贯彻”的痕迹，能否发现些微思想的独立？

八

一个自己没有基本信仰的人，不论他是新是旧，不但没权利充任思想的领袖，并且不能在思想界里占任何的位置；正因为思想本身是独立的，纯粹性的，不含任何作用的，他那动机，我前面说过，是在重新审定，劈去时代的浮动性，一切评价的标准，与孤桐所谓第二者（即实际政家）之用心：“操剥复之机，妙调和之用。”根本没有关连。一个“实际政家”的言论只能当作一个“实际政家”的言论看，他所浮泗的地域，只在时代浮动性的上层！他的维新，如其他是维新，并不是根基于独见的信念，为的只是实际的便利；他的守旧，如其他是守旧，他也不是根基于传统精神的贯彻，为的也只是实际的便利。这样一个人的态度实际上说不上“维”，也说不上“守”，他只是“玩”！一个人的弊病往往是在夸张过分；一个“实际政家”也自有他的地位，自有他言论的领域，他就不该侵入纯粹思想的范围，他尤其不该指着他自己明知是不定靠得住的柱子说“这是靠得住的，你们尽管抱去”，或是——再引喻伊索的狗——明知水里的肉骨头是虚影——因为它自己没有信念——却还怂恿桥上的狗友去跳水，那时它的态度与存心，我想，我们决不能轻易容许了吧！

（原刊 1925 年 11 月 11 日《晨报副刊》）

巴黎的鳞爪

咳巴黎！到过巴黎的一定不会再希罕天堂，尝过巴黎的，老实说，连地狱都不想去了。整个的巴黎就像是一床野鸭绒的垫褥，衬得你通体舒泰，硬骨头都给熏酥了的——有时许太热一些。那也不碍事，只要你受得住。赞美是多余的，正如赞美天堂是多余的；诅咒也是多余的，正如诅咒地狱是多余的。巴黎，软绵绵的巴黎，只在你临别的时候轻轻地嘱咐一声“别忘了，再来！”其实连这都是多余的。谁不想再去？谁忘得了？

香草在你的脚下，春风在你的脸上，微笑在你的周遭。不拘束你，不责备你，不督饬你，不窘你，不恼你，不揉你。它搂着你，可不缚住你；是一条温存的臂膀，不是根绳子。它不是不让你跑，但它那招逗的指尖却永远在你的记忆里晃着。多轻盈的步履，罗袜的丝光随时可以沾上你记忆的颜色！

但巴黎却不是单调的喜剧。赛茵河的柔波里掩映着罗浮宫的倩影，它也收藏着不少失意人最后的呼吸。流着，温驯的水波；流着，缠绵的恩怨。咖啡馆，和着交颈的软语，开怀的笑响，有踞坐在屋隅里蓬头少年计较自毁的哀思。跳舞场，和着翻飞的乐调，迷醇的酒香，有独自支颐的少妇思量着往迹的怆心。浮动在上一层的许是光明，是欢畅，是快乐，是甜蜜，是和谐；但沉淀在底里阳光照不到的才是人事经验的本质：说重一点是悲哀，说轻一点是惆怅，谁不愿意永远在轻快的流波里漾着，可得留神了你往深处去时的发现！

一天，一个从巴黎来的朋友找我闲谈，谈起了劲，茶也没喝，烟也没吸，一直从黄昏谈到天亮，才各自上床去躺了一歇，我一合眼就回到了巴黎，方才朋友讲的情境，恍的把我自己也缠了进去。这巴黎的梦真醇人，醇你的心，醇你的意志，醇你的四肢百体，那味儿除是亲尝过的谁能想象！——我醒过来时还是迷糊的忘了我在哪儿，刚巧一个小朋友进房来站在我的床前笑吟吟喊我："你做什么梦来了，朋友，为什么两眼潮潮的像哭似的？"我伸手一摸，果然眼里有水，不觉也失笑了——可是朝来的梦，一个诗人说的，同是这悲凉滋味，正不知这泪是为哪一个梦流的呢！

下面写下的不成文章，不是小说，不是写实，也不是写梦，——在我写的人只当是随口曲，南边人说的"出门不认货"，随你们宽容的读者们怎样看吧。

出门人也不能太小心了。走道总得带些探险的意味。生活的趣味大半就在不预期的发现，要是所有的明天全是今天刻板的化身，那我们活什么来了？正如小孩子上山就得采花，到海边就得捡贝壳，书呆子进图书馆想捞新智慧——出门人到了巴黎就想……

你的批评也不能过分严正不是？少年老成——什么话！老成是老年人的特权，也是他们的本分；说来也不是他们甘愿，他们是到了年纪不得不。少年人如何能老成？老成了才是怪哪！

放宽一点说，人生只是个机缘巧合；别瞧日常生活河水似的流得平顺，它那里面多的是潜流，多的是旋涡——轮着的时候谁躲得了给卷了进去？那就是你发愁的时候，是你登仙的时候，是你品着酸的时候，是你尝着甜的时候。

巴黎也不定比别的地方怎样不同：不同就在那边生活流波里的潜流更猛，旋涡更急，因此你叫给卷进去的机会也就更多。

我赶快得声明我是没有叫巴黎的旋涡给淹了去——虽则也就够险。多半的时候我只是站在赛茵河岸边看热闹，下水去的时候也不能说没有，但至多也不过在靠岸清浅处溜着，从没敢往深处跑——这来旋涡的纹螺、势道、力量，可比远在岸上时认清楚多了。

一　九小时的萍水缘

我忘不了她。她是在人生的急流里转着的一张萍叶，我见着了它，掬在手里把玩了一晌，依旧交还给它的命运，任它飘流去——它以前的飘泊我不曾见来，它以后的飘泊，我也见不着，但就这曾经相识匆匆的恩缘——实际上我与她相处不过九小时——已在我的心泥上印下踪迹，我如何能忘，在忆起时如何能不感须臾的惆怅？

那天我坐在那热闹的饭店里瞥眼看着她，她独坐在灯光最暗漆的屋角里，这屋内哪一个男子不带媚态，哪一个女子的胭脂口上不沾笑容，就只她：穿一身淡素衣裳，戴一顶宽边的黑帽，在浓密的睫毛上隐隐闪亮着深思的目光——我几乎疑心她是修道院的女僧偶尔到红尘里随喜来了。我不能不接着注意她，她的别样的支颐的倦态，她的细长的手指，她的落莫的神情，有意无意间的叹息，都在激发我的好奇——虽则我那时左边已经坐下了一个瘦的，右边来了肥的，四条光滑的手臂不住的在我面前晃着酒杯。但更使我奇异的是她不等跳舞开始就匆匆的出去了，好像害怕或是厌恶似的。第一晚这样，第二晚又是这样：独自默默的坐着，到时候又匆匆的离去。到了第三晚她再来的时候我再也忍不住不想法接近她。第一次得着的回音，虽则是“多谢好意，我再不愿交友”的一个拒绝，只是加深了我的同情的好奇。我再不能放过她。

巴黎的好处就在处处近人情；爱慕的自由是永远容许的。你见谁爱慕谁想接近谁，决不是犯罪，除非你在过程中泄漏了你的粗气暴气，陋相或是贫相，那不是文明的巴黎人所能容忍的。只要你“识相”，上海人说的，什么可能的机会你都可以利用。对方人理你不理你，当然又是一回事；但只要你的步骤对，文明的巴黎人决不让你难堪。

我不能放过她。第二次我大胆写了个字条付中间人——店主人——交去。我心里直怔怔的怕讨没趣。可是回话来了——她就走了，你跟着去吧。

她果然在饭店门口等着我。

你为什么一定要找我说话，先生，像我这样再不愿意有朋友的人？她张着大眼看我，口唇微微的颤着。

我的冒昧是不望恕的，但是我看了你忧郁的神情我足足难受了三天，也不知怎的我就想接近你，和你谈一次话，如其你许我，那就是我的想望，再没有别的意思。

真的她那眼内绽出了泪来，我话还没说完。

想不到我的心事又叫一个异邦人看透了……她声音都哑了。

我们在路灯的灯光下默默的互注了一晌，并着肩沿马路走去，走不到多远她说不能走，我就问了她的允许雇车坐上，直往波龙尼大林园清凉的暑夜里兜去。

原来如此，难怪你听了跳舞的音乐像是厌恶似的，但既然不愿意何以每晚还去？

那是我的感情作用，我有些舍不得不去，我在巴黎一天，那是我最初遇见——他的地方，但那时候的我……可是你真的同情我的际遇吗，先生？我快有两个月不开口了，不瞒你说，今晚见了你我再也不能自制，我爽性说给你我的生平的始末吧，只要你不嫌。我们还是回那饭店去吧。

你不是厌烦跳舞的音乐吗？

她初次笑了。多齐整洁白的牙齿，在道上的幽光里亮着！

有了你我的生气就回复了不少，我还怕什么音乐？

我们俩重进饭店去选一个基角坐下，喝完了两瓶香槟，从十一时舞影最凌乱乱时谈起，直到早三时客人散尽侍役打扫屋子时才起身走，我在她的可怜身世的演述中遗忘了一切，当前的歌舞再不能分散我丝毫的注意。

下面是她的自述。

我是在巴黎生长的。我从小就爱读《天方夜谭》的故事，以及当代描写东方的文学；啊东方，我的童真的梦魂哪一刻不在它的玫瑰园中留恋？十四岁那年我的姊姊带我上北京去住，她在那边开一个时式的帽铺，有一天我看见一个小身材的中国人来买帽子，我就觉着奇怪，一来他长得异样的清秀，二来他为什么要来买那样时式的女帽；到了下午一个女太太拿了方才买去的帽子来换了，我姊姊就问她那中国人是谁，她说是她的丈夫，说开了头她就讲她当初怎样为爱他触怒了自己的父母，结果断绝了家庭和他结婚，但她一点也不追悔，因为她的中国丈夫待她怎样好法，她不信西方人懂得像他那样体贴，那样温存。我再也忘不了她说话时满心怡悦的笑容。从此我仰慕东方的隐衷又添深了一层颜色。

我再回巴黎的时候已经长大了，我父亲是最宠爱我的，我要什么他就给我什么。我那时就爱跳舞，啊，那些迷醉轻易的时光，巴黎哪一处舞场上不见我的舞影。我的妙龄，我的颜色，我的体态，我的聪慧，尤其是我那媚人的大眼——啊，如今你见的只是悲惨的余生再不留当时的丰韵--制定了我初期的堕落。我说堕落不是？是的，堕落，人生哪处不是堕落，这社会哪里容得一个有姿色的女人保全她的清洁？我正快走入险路的时候，我那慈爱的老父早已看出我的倾向，私下安排了一个机会，叫我与一个有爵位的英国人接近。一个十七岁的女子哪有什么主意，在两个月内我就做了新娘。

说起那四年结婚的生活，我也不应得过分的抱怨，但我们欧洲的势利的社会实在是树心里生了蠹，我怕再没有回复健康的希望。我到伦敦去做贵妇人时我还是个天真的孩子，哪有什么心机，哪懂得虚伪的卑鄙的人间的底里，我又是个外国人，到处遭受嫉忌与批评。还有我那叫名的丈夫。他娶我究竟为什么动机我始终不明白，也许贪我年轻，贪我貌美，带回家去广告他自己的手段，因为真的我不曾感着他一息的真情；新婚不到几时他就对我冷淡了，其实他就没有热过，碰巧我是个傻孩子，一天不听着一半句软语，不受些温柔的怜惜，到晚上我就不自制的悲伤。他有的是钱，有的是趋奉谄媚，成天在外打猎作乐，我愁了不来慰我，我病了不来问我，连着三年抑郁的生涯完全消减了我原来活泼快乐的天机，到第四年实在耽不住了，我与他吵一场，回巴黎再见我父亲的时候，他几乎不认识我了。我自此就永别了我的英国丈夫。因为虽则实际的离婚手续在他那方到前年方始办理，他从我走了后也就不再来顾问我——这算是欧洲人夫妻的情分！

我从伦敦回到巴黎，就比久困的雀儿重复飞回了林中，眼内又有了笑，脸上又添了春色，不但身体好多，就连童年时的种种想望又在我心头活了回来。三四年结婚的经验更叫我厌恶西欧，更叫我神往东方。啊，浪漫的多情的东方！我心里常常的怀念着。有一晚，那一个运定的晚上，我就在这屋子内见着了他，与今晚一样的歌声，一样的舞影，想起还不就是昨天，多飞快的光阴，就可怜我一个单薄的女子，无端叫运神摆布，在情网里颠连，在经验的苦海里沉沦。朋友，我自分是已经埋葬了的活人，你何苦又来逼着我把往事掘起，我的话是简短的，但我身受的苦恼，朋友，你信我，是不可量的；你望我的眼里看，凭着你的同情你可以在刹那间领会我灵魂的真际！

他是菲律宾人，也不知怎的我初次见面就迷了他。他肤色是深黄的，但他的性情是不可信的温柔；他身材是短的，但他的私语有多叫人魂销的魔力？啊，我到如今还不能怨他；我爱他太深，我爱他太真，我如何能一刻忘他，虽则他到后来也是一样的薄情，一样的冷酷。你不倦么，朋友，等我讲给你听？

我自从认识了他我便倾注给他我满怀的柔情，我想他，那负心的他，也够他的享受，那三个月神仙似的生活！我们差不多每晚在此聚会的。密谈是他与我，欢舞是他与我，人间再有更甜美的经验吗？朋友你知道痴心人赤心爱恋的疯狂吗？因为不仅满足了我私心的想望，我十多年梦魂缭绕的东方理想的实现。有他我什么都有了，此外我更有什么沾恋？因此等到我家里为这事情与我开始交涉的时候，我更不踌躇的与我生身的父母根本决绝。我此时又想起了我垂髫时在北京见着的那个嫁中国人的女子，她与我一样也为了痴情牺牲一切，我只希冀她这时还能保持着她那纯爱的生活，不比我这失运人成天在幻灭的辛辣中回味。

我爱定了他。他是在巴黎求学的，不是贵族，也不是富人，那更使我放心，因为我早年的经验使我迷信真爱情是穷人才能供给的。谁知他骗了我——他家里也是有钱的，那时我在热恋中抛弃了家，牺牲了名誉，跟了这黄脸人离却巴黎，辞别欧洲，经过一个月的海程，我就到了我理想的灿烂的东方。啊，我那时的希望与快乐！但才出了红海，他就上了心事，经我再三的逼问他才告诉我他家里的实情，他父亲是菲律宾最有钱的土著，性情是极严厉的，他怕轻易不能收受我进他们的家庭。我真不愿意把此后可怜的身世烦你听，朋友，但那才是我痴心人的结果，你耐心听着吧！

东方，东方才是我的烦恼！我这回投进了一个更陌生的社会，呼吸更沉闷的空气；他们自己中间也许有他们温软的人情，但轮着我的却一样还只是猜忌与讥刻，更不容情的刺袭我的孤独的性灵。果然他的家庭不容我进门，把我看作一个“巴黎淌来的可疑的妇人”。我为爱他也不知忍受了多少不可忍的侮辱，吞了多少悲泪，但我自慰的是他对我不变的恩情。因为在初到的一时他还是不时来慰我——我独自赁屋住着。但慢慢的也不知是人言浸润还是他原来爱我不深，他竟然表示割绝我的意思。朋友，试想我这孤身女子牺牲了一切为的还不是他的爱，如今连他都离了我，那我更有什么生机？我怎的始终不曾自毁，我至今还不信，因为我那时真的是没路走了。我又没有钱，他狠心丢了我，我如何能再去缠他，这也许是我们白种人的倔强，我不久便揩干了眼泪，出门去自寻活路。我在一个菲美合种人的家里寻得了一个保姆的职务；天幸我生性是耐烦领小孩的——我在伦敦的日子没孩子管，我就养猫弄狗——救活我的是那三五个活灵的孩子，黑头发短手指的乖乖。在那炎热的岛上我是过了两年没颜色的生活，得了一次凶险的热病，从此我面上再不存青年期的光彩。我的心境正稍稍回复平衡的时候，两件不幸的事情又临着了我：一件是我那他与另一女子的结婚，这消息使我昏绝了过去；一件是被我弃绝的慈父也不知怎的问得了我的踪迹，来电说他老病快死要我回去。啊，天罚我！等我赶回巴黎的时候正好赶着与老人诀别，忏悔我先前的造孽！

从此我在人间还有什么意趣？我只是个实体的鬼影，活动的尸体；我的心早就死了，再也不起波澜；在初次失望的时候我想象中还有个辽远的东方，但如今东方只在我的心上留下一个鲜明的新伤，我更有什么希冀，更有什么心情？但我每晚还是不自主的到这饭店来小坐，正如死去的鬼魂忘不了他的老家！我这一生的经验本不想再向人吐露的，准知又碰着了你，苦苦的追着我，逼我再一度撩拨死尽的火灰，这来你够明白了，为什么我老是这落寞的神情，我猜你也是过路的客人，我深深自幸又接近一次人情的温慰，但我不敢希望什么。我的心是死定了的，时候也不早了，你看方才舞影凌乱的地板上现在只剩一片冷淡的灯光，侍役们已经收拾干净，我们也该走了，再会吧，多情的朋友！

二 “先生，你见过艳丽的肉没有？”

我在巴黎时常去看一个朋友，他是一个画家，住在一条老闻着鱼腥的小街底头一所老屋子的顶上一个 A 字式的尖阁里，光线暗惨得怕人，白天就靠两块日光胰子大小的玻璃窗给装装幌，反正住的人不嫌就得，他是照例不过正午不起身，不近天亮不上床的一位先生，下午他也不居家，起码总得上灯的时候他才脱下了他的外，褂露出两条破烂的臂膀，埋身在他那艳丽的垃圾窝里开始他的工作。

艳丽的垃圾窝——它本身就是一幅妙画！我说给你听听。

贴墙有精窄的一条上面盖着黑毛毡的算是他的床，在这上面就准你规规矩矩的躺着，不说起坐一定扎脑袋，就连翻身也不免冒犯斜着下来永远不退让的屋顶先生的身分！承着顶尖全屋子顶宽舒的部分放着他的书桌——我捏着一把汗叫它书桌，其实还用提吗，上边什么法宝都有，画册子，稿本，黑炭，颜色盘子，烂袜子，领结，软领子，热水瓶子压瘪了的，烧干了的酒精灯，电筒，各色的药瓶，彩油瓶，脏手绢，断头的笔杆，没有盖的墨水瓶子，一柄手枪，那是瞒不过我花七法郎在密歇耳大街路旁旧货摊上换来的，照相镜子，小手镜，断齿的梳子，蜜膏，晚上喝不完的咖啡杯，详梦的小书，还有——还有可疑的小纸盒儿，凡士林一类的油膏……一只破木板箱一头漆着名字上面蒙着一块灰色布的是他的梳妆台兼书架，一个洋瓷面盆半盆的胰子水似乎都叫一部旧版的卢骚集子给饕了去，一顶便帽套在洋瓷长提壶的耳柄上，从袋底里倒出来的小铜钱错落的散着像是土耳其人的符咒，几只稀小的烂苹果围着一条破香蕉像是一群大学教授们围着一个教育次长索薪……

壁上看得更斑斓了：这是我顶得意的一张庞那的底稿当废纸买来

的，这是我临蒙内的裸体，不十分行，我来撩起灯罩你可以看清楚一点，草色太浓了，那膝部画坏了，这一小幅更名贵，你认是谁，罗丹的！那是我前年最大的运气，也算是错来的，老巴黎就是这点子便宜，挨了半年八个月的饿不要紧，只要有机会捞着真东西，这还不值得！那边一张挤在两幅油画缝里的，你见了没有，也是有来历的，那是我前年趁马克倒霉路过佛兰克福德时夹手抢来的，是真的孟察尔都难说，就差糊了一点，现在你给三千法郎我都不卖，加倍再加倍都值，你信不信？再看那一长条……在他那手指东点西的卖弄他的家珍的时候，你竟会忘了你站着的地方是不够六尺阔的一间阁楼，倒像跨在你头顶那两爿斜着下来的屋顶也顺着他那艺术谈法术似的隐了去，露出一个爽恺的高天，壁上的疙瘩，壁蟢窠，霉块，钉疤，全化成了哥罗画帧中“飘摇欲化烟”的最美丽林树与轻快的流涧；桌上的破领带及手绢烂香蕉臭袜子等等也全变形成戴大阔边稻草帽的牧童们，偎着树打盹的，牵着牛在涧里喝水的，手反衬着脑袋放平在青草地上瞪眼看天的，斜眼溜着那边走进来的娘们手按着音腔吹横笛的——可不是那边来了一群娘们，全是年岁轻轻的，露着胸膛，散着头发，还有光着白腿的在青草地上跳着来了？……嗨！小心扎脑袋，这屋子真别扭，你出什么神来了？想着你的 Bel Ami 对不对？你到巴黎快半个月，该早有落儿了，这年头收成真容易——呒，太容易了！谁说巴黎不是理想的地狱？你吸烟斗吗？这儿有自来火。对不起，屋子里除了床，就是那张弹簧早经追悼过了的沙发，你坐坐吧，给你一个垫子，这是全屋子顶温柔的一样东西。

不错，那沙发，这阁楼上要没有那张沙发，主人的风格就落了一个极重要的元素。说它肚子里的弹簧完全没了劲，在主人说是太谦，在我说是简直污蔑了它。因为分明有一部分内簧是不曾死透的，那在正中间，看来倒像是一座分水岭，左右都是往下倾的，我初坐下时不提防它还有弹力，倒叫我骇了一下；靠手的套布可真是全霉了，露着黑黑黄黄不知是什么货色，活像主人衬衫的袖子。我正落了坐，他咬了咬嘴唇翻一翻眼珠微微的笑了。笑什么了你？我笑——你坐上沙发那样儿叫我想起爱菱。爱菱是谁？她呀——她是我第一个模特儿。模特儿？你的？你的破房子还有模特儿，你这穷鬼花得起？别急，究竟是中国初来的，听了模特儿就这样的起劲，看你那脖子都上了红印了！本来不算事，当然，可是我说像你这样的破鸡棚……破鸡棚便怎么样，耶稣生在马号里的，安琪儿们都在马矢里跪着礼拜哪！别忙，好朋友，我讲你听。如其巴黎人有一个好处，他就是不势利！中国人顶糟了，这一点；穷人有穷人的势利，阔人有阔人的势利，半不阑珊的有半不阑珊的势利——那才是半开化，才是野蛮！你看像我这样子，头发像刺猬，八九天不刮的破胡子，半年不收拾的脏衣服，鞋带扣不上的皮鞋——要在中国，谁不叫我外国叫化子，哪配进北京饭店一类的势利场；可是在巴黎，我就这样儿随便问哪一个衣服顶漂亮脖子搽得顶香的娘们跳舞，十回就有九回成，你信不信？至于模特儿，那更不成话，那有在巴黎学美术的，不论多穷，一年里不换十来个眼珠亮亮的来坐样儿？屋子破更算什么？波希民的生活就是这样，按你说模特儿就不该坐坏沙发，你得准备杏黄贡缎绣丹凤朝阳做垫的太师椅请她坐你才安心对不对？再说……

别再说了！算我少见世面，算我是乡下老憨，得了；可是说起模特儿，我倒有点好奇，你何妨讲些经验给我长长见识？有真好的没有？我们在美术院里见着的什么维纳丝得米罗，维纳丝梅第妻，还有铁青的，鲁班师的，鲍第千里的，丁稻来笃的，箕奥其安内的裸体实在是太美，太理想，太不可能，太不可思议；反面说，新派的比如雪尼约克的，玛提斯的，塞尚的，高耿的，弗朗刺马克的，又是太丑，太损，太不像人，一样的太不可能，太不可思议。人体美，究竟怎么一回事？我们不幸生长在中国，女人衣服一直穿到下巴底下，腰身与后部看不出多大分别的世界里，实在是太蒙昧无知，太不开眼。可是再说呢，东方人也许根本就不该叫人开眼的，你看过约翰巴里士那本《沙扬娜拉》没有，他那一段形容一个日本裸体舞女——就是一张脸子粉搽得像棺材里爬起来的颜色，此外耳朵以后下巴以下就比如一节蒸不透的珍珠米！——看了真叫人恶心。你们学美术的才有第一手的经验，我倒是……

你倒是真有点羡慕，对不对？不怪你，人总是人。不瞒你说，我学画画原来的动机也就是这点子对人体秘密的好奇。你说我穷相，不错，我真是穷，饭都吃不出，衣都穿不全，可是模特儿——我怎么也省不了。这对人体美的欣赏在我已经成了一种生理的要求，必要的奢侈，不可摆脱的嗜好；我宁可少吃俭穿，省下几个法郎来多雇几个模特儿。你简直可以说我是着了迷，成了病，发了疯，爱说什么就什么，我都承认——我就不能一天没有一个精光的女人耽在我的面前供养，安慰，喂饱我的“眼淫”。当初罗丹我猜也一定与我一样的狼狈，据说他那房子里老是有剥光了的女人，也不为坐样儿，单看她们日常生活“实际的”多变化的姿态——他是一个牧羊人，成天看着一群剥了毛皮的驯羊！鲁班师那位穷凶极恶的大手笔，说是常难为他太太做模特儿，结果因为他成天不断的画他太太竟许连穿裤子的空儿都难得有！但如果这话是真的，鲁班师还是太傻，难怪他那画里的女人都是这剥白猪似的单调，少变化；美的分配在人体上是极神秘的一个现象，我不信有理想的全材，不论男女我想几乎是不可能的；上帝拿着一把颜色望地面上撒，玫瑰，罗兰，石榴，玉簪，剪秋罗，各样都沾到了一种或几种的彩泽，但决没有一种花包涵所有可能的色调的，那如其有，按理论讲，岂不是又得回复了没颜色的本相？人体美也是这样的，有的美在胸部，有的腰部，有的下部，有的头发，有的手，有的脚踝，那不可理解的骨骼，筋肉，肌理的会合，形成各各不同的线条，色调的变化，皮面的涨度，毛管的分配，天然的姿态，不可制止的表情——也得你不怕麻烦细心体会发现去，上帝没有这样便宜你的事情，他决不给你一个具体的绝对美，如果有我们所有艺术的努力就没了意义；巧妙就在你明知这山里有金子，可是在哪一点你得自己下工夫去找。啊！说起这艺术家审美的本能，我真要闭着眼感谢上帝——要不是它，岂不是所有人体的美，说窄一点，都变了古长安道上历代帝王的墓窟，全叫一层或几层薄薄的衣服给埋没了！回头我给你看我那张破床底下有一本宝贝，我这十年血汗辛苦的成绩——千把张的人体临摹，而且十分之九是在这间破鸡棚里勾下的，别看低我这张弹簧早经追悼了的沙发，这上面落坐过至少一二百个当得起美字的女人！别提专门做模特儿的，巴黎哪一个不知道俺家黄脸什么，那不算希奇，我自负的是我独到的发现：一半因为看多了缘故，女人肉的引诱在我差不多完全消灭在美的欣赏里面，结果在我这双“淫眼”看来，一丝不挂的女人就同紫霞宫里翻出来的尸首穿得重重密密的摇不动我的性欲，反面说当真穿着得极整齐的女人，不论她在人堆里站着，在路上走着，只要我的眼到，她的衣服的障碍就无形的消灭，正如老练的矿师一瞥就认出矿苗，我这美术本能也是一瞥就认出“美苗”，一百次里错不了一次；每回发现了可能的时候，我就非想法找到她剥光了她叫我看个满意不成，上帝保佑这文明的巴黎，我失望的时候真难得有！我记得有一次在戏院子看着了一个贵妇人，实在没法想（我当然试来）我那难受就不用提了，比发疟疾还难受——她那特长分明是在小腹与……

够了够了！我倒叫你说得心痒痒的。人体美！这门学问，这门福气，我们不幸生长在东方谁有机会研究享受过来？可是我既然到了巴黎，又幸气碰着你，我倒真想叨你的光开开我的眼，你得替我想法，要找在你这宏富的经验中比较最贴近理想的一个看看……

你又错了！什么，你意思花就许巴黎的花香，人体就许巴黎的美吗？太灭自己的威风了！别信那巴里士什么《沙扬娜拉》的胡说；听我说，正如东方的玫瑰不比西方的玫瑰差什么香味，东方的人体在得到相当的栽培以后，也同样不能比西方的人体差什么美——除了天然的限度，比如骨骼的大小，皮肤的色彩。同时顶要紧的当然要你自己性灵里有审美的活动，你得有眼睛，要不然这宇宙不论它本身多美多神奇在你还是白来的。我在巴黎苦过这十年，就为前途有一个宏愿：我要张大了我这经过训练的“淫眼”到东方去发现人体美——谁说我没有大文章做出来？至于你要借我的光开开眼，那是最容易不过的事情，可是我想想——可惜了！有个马达姆朗洒，原先在巴黎大学当物理讲师的，你看了准忘不了，现在可不在了，到伦敦去了；还有一个马达姆薛托漾，她是远在南边乡下开面包铺子的，她就够打倒你所有的丁稻来笃，所有的铁青，所有的箕奥其安内——尤其是给你这未入流看，长得太美了，她通体就看不出一根骨头的影子，全叫匀匀的肉给隐住的，圆的，润的，有一致节奏的，那妙是一百个哥蒂蔼也形容不全的，尤其是她那腰以下的结构，真是奇迹！你从意大利来该见过西龙尼维纳丝的残像，就那也只能仿佛，你不知道那活的气息的神奇，什么大艺术天才都没法移植到画布上或是石塑上去的（因此我常常自己心里辩论究竟是艺术高出自然还是自然高出艺术，我怕上帝僭先的机会毕竟比凡人多些）；不提别的单就她站在那里你看，从小腹接柽上股那两条交荟的弧线起直往下贯到脚着地处止，那肉的浪纹就比是——实在是无可比——你梦里听着的音乐：不可信的轻柔，不可信的匀净，不可信的韵味——说粗一点，那两股相并处的一条线直贯到底，不漏一屑的破绽，你想通过一根发丝或是吹度一丝风息都是绝对不可能的——但同时又决不是肥肉的粘着，那就呆了。真是梦！唉，就可惜多美一个天才偏叫一个身高六尺三寸长红胡子的面包师给糟蹋了；真的这世上的因缘说来真怪，我很少看见美妇人不嫁给猴子类牛类水马类的丑男人！但这是支话。眼前我招得到的，够资格的也就不少——有了，方才你坐上这沙发的时候叫我想起了爱菱，也许你与她有缘分，我就为你招她去吧，我想应该可以容易招到的。可是上哪儿呢？这屋子终究不是欣赏美妇人的理想背景，第一不够开展，第二光线不够——

至少为外行人像你一类着想……我有了一个顶好的主意，你远来客我也该独出心裁招待你一次，好在爱菱与我特别的熟，我要她怎么她就怎么；暂且约定后天吧，你上午十二点到我这里来，我们一同到芳丹薄罗的大森林里去，那是我常游的地方，尤其是阿房奇石相近一带，那边有的是天然的地毯，这一时是自然最妖艳的日子，草青得滴得出翠来，树绿得涨得出油来，松鼠满地满树都是，也不很怕人，顶好玩的，我们决计到那一带去秘密野餐吧——至于“开眼”的话，我包你一个百二十分的满足，将来一定是你从欧洲带回家最不易磨灭的一个印象！一切有我布置去，你要是愿意贡献的话，也不用别的，就要你多买大杨梅，再带一瓶橘子酒，一瓶绿酒，我们享半天闲福去。现在我讲得也累了，我得躺一会儿，我拿我床底下那本秘本给你先揣摹揣摹……

隔一天我们从芳丹薄罗林子里回巴黎的时候，我仿佛刚做了一个最荒唐，最艳丽，最秘密的梦。

十四年十二月二十一日

（原刊 1925 年 12 月 16 / 17 / 24 日《晨报副刊》）

我所知道的康桥

一

我这一生的周折，大都寻得出感情的线索。不论别的，单说求学。我到英国是为要从罗素。罗素来中国时，我已经在美国。他那不确的死耗传到的时候，我真的出眼泪不够，还做悼诗来了。他没有死，我自然高兴。我摆脱了哥伦比亚大博士衔的引诱，买船票过大西洋，想跟这位二十世纪的福禄泰尔认真念一点书去。谁知一到英国才知道事情变样了：一为他在战时主张和平，二为他离婚，罗素叫康桥给除名了，他原来是 Trinity College 的 fellow，一来他的 fellowship 也给取消了。他回英国后就在伦敦住下，夫妻两人卖文章过日子。

因此我也不曾遂我从学的始愿。我在伦敦政治经济学院里混了半年，正感着闷想换路走的时候，我认识了狄更生先生。狄更生（Galsworthy Lowes Dickinson）是一个有名的作者，他的《一个中国人通信》（Letters From John Chinaman）与《一个现代聚餐谈话》（A Modern

Symposium）两本小册子早得了我的景仰。我第一次会着他是在伦敦国际联盟协会席上，那天林宗孟先生演说，他做主席；第二次是在宗孟寓里吃茶，有他。以后我常到他家里去。他看出我的烦闷，劝我到康桥去，他自己是王家学院（King’s College）的fellow。我就写信去问两个学院，回信都说学额早满了，随后还是狄更生先生替我去在他的学院里说好了，给我一个特别生的资格，随意选科听讲。从此黑方巾、黑披袍的风光也被我占着了。初起我在离康桥六英里的乡下叫沙士顿地方租了几间小屋住下，同居的有我从前的夫人张幼仪女士与郭虞裳君。每天一早我坐街车（有时自行车）上学，到晚回家。这样的生活过了一个春，但我在康桥还只是个陌生人，谁都不认识，康桥的生活，可以说完全不曾尝着，我知道的只是一个图书馆，几个课室，和三两个吃便宜饭的茶食铺子。狄更生常在伦敦或是大陆上，所以也不常见他。那年的秋季我一个人回到康桥，整整有一学年，那时我才有机会接近真正的康桥生活，同时我也慢慢的“发现”了康桥。我不曾知道过更大的愉快。

二

“单独”是一个耐寻味的现象。我有时想它是任何发现的第一个条件。你要发现你的朋友的“真”，你得有与他单独的机会。你要发现你自己的真，你得给你自己一个单独的机会。你要发现一个地方（地方一样有灵性），你也得有单独玩的机会。我们这一辈子，认真说，能认识几个人？能认识几个地方？我们都是太匆忙，太没有单独的机会。说实话，我连我的本乡都没有什么了解。康桥我要算是有相当交情的，再次许只有新认识的翡冷翠了。啊，那些清晨，那些黄昏，我一个人发痴似的在康桥！绝对的单独。

但一个人要写他最心爱的对象，不论是人是地，是多么使他为难的一个工作？你怕，你怕描坏了它，你怕说过分了恼了它，你怕说太谨慎了辜负了它。我现在想写康桥，也正是这样的心理，我不曾写，我就知道这回是写不好的——况且又是临时逼出来的事情。但我却不能不写，上期预告已经出去了。我想勉强分两节写：一是我所知道的康桥的天然景色；一是我所知道的康桥的学生生活。我今晚只能极简的写些，等以后有兴会时再补。

三

康桥的灵性全在一条河上；康河，我敢说是全世界最秀丽的一条水。河的名字是葛兰大（Granta），也有叫康河（River Cam）的，许有上下流的区别，我不甚清楚。河身多的是曲折，上游是有名的拜伦潭——Byron's Pool——当年拜伦常在那里玩的；有一个老村子叫格兰骞斯德，有一个果子园，你可以躺在累累的桃李树荫下吃茶，花果会掉入你的茶杯，小雀子会到你桌上来啄食，那真是别有一番天地。这是上游。下游是从骞斯德顿下去，河面展开，那是春夏间竞舟的场所。上下河分界处有一个坝筑，水流急得很，在星光下听水声，听近村晚钟声，听河畔倦牛刍草声，是我康桥经验中最神秘的一种：大自然的优美、宁静，调谐在这星光与波光的默契中不期然的淹入了你的性灵。

但康河的精华是在它的中流，著名的“Backs”，这两岸是几个最蜚声的学院的建筑。从上面下来是Pembroke，St.Katharine's，King's，Clare，Trinity，St.John's。最令人留连的一节是克莱亚与王家学院的毗连处，克莱亚的秀丽紧邻着王家教堂（King's Chapel的宏伟。别的地方尽有更美更庄严的建筑，例如巴黎赛茵河的罗浮宫一带，威尼市的利阿尔多大桥的两岸，翡冷翠维基乌大桥的周遭；但康桥的 Backs 自有它的特长，这不容易用一二个状词来概括，它那脱尽尘埃气的一种清澈秀逸的意境可说是超出了画图而化生了音乐的神味。再没有比这一群建筑更调谐更匀称的了！论画，可比的也许只有柯罗（Corot）的田野；论音乐，可比的也许只有萧班（Chopin）的夜曲。就这，也不能给你依稀的印象，它给你的美感简直是神灵性的一种。

假如你站在王家学院桥边的那棵大椈树荫下眺望，右侧面，隔着一大方浅草坪，是我们的校友居（Fellows Building），那年代并不早，但它的妩媚也是不可掩的，它那苍白的石壁上春夏间满缀着艳色的蔷薇在和风中摇颤。往左是那教堂，森林似的尖阁不可浼的永远直指着天空；更左是克莱亚，啊！那不可信的玲珑的方庭，谁说这不是圣克莱亚（St.Clare）的化身，哪一块石上不闪耀着她当年圣洁的精神？在克莱亚后背隐约可辨的是康桥最高贵最骄纵的三清学院（Trinity），它那临河的图书楼上坐镇着拜伦神采惊人的雕像。

但这时你的注意早已叫克莱亚的三环洞桥魔术似的摄住。你见过西湖白堤上的西断桥不是？（可怜它们早已叫代表近代丑恶精神的汽车公司给铲平了，现在它们跟着苍凉的雷峰永远辞别了人间）你忘不了那桥上斑驳的苍苔，木栅的古色，与那桥拱下泄露的湖光与山色不是？克莱亚并没有那样体面的衬托，它也不比庐山栖贤寺旁的观音桥，上瞰五老的奇峰，下临深潭与飞瀑；它只是怯怜怜的一座三环洞的小桥，它那桥洞间也只掩映着细纹的波粼与婆娑的树影，它那桥上栉比的小穿阑与阑顶上双双的白石球，也只是村姑子头上不夸张的香草与野花一类的装饰；但你凝神的看着，更凝神的看着，你再反省你的心境，看还有没有一丝屑的俗念沾滞？只要你审美的本能不曾泯灭时，这是你的机会实现纯粹美感的神奇！

但你还得选你赏鉴的时辰。英国的天时与气候是走极端的。冬天是荒谬的坏，逢着连绵的雾盲天你一定不迟疑的甘愿进地狱本身去试试；春天（英国是几乎没有夏天的）是更荒谬的可爱，尤其是它那四五月间最和暖最艳丽的黄昏，那才真是寸寸黄金。在康河边上过一个黄昏是一服灵魂的补剂。啊！我那时蜜甜的单独，那时蜜甜的闲暇。一晚又一晚的，只见我出神似的倚在桥阑上向西天凝望：

看一回凝静的桥影，
数一数螺钿的波纹；
我倚暖了石阑的青苔，
青苔凉透了我的心坎……

还有几句更笨重的仿佛那游丝似轻妙的情景：

难忘七月的黄昏，远树凝寂，
像墨泼的山形，衬出轻柔暝色，
密稠稠，七分鹅黄，三分橘绿，
那妙意只可去秋梦边缘捕捉……

四

这河身的两岸都是四季常青最葱翠的草坪。从校友居的楼上望去，对岸草场上，不论早晚，永远有十数匹黄牛与白马，胫蹄没在恣蔓的草丛中，从容的在咬嚼，星星的黄花在风中动荡，应和着它们尾鬃的扫拂。桥的两端有斜倚的垂柳与椈荫护住；水是澈底的清澄，深不足四尺，匀匀的长着长条的水草。这岸边的草坪又是我的爱宠，在清朝，在傍晚，我常去这天然的织锦上坐地，有时读书，有时看水；有时仰卧着看天空的行云，有时反扑着搂抱大地的温软。

但河上的风流还不止两岸的秀丽。你得买船去玩。船不止一种：

有普通的双桨划船，有轻快的薄皮舟（canoe），有最别致的长形撑篙船（punt）。最末的一种是别处不常有的：约莫有二丈长，三尺宽，你站直在船艄上用长竿撑着走的。这撑是一种技术。我手脚太蠢，始终不曾学会。你初起手尝试时，容易把船身横住在河中，东颠西撞的狼狈。英国人是不轻易开口笑人的，但是小心他们不出声的皱眉！也不知有多少次河中本来悠闲的秩序叫我这莽撞的外行给捣乱了。我真的始终不曾学会；每回我不服输跑去租船再试的时候，有一个白胡子的船家往往带讥讽的对我说："先生，这撑船费劲，天热累人，还是拿个薄皮舟溜溜吧！"我哪里肯听话，长篙子一点就把船撑了开去，结果还是把河身一段段的腰斩了去。

你站在桥上去看人家撑，那多不费劲，多美！尤其在礼拜天有几个专家的女郎，穿一身缟素衣服，裙裾在风前悠悠的飘着，戴一顶宽边的薄纱帽，帽影在水草间颤动，你看她们出桥洞时的姿态，揪起一根竟像没有分量的长竿，只轻轻的，不经心的往波心里一点，身子微微的一蹲，这船身便波的转出了桥影，翠条鱼似的向前滑了去。她们那敏捷，那闲暇，那轻盈，真是值得歌咏的。

在初夏阳光渐暖时你去买一只小船，划去桥边荫下躺着念你的书或是做你的梦，槐花香在水面上飘浮，鱼群的唼喋声在你的耳边挑逗。或是在初秋的黄昏，近着新月的寒光，望上流僻静处远去。爱热闹的少年们携着他们的女友，在船沿上支着双双的东洋彩纸灯，带着话匣子，船心里用软垫铺着，也开向无人迹处去享他们的野福——谁不爱听那水底翻的音乐在静定的河上描写梦意与春光！

住惯城市的人不易知道季候的变迁。看见叶子掉知道是秋，看见叶子绿知道是春；天冷了装炉子，天热了拆炉子；脱下棉袍，换上夹袍，脱下夹袍，穿上单袍；不过如此罢了。天上星斗的消息，地下泥土里的消息，空中风吹的消息，都不关我们的事。忙着哪，这样那样事情多着，谁耐烦管星星的移转，花草的消长，风云的变幻？同时我们抱怨我们的生活、苦痛、烦闷、拘束、枯燥，谁肯承认做人是快乐？谁不多少间诅咒人生？

但不满意的生活大都是由于自取的。我是一个生命的信仰者，我信生活决不是我们大多数人仅仅从自身经验推得的那样暗惨。我们的病根是在“忘本”。人是自然的产儿，就比枝头的花与鸟是自然的产儿；但我们不幸是文明人，入世深似一天，离自然远似一天。离开了泥土的花草，离开了水的鱼，能快活吗？能生存吗？从大自然，我们取得我们的生命；从大自然，我们应分取得我们继续的滋养。哪一株婆娑的大树没有盘错的根柢深入在无尽藏的地里？我们是永远不能独立的。有幸福是永远不离母亲抚育的孩子，有健康是永远接近自然的人们。不必一定与鹿逐游，不必一定回“洞府”去；为医治我们当前生活的枯窘，只要“不完全遗忘自然”，一张轻淡的药方我们的病象就有缓和的希望。在青草里打几个滚，到海水里洗几次浴，到高处去看几次朝霞与晚照——你肩背上的负担就会轻松了去的。

这是极肤浅的道理，当然。但我要没有过过康桥的日子，我就不会有这样的自信。我这一辈子就只那一春，说也可怜，算是不曾虚度。就只那一春，我的生活是自然的，是真愉快的！（虽则碰巧那也是我最感受人生痛苦的时期。）我那时有的是闲暇，有的是自由，有的是绝对单独的机会。说也奇怪，竟像是第一次，我辨认了星月的光明，草的青，花的香，流水的殷勤。我能忘记那初春的睥睨吗？曾经有多少个清晨我独自冒着冷去薄霜铺地的林子里闲步——为听鸟语，为盼朝阳，为寻泥土里渐次苏醒的花草，为体会最细微最神妙的春信。啊，那是新来的画眉在那边凋不尽的青枝上试它的新声！啊，这是第一朵小雪球花挣出了半冻的地面！啊，这不是新来的潮润沾上了寂寞的柳条？

静极了，这朝来水溶溶的大道，远处牛奶车的铃声，点缀这周遭的沉默。顺着这大道走去，走到尽头，再转入林子里的小径，往烟雾浓密处走去，头顶是交枝的榆荫，透露着漠楞楞的曙色；再往前走去，走尽这林子，当前是平坦的原野，望见了村舍，初青的麦田，更远三两个馒形的小山掩住了一条通道。天边是雾茫茫的，尖尖的黑影是近村的教寺。听，那晓钟和缓的清音。这一带是此邦中部的平原，地形像是海里的轻波，默沉沉的起伏；山岭是望不见的，有的是常青的草原与沃腴的田壤。登那土阜上望去，康桥只是一带茂林，拥戴着几处娉婷的尖阁。妩媚的康河也望不见踪迹，你只能循着那锦带似的林木想象那一流清浅。村舍与树林是这地盘上的棋子，有村舍处有佳荫，有佳荫处有村舍。这早起是看炊烟的时辰：朝雾渐渐的升起，揭开了这灰苍苍的天幕（最好是微霰后的光景），远近的炊烟，成丝的、成缕的、成卷的、轻快的、迟重的、浓灰的、淡青的、惨白的，在静定的朝气里渐渐的上腾，渐渐的不见，仿佛是朝来人们的祈祷，参差的翳入了天听。朝阳是难得见的，这初春的天气。但它来时是起早人莫大的愉快。顷刻间这田野添深了颜色，一层轻纱似的金粉糁上了这草，这树，这通道，这庄舍。顷刻间这周遭弥漫了清晨富丽的温柔。顷刻间你的心怀也分润了白天诞生的光荣。

"春"！这胜利的晴空仿佛在你的耳边私语。"春"！你那快活的灵魂也仿佛在那里回响。

……

伺候着河上的风光，这春来一天有一天的消息。关心石上的苔痕，关心败草里的花鲜，关心这水流的缓急，关心水草的滋长，关心天上的云霞，关心新来的鸟语。怯怜怜的小雪球是探春信的小使。铃兰与香草是欢喜的初声。窈窕的莲馨，玲珑的石水仙，爱热闹的克罗克斯，耐辛苦的蒲公英与雏菊——这时候春光已是烂漫在人间，更不须殷勤问讯。

瑰丽的春放。这是你野游的时期。可爱的路政，这里不比中国，哪一处不是坦荡荡的大道？徒步是一个愉快，但骑自转车是一个更大的愉快，在康桥骑车是普遍的技术；妇人、稚子、老翁，一致享受这双轮舞的快乐。（在康桥听说自转车是不怕人偷的，就为人人都自己有车，没人要偷。）任你选一个方向，任你上一条通道，顺着这带草味的和风，放轮远去，保管你这半天的逍遥是你性灵的补剂。这道上有的是清荫与美草，随地都可以供你休憩。你如爱花，这里多的是锦绣似的草原。你如爱鸟，这里多的是巧啭的鸣禽。你如爱儿童，这乡间到处是可亲的稚子。你如爱人情，这里多的是不嫌远客的乡人，你到处可以"挂单"借宿，有酪浆与嫩薯供你饱餐，有夺目的果鲜恣你尝新。你如爱酒，这乡间每"望"都为你储有上好的新酒，黑啤如太浓，苹果酒、姜酒都是供你解渴润肺的……带一卷书，走十里路，选一块清静地，看天，听鸟，读书，倦了时，和身在草绵绵处寻梦去——你能想象更适情更适性的消遣吗？

陆放翁有一联诗句："传呼快马迎新月，却上轻舆趁晚凉。"这是做地方官的风流。我在康桥时虽没马骑，没轿子坐，却也有我的风流：我常常在夕阳西晒时骑了车迎着天边扁大的日头直追。日头是追不到的，我没有夸父的荒诞，但晚景的温存却被我这样偷尝了不少。有三两幅画图似的经验至今还是栩栩的留着。只说看夕阳，我们平常只知道登山或是临海，但实际只须辽阔的天际，平地上的晚霞有时也是一样的神奇。有一次我赶到一个地方，手把着一家村庄的篱笆，隔着一大片田的麦浪，看西天的变幻。有一次是正冲着一条宽广的大道，过来一大群羊，放草归来的，偌大的太阳在它们后背放射着万缕的金辉，天上却是乌青青的，只剩这不可逼视的威光中的一条大路，一群生物！我心头顿时感着神异性的压迫，我真的跪下了，对着这冉冉渐翳的金光。再有一次是更不可忘的奇景，那是临着一大片望不到头的草原，满开着艳红的罂粟，在青草里亭亭像是万盏的金灯，阳光从褐色云里斜着过来，幻成一种异样的紫色，透明似的不可逼视，刹那间在我迷眩了的视觉中，这草田变成了……不说也罢，说来你们也是不信的！

一别二年多了，康桥，谁知我这思乡的隐忧？也不想别的，我只要那晚钟撼动的黄昏，没遮拦的田野，独自斜倚在软草里，看第一个大星在天边出现！

十五年一月十五日

（原刊1926年1月16-25日《晨报副刊》）

伤双栝老人

看来你的死是无可置疑的了，宗孟先生，虽则你的家人们到今天还没法寻回你的残骸。最初消息来时，我只是不信，那其实是太突兀，太荒唐，太不近情。我曾经几回梦见你生还，叙述你历险的始末，多活现的梦境！但如今在栝树凋尽了青枝的庭院，再不闻“老人”的謦欬；真的没了，四壁的白联仿佛在微风中叹息。这三四十天来，哭你有你的内眷、姊妹、亲戚，悼你的私交；惜你有你的政友与国内无数爱君才调的士夫。志摩是你的一个忘年的小友。我不来敷陈你的事功，不来历叙你的言行；我也不来再加一份涕泪吊你最后的惨变。

魂兮归来！此时在一个风满天的深夜握笔，就只两件事闪闪的在我心头：一是你的谐趣天成的风怀，一是髫年失怙的诸弟妹，他们，你在时，哪一息不是你的关切，便如今，料想你彷徨的阴魂也常在他们的身畔飘逗。平时相见，我倾倒你的妙语，往往含笑静听，不叫我的笨涩羼杂你的莹澈，但此后，可恨这生死间无情的阻隔，我再没有那样的清福了！只当你是在我跟前，只当是消磨长夜的闲谈，我此时对你说些琐碎，想来你不至厌烦吧。

先说说你的弟妹。你知道我与小孩子们说得来，每回我到你家去，他们一群四五个，连着眼珠最黑的小五，浪一般的拥上我的身来，牵住我的手，攀住我的头，问这样，问那样；我要走时他们就着了忙，抢帽子的，锁门的，嗄着声音苦求的——你也曾见过我的狼狈。自从你的噩耗到后，可怜的孩子们，从不满四岁到十一岁，哪懂得生死的意义，但看了大人们严肃的神情，他们也都发了呆，一个个木鸡似的在人前愣着。有一天听说他们私下在商量，想组织一队童子军，冲出山海关去替爸爸报仇！

“栝安”那虚报到的一个早上，我正在你家。忽然间一阵天翻地覆似的闹声从外院陡起，一群孩子拥着一位手拿电纸的大声欢呼着，冲锋似的拥进了上房。果然是大胜利，该得庆祝的：“爹爹没有事！”“爹爹好好的！”徽那里平安电马上发了去，省她急。福州电也发了去，省他们跋涉。但这欢喜的风景注定活不到三天，又叫接着来的消息给完全煞尽！

当初送你同去的诸君回来，证实了你的死讯。那晚，你的骨肉一个个走进你的卧房，各自默恻恻的坐下，啊，那一阵子最难堪的噤寂，千万种痛心的思潮在各个人的心头，在这沉默的暗惨中，激荡、汹涌、起伏。可怜的孩子们也都泪滢滢的攒聚在一处，相互的偎着，半懂得情景的严重。霎时间，冲破这沉默，发动了放声的号啕，骨肉间至性的悲哀——你听着吗，宗孟先生，那晚有半轮黄月斜觇着北海白塔的凄凉？

我知道你不能忘情这一群童稚的弟妹。前晚我去你家时见小四小五在灵帏前翻着跟斗，正如你在时他们常在你的跟前献技。“你爹呢？”我拉住他们问。“爹死了”，他们嘻嘻的回答，小五搂住了小四，一和身又滚做一堆！他们将来的养育是你身后唯一的问题——说到这里，我不由的想起了你离京前最后几回的谈话。政治生活，你说你不但尝够而且厌烦了。这五十年算是一个结束，明年起你准备谢绝俗缘，亲自教课膝前的子女；这一清心你就可以用功你的书法，你自觉你腕下的精力，老来只是健进，你打算再花二十年工夫，打磨你艺术的天才；文章你本来不弱，但你想望的却不是什么等身的著述，你只求沥一生的心得，淘成三两篇不易衰朽的纯晶。这在你是一种觉悟；早年在国外初识面时，你每每自负你政治的异禀，即在年前避居津地时你还以为前途不少有为的希望，直至最近政态诡变，你才内省厌倦，认真想回复你书生逸士的生涯。我从最初惊讶你清奇的相貌，惊讶你更清奇的谈吐，我便不阿附你从政的热心，曾经有多少次我讽劝你趁早回航，领导这新时期的精神，共同发现文艺的新土。即如前半年泰戈尔来时，你那兴会正不让我们年轻人；你这半百翁登台演戏，不辞劳倦的精神正不知给了我们多少的鼓舞！

不，你不是“老人”；你至少是我们后生中间的一个。在你的精神里，我们看不见苍苍的鬓发，看不见五十年光阴的痕迹；你依旧是二三十年前《春痕》故事里的逸的风情——“万种风情无地着”，是你最得意的名句，谁料这下文竟命定是“辽原白雪葬华颠”！

谁说你不是君房的后身？可惜当时不曾记下你摇曳多姿的吐属，蓓蕾似的满缀着警句与谐趣，在此时回忆，只如天海远处的点点航影，再也认不分明。你常常自称厌世人。果然，这世界，这人情，哪禁得起你锐利的理智的解剖与抉剔？你的锋芒，有人说，是你一生最吃亏的所在。但你厌恶的是虚伪，是矫情，是顽老，是乡愿的面目，那还不是该的？谁有你的豪爽，谁有你的倜傥，谁有你的幽默？你的锋芒，即使露，也决不是完全在他人身上应用，你何尝放过你自己？对己一如对人，你丝毫不存姑息，不存隐讳。这就够难能，在这无往不是矫揉的日子，再没有第二人，除了你，能给我这样脆爽的清谈的愉快。再没有第二人在我的前辈中，除了你能使我感受这样的无执无我精神。

最可怜是远在海外的徽徽，她，你曾经对我说，是你唯一的知己；你，她也曾对我说，是她唯一的知己。你们这父女不是寻常的父女。“做一个有天才的女儿的父亲”，你曾说，“不是容易享的福，你得放低你天伦的辈分先求做到友谊的了解。”徽，不用说，一生崇拜的就只你，她一生理想的计划中，哪件事离得了聪明不让她自己的老父？但如今，说也可怜，一切都成了梦幻，隔着这万里途程，她那弱小的心灵如何载得起这奇重的哀惨！这终天的缺陷，叫她问谁补去？佑着她吧，你不昧的阴灵，宗孟先生，给她健康，给她幸福，尤其给她艺术的灵术——同时提携她的弟妹，共同增荣雪池双栝的清名！

十五年二月二日新月社

（原刊 1926 年 2 月 3 日《晨报副刊》）

自剖

我是个好动的人，每回我身体行动的时候，我的思想也仿佛就跟着跳荡。我做的诗，不论它们是怎样的“无聊”，有不少是在行旅期中想起的。我爱动，爱看动的事物，爱活泼的人，爱水，爱空中的飞鸟，爱车窗外掣过的田野山水。星光的闪动，草叶上露珠的颤动，花须在微风中的摇动，雷雨时云空的变动，大海中波涛的汹涌，都是在触动我感兴的情景。是动，不论是什么性质，就是我的兴趣，我的灵感。是动就会催快我的呼吸，加添我的生命。

近来却大大的变样了。第一我自身的肢体，已不如原先灵活；我的心也同样的感受了不知是年岁还是什么的拘絷。动的现象再不能给我欢喜，给我启示。先前我看着在阳光中闪烁的金波，就仿佛看见了神仙宫阙——什么荒诞美丽的幻觉，不在我的脑中一闪闪的掠过；现在不同了，阳光只是阳光，流波只是流波，任凭景色怎样的灿烂，再也照不化我的呆木的心灵。我的思想，如其偶尔有，也只似岩上的藤萝，贴着枯干的粗糙的石面，极困难的蜒着；颜色是苍黑的，姿态是倔强的。

我自己也不懂得何以这变迁来得这样的兀突，这样的深彻。原先我在人前自觉竟是一注的流泉，时时有飞沫，时时有闪光；现在这泉眼，如其还在，仿佛是叫一块石板不留余隙的给镇住了。我再没有先前那样蓬勃的情趣，每回我想说话的时候，就觉着那石块的重压，怎么也掀不动，怎么也推不开，结果只能自安沉默！“你再不用想什么了，你再没有什么可想的了”：“你再不用开口了，你再没有什么话可说的了”，我常觉得我沉闷的心府里有这样半嘲讽半吊唁的谆嘱。

说来我思想上或经验上也并不曾经受什么过分剧烈的戟刺。我处境是向来顺的，现在，如其有不同，只是更顺了的。那么为什么这变迁？远的不说，就比如我年前到欧洲去时的心境：啊！我那时还不是一只初长毛角的野鹿？什么颜色不激动我的视觉，什么香味不奋兴我的嗅觉？我记得我在意大利写游记的时候，情绪是何等的活泼，兴趣何等的醇厚，一路来眼见耳听心感的种种，哪一样不活栩栩的丛集在我的笔端，争求充分的表现！如今呢？我这次到南方去，来回也有一个多月的光景，这期内眼见耳听心感的事该有不少。我未动身前，又何尝不自喜此去又可以有机会饱餐西湖的风色，邓尉的梅香——单提一两件最合我脾胃的事。有好多朋友也曾期望我在这闲暇的假期中采集一点江南风趣，归来时，至少也该带回一两篇爽口的诗文，给在北京泥土的空气中活命的朋友们一些清醒的消遣。

但在事实上不但在南方时我白瞪着大眼，看天亮换天昏，又闭上了眼，拼天昏换天亮，一枝秃笔跟着我涉海去，又跟着我涉海回来，正如岩洞里的一根石笋，压根儿就没一点摇动的消息；就在我回京后这十来天，任凭朋友们怎样的催促，自己良心怎样的责备，我的笔尖上还是滴不出一点墨沈来。我也曾勉强想想，勉强想写，但到底还是白费！可怕是这心灵骤然的呆钝。完全死了不成？我自己在疑惑。

说来是时局也许有关系。我到京几天就逢着空前的血案。五卅事件发生时我正在意大利山中，采茉莉花编花篮儿玩，翡冷翠山中只见明星与流萤的交换，花香与山色的温存，俗氛是吹不到的。直到七月间到了伦敦，我才理会国内风光的惨淡，等到我赶回来时，设想中的激昂，又早变成了明日黄花，看得见的痕迹只有满城黄墙上墨彩斑斓的“泣告”。

这回却不同。屠杀的事实不仅是在我住的城子里发现，我有时竟觉得是我自己的灵府里的一个惨像。杀死的不仅是青年们的生命，我自己的思想也仿佛遭着了致命的打击，好比是国务院前的断头残肢，再也不能回复生动与连贯。但这深刻的难受在我是无名的，是不能完全解释的。这回事变的奇惨性引起愤慨与悲切是一件事，但同时我们也知道在这根本起变态作用的社会里，什么怪诞的情形都是可能的。屠杀无辜，还不是年来最平常的现象。自从内战纠结以来，在受战祸的区域内，哪一处村落不曾分到过遭奸污的女性，屠残的骨肉，供牺牲的生命财产？这无非是给冤氛团结的地面上多添一团更集中更鲜艳的怨毒。再说哪一个民族的解放史能不浓浓的染着 Martyrs 的腔血？俄国革命的开幕就是二十年前冬宫的血景。只要我们有识力认定，有胆量实行，我们理想中的革命，这回羔羊的血就不会是白涂的。所以我个人的沉闷决不完全是这回惨案引起的感情作用。

爱和平是我的生性。在怨毒、猜忌、残杀的空气中，我的神经每每感受一种不可名状的压迫。记得前年奉直战争时我过的那日子简直是一团黑漆，每晚更深时，独自抱着脑壳伏在书桌上受罪，仿佛整个时代的沉闷盖在我的头顶——直到写下了《毒药》那几首不成形的咒诅诗以后，我心头的紧张才渐渐的缓和下去。这回又有同样的情形；只觉着烦，只觉着闷，感想来时只是破碎，笔头只是笨滞。结果身体也不舒畅，像是蜡油涂抹了全身毛窍似的难过，一天过去了又是一天，我这里又在重演更深独坐箍紧脑壳的姿势，窗外皎洁的月光，分明是在嘲讽我内心的枯窘！

不，我还得往更深处挖。我不能叫这时局来替我思想骤然的呆钝负责，我得往我自己生活的底里找去。

平常有几种原因可以影响我们的心灵活动。实际生活的牵制可以划去我们心灵所需要的闲暇，积成一种压迫。在某种热烈的想望不曾得满足时，我们感觉精神上的烦闷与焦躁，失望更是颠覆内心平衡的一个大原因；较剧烈的种类可以麻痹我们的灵智，淹没我们的理性。

但这些都合不上我的病源；因为我在实际生活里已经得到十分的幸运，我的潜在意识里，我敢说不该有什么压着的欲望在作怪。

但是在实际上反过来看另有一种情形可以阻塞或是减少你心灵的活动。我们知道舒服、健康、幸福，是人生的目标，我们因此推想我们痛苦的起点是在望见那些目标而得不到的时候。我们常听人说“假如我像某人那样生活无忧我一定可以好好的做事，不比现在整天的精神全花在琐碎的烦恼上。”我们又听说“我不能做事就为身体太坏，若是精神来得，那就……”我们又常常设想幸福的境界，我们想：“只要有一个意中人在跟前那我一定奋发，什么事做不到？”但是不，在事实上，舒服、健康、幸福，不但不一定是帮助或奖励心灵生活的条件，它们有时正得相反的效果。我们看不起有钱人，在社会上得意的人，肌肉过分发达的运动家，也正在此；至于年少人幻想中的美满幸福，我敢说等得当真有了红袖添香，你的书也就读不出所以然来，且不说什么在学问上或艺术上更认真的工作。

那么生活的满足是我的病源吗？

“在先前的日子”，一个真知我的朋友，就说：“正为是你生活不得平衡，正为你有欲望不得满足，你的压在内里的Libido就形成一种升华的现象，结果你就借文学来发泄你生理上的郁结，（你不常说你从事文学是一件不预期的事吗？）这情形又容易在你的意识里形成一种虚幻的希望，因为你的写作得到一部分赞许，你就自以为确有相当创作的天赋以及独立思想的能力。但你只是自冤自，实在你并没有什么超人一等的天赋，你的设想多半是虚荣，你的以前的成绩只是升华的结果。所以现在等得你生活换了样，感情上有了安顿，你就发现你向来写作的来源顿呈萎缩甚至枯竭的现象；而你又不愿意承认这情形的实在，妄想到你身子以外去找你思想枯窘的原因，所以你就不由的感到深刻的烦闷。你只是对你自己生气，不甘心承认你自己的本相。不，你原来并没有三头六臂的！”

“你对文艺并没有真兴趣，对学问并没有真热心。你本来没有什么更高的志愿，除了相当合理的生活，你只配安分做一个平常人，享你命里注定的‘幸福’；在事业界，在文艺创作界，在学问界内，全没有你的位置，你真的没有那能耐。不信你只要自问在你心里的心里有没有那无形的‘推力’，整天整夜的恼着你，逼着你，督着你，放开实际生活的全部，单望着不可捉摸的创作境界里去冒险？是的，顶明显的关键就是那无形的推力或是冲动（The Impulse），没有它人类就没有科学，没有文学，没有艺术，没有一切超越功利实用性质的创作。你知道在国外（国内当然也有，许没那样多）有多少人被这无形的推力驱使着，在实际生活中变成一种离魂病性质的变态动物，不但人间所有的虚荣永远沾不上他们的思想，就连维持生命的睡眠饮食，在他们都失了重要，他们全部的心力只是在他们那无形的推力所指示的特殊方向上集中应用。怪不得有人说天才是疯癫；我们在巴黎、伦敦不就到处碰得着这类怪人？如其他是一个美术家，恼着他的就只怎样可以完全表现他那理想中的形体；一个线条的准确，某种色彩的调谐，在他会得比他生身父母的生死与国家的存亡更重要，更迫切，更要求注意。我们知道专门学者有终身掘坟墓的，研究蚊虫生理的，观察亿万万里外一个星的动定的。并且他们决不问社会对于他们的劳力有否任何的认识，那就是虚荣的进路；他们是被一点无形的推力的魔鬼蛊定了的。”

“这是关于文艺创作的话。你自问有没有这种情形。你也许经验过什么‘灵感’，那也许有，但你却不要把刹那误认作永久的，虚幻认作真实。至于说思想与真实学问的话，那也得背后有一种推力，方向许不同，性质还是不变。做学问你得有原动的好奇心，得有天然热情的态度去做求知识的工夫。真思想家的准备，除了特强的理智，还得有一种原动的信仰；信仰或寻求信仰，是一切思想的出发点，极端的怀疑派思想也只是期望重新位置信仰的一种努力。从古来没有一个思想家不是宗教性的。在他们，各按各的倾向，一切人生的和理智的问题是实在有的；神的有无，善与恶，本体问题，认识问题，意志自由问题，在他们看来都是含逼迫性的现象，要求合理的解答——比山岭的崇高，水的流动，爱的甜蜜更真，更实在，更耸动。他们的一点心灵，就永远在他们设想的一种或多种问题的周围飞舞、旋绕，正如灯蛾之于火焰：牺牲自身来贯彻火焰中心的秘密，是他们共有的决心。”

“这种惨烈的情形，你怕也没有吧？我不说你的心幕上就没有思想的影子；但它们怕只是虚影，像水面上的云影，云过影子就跟着消散，不是石上的溜痕越日久越深刻。”

“这样说下来，你倒可以安心了！因为个人最大的悲剧是设想一个虚无的境界来谎骗你自己；骗不到底的时候你就得忍受‘幻灭’的莫大的苦痛。与其那样，还不如及早认清自己的深浅，不要把不必要的负担，放上支撑不住的肩背，压坏你自己，还难免旁人的笑话！朋友，不要迷了，定下心来享你现成的福分吧；思想不是你的分，文艺创作不是你的分，独立的事业更不是你的分！天生扛了重担来的那也没法想（哪一个天才不是活受罪！）你是原来轻松的，这是多可羡慕，多可贺喜的一个发现！算了吧，朋友！”

三月二十五至四月一日

（原刊 1926 年 4 月 3 日《晨报副刊》）

再剖

你们知道喝醉了想吐吐不出或是吐不爽快的难受不是？这就是我现在的苦恼；肠胃里一阵阵的作恶，腥腻从食道里往上泛，但这喉关偏跟你别扭，它捏住你，逼住你，逗着你——不，它且不给你痛快哪！前天那篇《自剖》，就比是哇出来的几口苦水，过后只是更难受，更觉着往上冒。我告你我想要怎么样。我要孤寂：要一个静极了的地方——森林的中心，山洞里，牢狱的暗室里——再没有外界的影响来逼迫或引诱你的分心，再不须计较旁人的意见，喝彩或是嘲笑；当前唯一的对象是你自己：你的思想，你的感情，你的本性。那时它们再不会躲避，不会隐遁，不会装作；赤裸裸的听凭你察看、检验、审问。你可以放胆解去你最后的一缕遮盖，袒露你最自怜的创伤，最掩讳的私亵。那才是你痛快一吐的机会。

但我现在的生活情形不容我有那样一个时机。白天太忙（在人前一个人的灵性永远是缩在壳内的蜗牛），到夜间，比如此刻，静是静了，人可又倦了，惦着明天的事情又不得不早些休息。啊，我真羡慕我台上放着那块唐砖上的佛像，他在他的莲台上瞑目坐着，什么都摇不动他那入定的圆澄。我们只是在烦恼网里过日子的众生，怎敢企望那光明无碍的境界！有鞭子下来，我们躲；见好吃的，我们垂涎；听声响，我们着忙；逢着痛痒，我们着恼。我们是鼠，是狗，是刺猬，是天上星星与地上泥土间爬着的虫。哪里有工夫，即使你有心想亲近你自己，哪里有机会，即使你想痛快的一吐？

前几天也不知无形中经过几度挣扎，才呕出那几口苦水，这在我虽则难受还是照旧，但多少总算是发泄。事后我私下觉得愧悔，因为我不该拿我一己苦闷的骨鲠，强读者们陪着我吞咽。是苦水就不免熏蒸的恶味。我承认这完全是我自私的行为，不敢望恕的。我唯一的解嘲是这几口苦水的确是从我自己的肠胃里呕出——不是去脏水桶里舀来的。我不曾期望同情，我只要朋友们认识我的深浅——（我的浅？）我最怕朋友们的容宠容易形成一种虚拟的期望；我这操刀自剖的一个目的，就在及早解卸我本不该扛上的担负。

是的，我还得往底里挖，往更深处剖。

最初我来编辑副刊，我有一个心愿，我想把我自己整个儿交给能容纳我的读者们，我心目中的读者们，说实话，就只这时代的青年。我觉着只有青年们的心窝里有容我的空隙，我要偎着他们的热血，听他们的脉搏。我要在我自己的情感里发现他们的情感，在我自己的思想里反映他们的思想。假如编辑的意义只是选稿、配版、付印、拉稿，那还不如去做银行的伙计——有出息得多。我接受编辑《晨报副刊》的机会，就为这不单是机械性的一种任务。（感谢《晨报》主人的信任与容忍。）《晨报》变了我的喇叭，从这管口里我有自由吹弄我古怪的不调谐的音调，它是我的镜子，在这平面上描画出我古怪的不调谐的形状。我也决不掩讳我的原形：我就是我。记得我第一次与读者们相见，就是一篇供状。我的经过，我的深浅，我的偏见，我的希望，我都曾经再三的声明，怕是你们早听厌了。但初起我的一种期望是真的——期望我自己。也不知那时间为什么原因我竟有那活灵灵的一副勇气。我宣言我自己跳进了这现实的世界，存心想来对准人生的面目认他一个仔细。我信我自己的热心（不是知识）多少可以给我一些对敌力量的。我想拼这一天，把我的血肉与灵魂，放进这现实世界的磨盘里去捱，锯齿下去拉——我就要尝那味儿！只有这样，我想，才可以期望我主办的刊物多少是一个有生命气息的东西；才可以期望在作者与读者间发生一种活的关系；才可以期望读者们觉着这一长条报纸与黑的字印的背后，的确至少有一个活着的人与一颗动着的心，他的把握是在你的腕上，他的呼吸吹在你的脸上，他的欢喜，他的惆怅，他的迷惑，他的伤悲，就比是你自己的，的确是从一个可认识的主体上发出来的变化——是站在台上人的姿态——不是投射在白幕上的虚影。

并且我当初也并不是没有我的信念与理想。我有我崇拜的德性，有我信仰的原则，有我爱护的事物，也有我痛疾的事物。往理性的方向走，往爱心与同情的方向走，往光明的方向走，往真的方向走，往健康快乐的方向走，往生命，更多更大更高的生命方向走——这是我那时的一点“赤子之心”。我恨的是这时代的病象，什么都是病象：猜忌、诡诈、小巧、倾轧、挑拨、残杀、互杀、自杀、忧愁、虚伪、肮脏。我不是医生，不会治病；我就有一双手，趁它们活灵的时候，我想，或许可以替这时代打开几扇窗，多少让空气流通些，浊的毒性的出去，清醒的洁净的进来。

但紧接着我的狂妄的招摇，我最敬畏的一个前辈（看了我的《吊刘叔和》文）就给我当头一棒：

……既立意来办报而且郑重宣言“决意改变我对人的态度”，那么自己的思想就得先磨冶一番，不能单凭主觉，随便说了就算完事。迎上前去，不要又退了回来！一时的兴奋，是无用的，说话越觉得响亮起劲，跳踯有力，其实即是内心的虚弱，何况说出衰颓懊丧的语气，教一般青年看了，更给他们以可怕的影响，似乎不是志摩这番挺身出马的本意！……

迎上前去，不要又退了回来！这一喝这几个月来就没有一天不在我“虚弱的内心”里回响。实际上自从我喊出“迎上前去”以后，即使不曾撑开了往后退，至少我自己觉不得我的脚步曾经向前挪动。今天我再不能容我自己这样梦想下去。算清亏欠，在还算得清的时候，总比窝着混着强。我不能不自剖。冒着“说出衰颓懊丧的语气”的危险，我不能不利用这反省的锋刃，劈去纠着我心身的累赘、淤积，或许这来倒有自我真得解放的希望！

想来这做人真是奥妙。我信我们的生活至少是复性的。看得见，觉得着的生活是我们的显明的生活，但同时另有一种生活，跟着知识的开豁逐渐胚胎、成形、活动，最后支配前一种的生活，就比是我们投在地上的身影，跟着光亮的增加渐渐由模糊化成清晰，形体是不可捉的，但它自有它的奥妙的存在，你动它跟着动，你不动它跟着不动。在实际生活的匆遽中，我们不易辨认另一种无形的生活的并存，正如我们在阴地里不见我们的影子；但到了某时候某境地忽的发现了它，不容否认的踵接着你的脚跟，比如你晚间步月时发现你自己的身影。它是你的性灵的或精神的生活。你觉到你有超实际生活的性灵生活的俄顷，是你一生的一个大关键！你许到极迟才觉悟（有人一辈子不得机会），但你实际生活中的经历、动作、思想，没有一丝一屑不同时在你那跟着长成的性灵生活中留着“对号的存根”，正如你的影子不放过你的一举一动，虽则你不注意到或看不见。

我这时候就比是一个人初次发现他有影子的情形。惊骇、讶异、迷惑、耸悚、猜疑、恍惚同时并起，在这辨认你自身另有一个存在的时候。我这辈子只是在生活的道上盲目的前冲，一时踹入一个泥潭，一时踏折一枝草花，只是这无目的的奔驰；从哪里来，向哪里去，现在在哪里，该怎么走，这些根本的问题却从不曾到我的心上。但这时候突然的，恍然的我惊觉了。仿佛是一向跟着我形体奔波的影子忽然阻住了我的前路，责问我这匆匆的究竟是为什么！

一种新意识的诞生。这来我再不能盲冲，我至少得认明来踪与去迹，该怎样走法如其有目的地，该怎样准备如其前程还在遥远？

啊，我何尝愿意吞这果子，早知有这么多的麻烦！现在我第一要考查明白的是这“我”究竟是怎么一回事；然后再决定掉落在这生活道上的“我”的赶路方法。以前种种动作是没有这新意识作主宰的；此后，什么都得由它。

四月五日

（原刊 1926 年 4 月 7 日《晨报副刊》）

想飞

假如这时候窗子外有雪——街上，城墙上，屋脊上，都是雪，胡同口一家屋檐下偎着一个戴黑兜帽的巡警，半拢着睡眼，看棉团似的雪花在半空中跳着玩……假如这夜是一个深极了的夜，不是壁上挂钟的时针指示给我们看的深夜，这深就比是一个山洞的深，一个往下钻螺旋形的山洞的深……

假如我能有这样一个深夜，它那无底的阴森捻起我遍体的毫管；再能有窗子外不住往下筛的雪，筛淡了远近间扬动的市谣；筛泯了在泥道上挣扎的车轮；筛灭了脑壳中不妥协的潜流……

我要那深，我要那静。那在树荫浓密处躲着的夜鹰，轻易不敢在天光还在照亮时出来睁眼。思想，它也得等。

青天里有一点子黑的。正冲着太阳耀眼，望不真，你把手遮着眼，对着那两株树缝里瞧，黑的，有橙子子来大，不，有桃子来大——嘿，又移着往西了！

我们吃了中饭出来到海边去。（这是英国康槐尔极南的一角，三面是大西洋。）勖丽丽的叫响从我们的脚底下匀匀的往上颤，齐着腰，到了肩高，过了头顶，高入了云，高出了云。啊！你能不能把一种急震的乐音想象成一阵光明的细雨，从蓝天里冲着这平铺着青绿的地面不住的下？不，那雨点都是跳舞的小脚，安琪儿的。云雀们也吃过了饭，离开了它们卑微的地巢飞往高处做工去。上帝给它们的工作，替上帝做的工作。瞧着，这儿一只，那边又起了两只！一起就冲着天顶飞，小翅膀活动的多快活，圆圆的，不踌躇的飞——它们就认识青天。一起就开口唱，小嗓子活动的多快活，一颗颗小精圆珠子直往外唾，亮亮的唾，脆脆的唾——它们赞美的是青天。瞧着，这飞得多高，有豆子大，有芝麻大，黑刺刺的一屑，直顶着无底的天顶细细的摇——这全看不见了，影子都没了！但这光明的细雨还是不住的下着……

飞。“其翼若垂天之云……背负苍天，而莫之夭阏者”；那不容易见着。我们镇上东关厢外有一座黄泥山，山顶上有一座七层的塔，塔尖顶着天。塔院里常常打钟，钟声响动时，那在太阳西晒的时候多，一枝艳艳的大红花贴在西山的鬓边回照着塔山上的云彩，——钟声响动时，绕着塔顶尖，摩着塔顶天，穿着塔顶云，有一只两只，有时三只四只有时五只六只蜷着爪往地面瞧的“饿老鹰”，撑开了它们灰苍苍的大翅膀没挂恋似的在盘旋，在半空中浮着，在晚风中泅着，仿佛是按着塔院钟的波荡来练习圆舞似的。那是我做孩子时的“大鹏”。有时好天抬头不见一瓣云的时候听着惚忧忧的叫响，我们就知道那是宝塔上的饿老鹰寻食吃来了，这一想象半天里秃顶圆睛的英雄，我们背上的小翅膀骨上就仿佛豁出了一铿铿铁刷似的羽毛，摇起来呼呼响的，只一摆就冲出了书房门，钻入了玳瑁镶边的白云里玩儿去，谁耐烦站在先生书桌前晃着身子背早上上的多难背的书！阿，飞！不是那在树枝上矮矮的跳着的麻雀儿的飞；不是那凑天黑从堂匾后背冲出来赶蚊子吃的蝙蝠的飞；也不是那软尾巴软嗓子做窠在堂檐上的燕子的飞。要飞就得满天飞，风拦不住云挡不住的飞，一展翅膀就跳过一座山头，影子下来遮得荫二十亩稻田的飞，到天晚飞倦了就来绕着那塔顶尖顺着风向打圆圈做梦……听说饿老鹰会抓小鸡！

飞。人们原来都是会飞的。天使们有翅膀，会飞，我们初来时也有翅膀，会飞。我们最初来就是飞了来的，有的做完了事还是飞了去，他们是可羡慕的。但大多数人是忘了飞的，有的翅膀上掉了毛不长再也飞不起来，有的翅膀叫胶水给胶住了，再也拉不开，有的羽毛叫人给修短了像鸽子似的只会在地上跳，有的拿背上一对翅膀上当铺去典钱使过了期再也赎不回……真的，我们一过了做孩子的日子就掉了飞的本领。但没了翅膀或是翅膀坏了不能用是一件可怕的事。因为你再也飞不回去，你蹲在地上呆望着飞不上去的天，看旁人有福气的一程一程的在青云里逍遥，那多可怜。而且翅膀又不比是你脚上的鞋，穿烂了可以再问妈要一双去，翅膀可不成，折了一根毛就是一根，没法给补的。还有，单顾着你翅膀也还不定规到时候能飞，你这身子要是不谨慎养太肥了，翅膀力量小再也拖不起，也是一样难不是？一对小翅膀驮不起一个胖肚子，那情形多可笑！到时候你听人家高声的招呼说，朋友，回去吧，趁这天还有紫色的光，你听他们的翅膀在半空中沙沙的摇响，朵朵的春云跳过来推着他们的肩背，望着最光明的来处翩翩的，冉冉的，轻烟似的化出了你的视域，像云雀似的只留下一泻光明的骤雨——Thou art unseen but yet I hear the shrill delight——那你，独自在泥涂里淹着，够多难受，够多懊恼，够多寒伧！，趁早留神你的翅膀，朋友。

是人没有不想飞的。老是在这地面上爬着够多厌烦，不说别的。飞出这圈子，飞出这圈子！到云端里去，到云端里去！哪个心里不成天千百遍的这么想！飞上天空去浮着，看地球这弹丸在太空里滚着，从陆地看到海，从海再看回陆地。凌空去看一个明白——这才是做人的趣味，做人的权威，做人的交代。这皮囊要是太重挪不动，就掷了它，可能的话，飞出这圈子，飞出这圈子！

人类初发明用石器的时候，已经想长翅膀，想飞。原人洞壁上画的四不像，它的背上掮着翅膀；拿着弓箭赶野兽的，他那肩背上也给安了翅膀。小爱神是有一对粉嫩的肉翅的。挨开拉斯（Icarus）是人类飞行史里第一个英雄，第一次牺牲。安琪儿（那是理想化的人）第一个标记是帮助他们飞行的翅膀。那也有沿革——你看西洋画上的表现。最初像是一对小精致的令旗，蝴蝶似的粘在安琪儿们的背上，像真的，不灵动的。渐渐的翅膀长大了，地位安准了，毛羽丰满了。画图上的天使们长上了真的可能的翅膀。人类初次实现了翅膀的观念，彻悟了飞行的意义。挨开拉斯闪不死的灵魂，回来投生又投生。人类最大的使命，是制造翅膀；最大的成功是飞！理想的极度，想象的止境，从人到神！诗是翅膀上出世的；哲理是在空中盘旋的。飞：超脱一切，笼盖一切，扫荡一切，吞吐一切。

你上那边山峰顶上试去，要是度不到这边山峰上，你就得到这万丈的深渊里去找你的葬身之地！“这人形的鸟会有一天试他第一次的飞行，给这世界惊骇，使所有的著作赞美，给他所从来的栖息处永久的光荣。”啊达文謇！

但是飞？自从挨开拉斯以来，人类的工作是制造翅膀，还是束缚翅膀？这翅膀，承上了文明的重量，还能飞吗？都是飞了来的，还都能飞了回去吗？钳住了，烙住了，压住了，——这人形的鸟会有试他第一次飞行的一天吗？……

同时天上那一点子黑的已经迫近在我的头顶，形成了一架鸟形的机器，忽的机沿一侧，一球光直往下注，砰的一声炸响，——炸碎了我在飞行中的幻想，青天里平添了几堆破碎的浮云。

（原刊1926年4月19日《晨报副刊》）

罗素与幼稚教育

我去年七月初到康华尔（Cornwall 英伦最南一省）去看罗素夫妇。他们住在离潘让市九英里沿海设无线电台处的一个小村落，望得见“地角”（Land’s End）的“壁虎”尖凸出在大西洋里，那是英伦岛最南的一点，康华尔沿海的“红岩”（Red Cliffs）是有名的，但我在那一带见着的却远没有想象中的红岩的壮艳。因为热流故，这沿海一带的气候几乎接近热带性，听说冬天是极难得冷雪的。这地段却颇露荒凉的景象，不比中部的一片平芜，树木也不多，荒草地里只见起伏的巨牛；滨海尤其是硗确的岩地，有地方壁立万仞，下瞰白羽的海岛在汹涌的海涛间出没。罗素的家，一所浅灰色方形的三层楼屋，有矮墙围着，屋后身凸出一小方的雨廊，两根廊柱是黄漆的，算是纪念中国的意思。——是矗峙在一片荒原的中间，远望去这浅嫩的颜色与呆木的神情，使你想起十八世纪趣剧中的村姑子，发上歇着一只怪鸟似的缎结，手叉着腰，直挺挺的站着发愣。屋子后面是一块草地，一边是门，一边抄过去满种着各色的草花不下二三十种，在一个墙角里他们打算造一爿中国凉亭式的小台，我当时给写了一块好像“听风”还不知“临风”的匾题，现在想早该造得了。这小小的家园是我们的哲学家教育他的新爱弥儿的场地。

罗素那天赶了一个破汽车到潘让市车站上来接我的时候，我差一点不认识他。简直是一个乡下人！一顶草帽子是开花的，褂子是烂的，领带，如其有，是像一根稻草在胸前飘着，鞋，不用说，当然有资格与贾波林的那双拜弟兄！他手里擒着一只深酱色的烟斗，调和他的皮肤的颜色。但他那一双眼，多敏锐，多集中，多光亮——乡下人的外廓掩不住哲学家的灵智！

那天是礼拜，我从"Exeter"下去就只这趟奇慢的车。罗素先生开口就是警句，他说"萨拜司的休息日是耶教与工团联合会的唯一共同信条"！车到了门前，那边过来一个光着"脚鸭子"手提着浴布的女人，肤色叫太阳晒得比罗素的紫酱，笑着招呼我，可不是勃兰克女士，现在罗素夫人，我怎么也认不出来，要是她不笑不开口。进门去他们给介绍他们的一对小宝贝，大的是男，四岁，有个中国名字叫金铃，小的是女，叫恺弟。我问他们为什么到这极南地方来做隐士，罗素说一来为要静心写书，二来（这是更重要的理由）为顾管他们两小孩子的德育（to look after the moral education of our kids）。

我在他们家住了两晚。听罗素谈话正比是看德国烟火，种种眩目的神奇，不可思议的在半空里爆发，一胎孕一胎的，一彩绾一彩的，不由你不讶异，不由你不欢喜。但我不来追记他的谈话，那困难就比是想描写空中的银花火树；我此时想起的就只我当时眼见的所谓"看顾孩子们的德育"的一斑。这讲过了，下回再讲他新出论教育的书——

On Education！ Especially in Early Childhood，By Bertrand Russell，Published：London，George Allen and Unwin.

金铃与恺弟有他们的保姆，有他们的奶房（Nursery），白天他们爹妈工作的时候保姆领着他们。每餐后他们照例到屋背后草地上玩，骑木马，弄熊，看花，跑，这时候他们的爹妈总来参加他们的游戏。有人说大人物都是有孩子气的，这话许有一部分近情。有一次我在威尔思家看他跟他的两个孩子在一间“仓间”里打“行军球”玩，他那高兴真使人看了诧异，简直是一个孩子——跑，踢，抢，争，笑，嚷，算输赢，一双晶亮的小蓝眼珠里活跃着不可抑遏的快活，满脸红红的亮着汗光，气吁吁的一点也不放过，正如一个活泼的孩子，谁想到他是年近六十“在英语国里最伟大的一个智力”（法郎士评语）的一个作者！罗素也是的，虽则他没有威尔思那样彻底的忘形，也许是为他孩子还太小不够合伙玩的缘故。这身体上（不止思想上与心情上）不失童真，在我看是西方文化成功的一个大秘密；回想我们十六字联“蟠蟠老成，尸居余气；翩翩年少，弱不禁风”的汉族，不由得脊骨里不打寒噤。

我们全站在草地上。罗素对大孩子说，来，我们练习。他手抓住了一双小手，口唱着“我们到桑园里去，我们到桑园里去”那个儿歌，提空了小身子一高一低的打旋。同时恺弟那不满三岁的就去找妈给她一个同哥哥一样的。再来就骑马。爸爸做马头，妈妈做马尾巴，两孩夹在中间做马身子，得儿儿跑，得儿儿跑，绕着草地跑，跑个气喘才住。有一次兄妹俩抢骑木马，闹了，爸爸过去说约翰（男的名）你先来，来过了让妹妹，恺弟就一边站着等轮着她。但约翰来过了还不肯让，恺弟要哭了，爸妈吩咐他也不听，这回老哲学家恼了，一把拿他合扑着抱了起来往屋子里跑，约翰就哭，听他们上楼去了。但等不到五分钟，父子俩携着手笑吟吟走了出来，再也不闹了。

妈叫约翰“领徐先生看花去”，这真太可爱了，园里花不止三十种，惭愧我这老大认不到三种，四岁的约翰却没一样不知名，并且很多种还是他小手亲自栽的，看着他最爱的他就蹲下去摸摸亲亲，他还知道各种花开的迟早，哪几样蝴蝶们顶喜欢，哪几样开得顶茂盛，他全知道，他得意极了。恺弟虽则走路还勉强，她也来学样，轻轻的摸摸嗅嗅，那神气太好玩了。

吃茶的时候孩子们也下来。约翰捧了一本大书来，那是他的，给客人看。书里是各地不同的火车头，他每样讲给我听；这绿的是南非洲从哪里到哪里的，这长的是加拿大那里的，这黄的是伦敦带我们到潘让市来的，到哪一站换车，这是过西伯利亚到中国去的，爸爸妈妈顶喜欢的中国，约翰大起来一定得去看长城吃大鸭子；这是横穿美洲过落机山的，过多少山洞，顶长的有多长——喔，约翰全知道，一看就认识！罗素说他不仅认识知道火车，他还知道轮船，他认好几十个大轮船，知道它们走的航线，从哪里到哪里——他的地理知识早就超过他保姆的，这些全是诱着他好奇的本能，渐渐由他自己一道一道摸出来的；现在你可以问他从伦敦到上海，或是由西特尼到利物浦，或是更复杂的航路，他都可以从地图上指给你看，过什么地方，有什么好东西看好东西吃，他全知道！

但最使我受深印的是这一件事。罗素告诉我他们早到时，约翰还不满三岁，他们到海里去洗澡，他还是初次见海，他觉得怕，要他进水去他哭，这来我们的哲学家发恼了："什么，罗素的儿子可以怕什么的！可以见什么觉得胆怯的！那不成！"他们夫妻俩简直把不满三岁的儿子，不管他哭闹，一把掀进了海里去，来了一回再来，尽他哭！好，过了三五天，你不叫他进水去玩他都不依，一定要去了！现在他进海水去就比在平地上走一样的不以为奇了。东方做父母的一定不能下这样手段不是？我也懂得，但勇敢，胆力，无畏的精神，是一切德性的起源，品格的基础，这地方决不可含糊；别的都还可以，懦怯，怕，最不成的，这一关你不趁早替他打破，你竟许会害了他一辈子的。罗素每回说勇敢（Gourage）这字时，他声音来得特别的沉着，他眼里光异样的闪亮，竟仿佛这是他的宗教的第一个信条，做人唯一的凭证！

我们谁没有做过小孩子？我们常听说孩子时代是人生最乐的时光。孩子是一片天真没有烦恼，没有忧虑，一天只知道玩，肢体是灵活的，精神是活泼的。有父母的孩子尤其是享福，谁家父母不疼爱孩子，家里添了一个男的，屋子里顶奥僻的基角都会叫喜气的光彩给照亮了的。

谁不想回去再过一道甜蜜的孩子生活，在妈的软兜里窝里，向爹要果子糖吃，晚上睡的时候有人替你换衣服，低低的唱着歌哄你闭上眼，做你甜蜜的小梦去？年岁是烦恼，年岁是苦恼，年岁是懊恼：咒它的，为什么亮亮的童心一定得叫人事的知识给涂黯了的？我们要老是那七八十来岁，永远不长成，永远有爹娘疼着我们；比如那林子里的莺儿，永远在欢欣的歌声中自醉，永远不知道：The weariness，the fever，and the fret here，where men sit and hear each other groan……那够多美！

这是我们理想中的孩子时代，我们每回觉得吃不住生活的负担时往往惆怅光阴太匆匆的卷走了我们那一段最耐寻味的痕迹。但我们不要太受诗人们的催眠了，既然过去的已经是过去；我们知道有意识的人生自有它的尊严，我们经受的烦恼与痛苦，只要我们能受得住不叫它们压倒，也自有它们的意义与价值；过分耽想做孩子时轻易的日子，只是泄漏你对人生欠缺认识，犹之过分伤悼老年同是一种知识上的浅陋。不，我们得把人生看成一个整的；正如树木有根有干有枝叶有花果，完全的一生当然得具备童年与壮年与老年三个时期；童年是播种与栽培期，壮年是开花成荫期，老年是结果收成期，童年期的重要，正在它是一个伟大的未来工作的预备，这部工夫做不认真不透彻时将来的花果就得代付这笔价钱：——

The child is father of the man.

真的我们很少自省到我们的缺陷，意志缺乏坚定，身体与心智不够健全，种种习惯的障碍使我们随时不自觉的走上堕落的方向，这里面有多少情形是可以追源到我们当初栽培与营养时期的忽略与过失。根心里的病伤难治；在弁髦时代种下的斑点，可以到斑白的毛发上去寻痕迹，在这里因果的铁律是丝毫不松放的。并且我们说的孩子时期还不单指早年时狭义的教育，实际上一个人品格的养成是在六岁以前，不是以后；这里说的孩子期可以说是从在娘胎时起到学龄期止的径程——别看那初出娘胎黄毛吐沫的小团团正如小猫小狗似的不懂事，他那官感开始活动的时辰，就是他来人生这学校上学的凭证。不，胎教家还得进一步主张做父母的在怀胎期内就该开始检点他们自身的作为，开始担负他们养育的责任。这道理是对的；正如在地面上仅透乃至未透一点青芽的花木，不自主的感受风露的影响，禀承父母气血的胎儿，当然也同样可以吸收他们思想与行为的气息，不论怎样的微细。

但孩子他自己是无能力的，这责任当然完全落在做父母的及其他管理人的身上。但我们一方面看了现代没有具备做父母资格的男女们尽自机械性的活动着他们生产的本能，没遮拦的替社会增加废物乃至毒性物的负担，无顾恋的糟蹋血肉与灵性——我们不能不觉着怕惧与忧心；再一方面我们又见着应分有资格的父母们因为缺乏相当的知识或是缺乏打破不良习惯的勇气，不替他们的儿女准备下适当环境，不给他们适当的营养，结果上好的材料至少不免遭受部分的残废——我们又不能不觉着可惜与可怜。因为养育儿女，就算单顾身体一事，仅仅凭一点本能的爱心还是不够的；要期望一个完全的儿童，我们得先假定一双完全的父母，身体、知识、思想，一般的重要。人类因为文明的结果，就这躯体的组织也比一切生物更复杂，更柔纤，更不易培养；他那受病的机会以及病的种类也比别的动物差得远了。因此在猫、狗、牛、马是一个不成问题的现象，在今日的人类就变了最费周章的问题了。

带一个生灵到世界上来，养育一个孩子成人，做父母的责任够多重大；但实际上做父母的——尤其是我们中国人——够多糊涂！中国民族是叫“不孝有三，无后为大”一句话给咒定了的：“生儿子”是人生第一件大事情，多少的罪恶，什么丑恶的家庭现象，都是从这上头发生出来的。影响到个人，影响到社会，同样的不健康。摘下来的果子，比方说，全是这半青不熟的，毛刺刺的一张皮包着松松的一个核，上口是一味苦涩，做酱都嫌单薄，难怪结果是十六字的大联“蟠蟠老成，尸居余气；翩翩年少，弱不禁风”！尸尤其是所谓“士”的阶级，那应分是社会的核心，最受儒家“孝”说的流毒，一代促一代的酿成世界上唯一的弱种；谁说今日中国社会发生病态与离心涣散的现象（原先闭关时代，不与外族竞争，所以病象不能自见，虽则这病根已有几千年的老），不能归咎到我们最荒谬的“唯生男主义”？先天所以是弱定了的，后天又没有补救的力量；中国人管孩子还不是绝无知识绝对迷信固执恶习的老妈子们的专门任务？管孩子是阃以内的事情，丈夫们管不着，除了出名请三朝满月周岁或是孩子死了出名报丧！家庭又是我们民族恶劣根性的结晶，比牢狱还来得惨酷，黑暗，比猪圈还来得不讲卫生；但这是我们小安琪们命定长成的环境，什么奇才异禀敌得过这重重“反生命”的势力？这情形想起都叫人发抖，我不是说我们的父母就没有人性，不爱惜他们子女；不，实际上我们是爱得太过了。但不幸天下事情单凭原始的感情是万万不够的，何况中国人所谓爱儿子的爱的背后还担着一个不可说的最自私的动机——“传种”：有了儿子盼孙子，有了孙子望曾孙，管他是生疮生癣，做贼做强盗，只要到年纪娶媳妇传种就得！生育与繁殖固然是造物的旨意，但人类的尊严就在能用心的力量超出自然法的范围，另创一种别的生物所不能的生活概念，像我们这样原始性的人生观不是太挖苦了吗？就为我们生子女的唯一目标是为替祖先传命脉，所以儿童本身的利益是绝对没有地位的。喔，我知道你要驳说中国人家何尝不想栽培子弟，要他有出息，“有出息”，是的！旧的人家想子弟做官发财；新的人家想子弟发财做官（现在因为欠薪的悲惨做父母的渐渐觉得做官是乏味的，除了做兵官，那是一种新的行业），动机还不是一样为要满足老朽们的虚荣与实惠，有几家父母曾经替子弟们自身做人的使命（非功利的）费一半分钟的考量踌躇？再没有一种反嘲（爱伦内）能比说“中国是精神文明”来得更恶毒，更鲜艳，更深刻！我们现在有人已经学会了嘲笑英国维多利亚时代所代表的理想与习俗。呒，这也是爱伦内；我们的开化程度正还远不如那所谓“菲力士挺”哪！我们从这近几十年来的经验，至少得了一个教训，就是新的绝对不能与旧的妥协，正如科学不能妥协迷信，真理不能妥协错误。我们革新的工作得从根底做起；一切的价值得重新估定，生活的基本观念得重新确定，一切教育的方针得按照前者重新筹划——否则我们的民族就没有更新的希望。

是的，希望就在教育。但教育是一个最泛的泛词，重要的核心就在教育的目标是什么。古代斯巴达奖励儿童做贼，为的是要造成做间谍的技巧；中世纪的教育是为训练教会的奴隶；近代帝国主义的教育是为侵略弱小民族；中国人旧式的教育是为维持懒惰的生活。但西方的教育，虽则自有它的错误与荒谬情形，但它对于人的个性总还有相当的尊敬与计算，这是不容否认的。所以我们当前第一个观念得确定的是人，是个人，他对他自身的生命负有直接的责任；人的生命不是一种工具，可以供当权阶级任意的利用与支配。教育的问题是在怎样帮助一个受教育人合理的做人。在这里我们得假定几个重要的前提：（一）人是可以为善的；（二）合理的生活是可能的；（三）教育是有造成品格的力量的。我在这篇里说的教育几乎是限于养成品格一义，因为灌输智识只是极狭义的教育并且是一个实际问题，比较的明显简单。近代关于人生科学的进步，给了我们在教育上很多的发现与启示，一点是使我们对于儿童教育特别注意，因为品格的养成最重要的是在孩子出娘胎到学龄年的期间。在人类的智力还不能实现“优生”的理想以前，我们只能尽我们教育的能力引导孩子们逼近准备“理想人”的方向走去。这才真是革命的工作——革除人类已成乃至防范未成的恶劣根性，指望实现一个合理的群体生活的将来。手把着革命权威的不是散传单的学生，不是有枪弹的大兵，也不是讲道的牧师或讲学的教师；他们是有子女的父母，在孩子们学语学步吃奶玩要最关紧要的日常生活间，我们期望真正革命工作的活动！

关于这革命工作的性质、原则，以及实行的方法，罗素在他新出《论教育》的书里给了我们极大的光亮与希望。那本书听说陈宝锷先生已经着手翻译，那是一个极好的消息，我们盼望那书得到最大可能的宣传，真爱子女的父母们都应得接近那书里的智慧，因为在适当的儿童教育里隐有改造社会最不可错误的消息。我下次也许再续写一篇，略述罗素那本书的大意与我自己的感想。

（原刊 1926 年 5 月 10 日 / 12 日《晨报副刊》）

我们病了怎么办

“在理想的社会中，我想，”西滢在闲话里说，“医生的进款应当与人们的康健做正比例。他们应当像保险公司一样，保证他们的顾客的健全，一有了病就应当罚金或赔偿的。”在撒牟勃德腊（Samuel Butler）的乌托邦里，生病只当作犯罪看待，疗治的场所是监狱，不是医院，那是留着伺候犯罪人的。

真的为什么人们要生病，自己不受用，旁人也麻烦？我有时看了不知病痛的猫狗们的快乐自在，便不禁回想到我们这造孽的文明的人类，且不说那尾巴不曾蜕化的远祖，就说湘西的苗子，太平洋群岛上的保立尼新人之类，他们所知道所受用的健康与安逸，已不是我们所谓文明人所能梦想。咳，堕落的人们，病痛变了你们的本分，至于健康，那是例外的例外了！

不妨事，你说，病了有医，有药，怕什么的？看近代的医学、药学够多么飞快的进步？就北京说吧，顶体面顶费钱的屋子是什么？医院！顶体面顶赚钱的职业是什么？医生！设备、手术、调理、取费，没一样不是上乘！病，病怕什么的——只要你有钱，更好你兼有势！

是的，我们对科学，尤其是对医学的信仰，是无涯涘的；我们对外国人，尤其是对西医的信仰，是无边际的。中国大夫其实是太难了，开口是玄学，闭口也还是玄学，什么脾气侵肺，肺气侵肝，肝气侵肾，肾气又回侵脾，有谁，凡是有哀皮西脑筋的，听得惯这一套废话？冲他们那寸把长乌木镶边的指甲，鸦片烟带牙污的口气，就不能叫你放心，不说信任！

同样穿洋服的大夫们够多漂亮，说话够多有把握，什么病就是什么病，该吃黄丸子的就不该吃黑丸子，这够多干脆，单冲他们那身上收拾的干净，脸上表情的镇定与威权，病人就觉得爽气得多！

“医者意也”是一句古话；但得进了现代的大医院，我们才懂得那话的意思。

多谢那些平均算一秒钟滚进一只金元宝之类的大大王们，他们有了钱没法用就想“留芳”，正如做皇帝的想成仙，拿了无数的钱分到苦恼的半开化的民族的国度里，造教堂推广福音来救度他们的灵魂，造医院推广仁术来救度他们的病痛。而且这也不是白来；他们往回收的不是名，就是利，很多时候是名利双收。为什么不，我有了钱也这么来。

我个人向来也是无条件信仰西洋医学，崇拜外国医院的，但新近接连听着许多话不由我不开始疑问了。我只说疑问，不说停止崇拜，那还远着哪。在北京有的医院别号是“高等台基”，有的雅称是某大学分院，这已够新鲜，但还不妨事，医院是医院的机关，只要它这一点能名副其实的做到，你管得它其他附带的作用。但在事实上可巧它们往往是在最主要的功用上使我们失望，那是我们为全社会计，为它们自身名誉计，有时不得不出声来提醒它们一声。我们只说提醒，决不敢用忠告甚至警告责备一类的字样；因为我们怎能不感念他们在这里方便我们的好意？

我们另来说协和。因为协和，就我所知道的，岂不是在本城的医院中算是资本最雄厚，设备最丰富，人才最济济的一个机关？并且它也是在办事上最认真的一个地方，我们可以相信。它一年所花的钱，一年所医治的人，虽则我不知实在，想来一定是可惊的数目。但我们要看看它的成绩。说来也怪，也许原因是人们的本性是忘恩，也许它的“人缘”特别不佳，凡是请教过协和的病人，就我所知，简直可说是一致，也许多少不一，有怨言。这怨言的性质却不一致，综了说有这几种：

（一）种族界限

这是说看病先看你脸皮是白是黄：凡是外国人，说句公平话，他们所得的待遇就应有尽有，一点也不含糊，但要是不幸你是黄脸的，那就得趁大夫们的高兴了，他们爱怎么样理你就怎么样理你。据说院内雇用的中国人，上自助手下至打扫的，都在说这话——中外国病人的分别大着哪！原来是，这是有根据的，诺狄克民优胜的谬见一天不打破，我们就得一天忍受这类不平等的待遇。外国医院设在中国的，第一个目的当然是伺候外国人，轮得着你们，已算是好了，谁叫你们自不争气，有病人自己不会医！

（二）势力分别

同是中国人，还有分别；但这分别又是理由极充分的：有钱有势的病人照例得着上等的待遇，普通乃至贫苦的病人只当得病人看。这是人类的通性，什么地方什么时候都有表见的，谁来低哆谁就没有幽默，虽则在理论上说，至少医院似乎应分是“一视同仁”的。我们听见过进院的产妇放在屋子里没有人顾问，到时候小孩子自己下来了，医生还不到一类的故事！

（三）科学精神

这是说拿病人当试验品，或当标本看。你去看你的眼，一个大夫或是学生来检看了一下出去了；二一个大夫或是学生又来查看了一下出去了；三一个大夫或是学生再来一次，但究竟谁负责看这病，你得绕大弯儿才找得出来，即使你能的话。他们也许是为他们自己看病来了，但很不像是替病人看病。那也有理，但在这类情形之下，西滢在他的闲话说得趣，付钱的应分是医院，不该是病人！

（四）大意疏忽

一般人的逻辑是不准确的，他们往往因为一个医生偶尔的疏忽便断定他所代表的学理与方法是要不得的。很多人从极细小题外的原因推定科学的不成立。这是危险的。就医病说，从新医术跳回党参黄芪，从党参黄芪跳回祝由科符水，从符水到请猪头烧纸，是常见的事；我们忧心文明，期望“进步”的不该奖励这类“开倒车”的趋向。但同时不幸对科学有责任的新派大夫们，偏容易大意，结果是多少误事。查验的疏忽，诊断的错误，手术的马虎，在在是使病人失望的原因。但医院是何等事，一举措间的分别可以交关人命，我们即使大量，也不能忍受无谓的灾殃。

最近一个农业大学学生的死，据报载是：（一）原因于不及时医治；（二）原因于手术时不慎致病菌入血。这类的情形我们如何能不抗议？

再如梁任公先生这次的白丢腰子，几乎是太笑话了。梁先生受手术之前，见着他的知道，精神够多健旺，面色够多光采。协和最能干的大夫替他下了不容疑义的诊断，说割了一个腰子病就去根。腰子割了，病没有割。那么病原在牙；再割牙，从一根割起割到七根，病还是没有割。那么病在胃吧；饿瘪了试试——人瘪了，病还是没有瘪！那究竟为什么出血呢？最后的答话其实是太妙了，说是无原因的出血：Essential Hoematuria。所以闹了半天的发现是既不是肾脏肿疡（Kidney Farmour），又不是齿牙一类的作祟；原因是无原因的！我们是完全外行，怎懂得这其中的玄妙，内行错了也只许内行批评，哪轮着外行多嘴！但这是协和的责任心。这是他们的见解，他们的本领手段！

后面附着梁仲策先生的笔记，关于这次医治的始末，尤其是当事人的态度，记述甚详，不少耐人寻味的地方，你们自己看去，我不来多加案语。但一点是分明的，协和当事人免不了诊断疏忽的责备。我们并不完全因为梁先生是梁先生所以特别提出讨论，但这次因为是梁先生在协和已经是特别卖力气，结果尚不免几乎出大乱子，我们对于协和的信仰，至少我个人的，多少不免有修正的必要了。“尽信医则不如无医”，诚哉是言也！但我们却不愿一班人因此而发生出轨的感想，就是对医学乃至科学本身怀疑，那是错了，当事人也许有时没交代，但近代医学是有交代的，我们决不能混为一谈。并且外行终究是外行，难说梁先生这次的经过，在当事人自有一种折服人的说法，我们也不得而知。但假如有理可说的话，我们为协和计，为替梁先生割腰子的大夫计，为社会上一般人对协和乃至西医的态度计，正巧梁先生的医案已经几于尽人皆知，我们即不敢要求，也想望协和当事人能给我们一个相当的解说。让我们外行借此长长见识也是好的！

要不然我们此后岂不个个人都得踌躇着：我们病了怎么办？

（原刊1926年5月29日《晨报副刊》）

“话”

绝对的值得一听的话，是从不曾经人口说过的；比较的值得一听的话，都在偶然的低声细语中；相对的不值得一听的话，是有规律有组织的文字结构；绝对不值得一听的话，是用不经修练，又粗又蠢的嗓音所发表的语言。比如：正式集会的演说，不论是运动女子参政或是宣传色彩鲜明的主义；学校里讲台上的演讲，不论是山西乡村里训阎阉圣人用民主主义的冬烘先生的法宝，或是穿了前红后白道袍方巾的博士衣的瞎扯；或是充满了烟士披里纯开口天父闭口阿门的讲道——都是属于我所说的最后的一类：都是无条件的根本的绝对的不值得一听的话。

历代传下来的经典，大部分的文学书，小部分的哲学书，都是末了第二类——相对的不值得一听的话。至于相对的可听的话，我说大概都在偶然的低声细语中：例如真诗人梦境最深——诗人们除了做梦再没有正当的职业——神魂还在祥云缥缈之间那时候随意吐露出来的零句断片，英国大诗人宛茨渥士所谓在茶壶煮沸时嗤嗤的微音，最可以象征入神的诗境——例如李太白的“我醉欲眠卿且去，明朝有意抱琴来”，或是开茨的“Then I shut her wild，wild eyes with kisses four”，你们知道宛茨渥士和雪莱他们不朽的诗歌，大都是在田野间，海滩边，树林里，独自徘徊着像离魂病似的自言自语的成绩；法国的波特莱亚、凡尔仑他们精美无比的妙句，很多是受了烈性的麻醉剂——大麻或是鸦片——影响的结果。这种话比较的很值得一听。还有青年男女初次受了顽皮的小爱神箭伤以后，心跳肉颤面红耳赤的在花荫间，在课室内，或在月凉如洗的墓园里，含着一包眼泪吞吐出来的——不问怎样的不成片段，怎样的违反文法——往往都是一颗颗稀有的珍珠，真情真理的凝晶。但诸君要听明白了，我说值得一听的话大都是在偶然的低声和语中，不是说凡是低声和语都是值得一听的，要不然外交厅屏风后的交头接耳，家里太太月底月初枕头边的小啰嗦，都有了诗的价值了！

绝对的值得一听的话，是从不曾经人口道过的。整个的宇宙，只是不断的创造；所有的生命，只是个性的表现。真消息，真意义，内蕴在万物的本质里，好像一条大河，网路似的支流，随地形的结构，四方错综着，由大而小，由小而微，由微而隐，由有形至无形，由可数至无限。但这看来极复杂的组织所表明的只是一个单纯的意义，所表现的只是一体活泼的精神；这精神是完全的，整个的，实在的；唯其因为是完全整个实在而我们人的心力智力所能运用的语言文字，只是不完全非整个的，模拟的，象征的工具，所以人类几千年来文化的成绩，也只是想猜透这大迷谜似是而非的各种的尝试。人是好奇的动物；我们的心智，便是好奇心活动的表现。这心智的好奇性便是知识的起源。一部知识史，只是历尽了九九八十一大难却始终没有望见极乐世界求到大藏真经的一部《西游记》。说是快乐吧，明明是劫难相承的苦恼，说是苦恼，苦恼中又分明有无限的安慰。我们各个人的一生便是人类全史的缩小，虽则不敢说我们都是寻求真理的合格者，但至少我们的胸中，在现在生命的出发时期，总应该培养一点寻求真理的诚心，点起一盏寻求真理的明灯，不至于在生命的道上只是暗中摸索，不至于盲目的走到了生命的尽头，什么发现都没有。

但虽则真消息与真意义是不可以人类智力所能运用的工具——就是语言文字——来完全表现，同时我们又感觉内心寻真求知的冲动，想侦探出这伟大的秘密，想把宇宙与人生的究竟，当作一朵盛开的大红玫瑰，一把抓在手掌中心，狠劲的紧挤，把花的色、香、灵肉，和我们自己爱美、爱色、爱香的烈情，绞和在一起，实现一个彻底的痛快；我们初上生命和知识舞台的人，谁没有，也许多少深浅不同，浮士德的大野心，他想 discover the force that binds the world and guides its course，谁不想在知识界里，做一个垄断一切的拿破仑？这种想为王为霸的雄心，都是生命原力内动的征象，也是所有的大诗人、大艺术家最后成功的预兆；我们的问题就在怎样能替这一腔还在潜伏状态中的活泼的蓬勃的心力心能，开辟一条或几条可以尽情发展的方向，使这一盏心灵的神灯，一度点着以后，不但继续的有燃料的供给，而且能在狂风暴雨的境地里，益发的光焰神明；使这初出山的流泉，渐渐的汇成活泼的小涧，沿路再并合了四方来会的支流，虽则初起经过崎岖的山路，不免辛苦，但一到了平原，便可以放怀的奔流，成河成江，自有无限的前途了。

真伟大的消息都蕴伏在万事万物的本体里，要听真值得一听的话，只有请来两位最伟大的先生。

现放在我们面前的两位大教授，不是别的，就是生活本体与大自然。生命的现象，就是一个伟大不过的神秘。墙角的草兰，岩石上的苔藓，北冰洋冰天雪地里的极熊水獭，城河边呱呱叫夜的水蛙，赤道上火焰似沙漠里的爬虫，乃至于弥漫在大气中的微菌，大海底最微妙的生物；总之太阳热照到或能透到的地域，就有生命现象。我们若然再看深一层，不必有菩萨的慧眼，也不必有神秘诗人的直觉，但凭科学的常识，便可以知道这整个的宇宙，只是一团活泼的呼吸，一体普遍的生命，一个奥妙灵动的整体。一块极粗极丑的石子，看来像是全无意义毫无生命，但在显微镜底下看时，你就在这又粗又丑的石块里，发现一个神奇的宇宙，因为你那时所见的，只是千变万化颜色花样各自不同的种种结晶体，组成艺术家所不能想象的一种排列；若然再进一层研究，这无量数的凝晶各个的本体，又是无量数更神奇不可思议的电子所组成：这里面又是一个Cosmos，仿佛灿烂的星空，无量数的星球同时在放光辉在自由地呼吸着。

但我们决不可以为单凭科学的进步就能看破宇宙结构的秘密。这是不可能的。我们打开了一处知识的门，无非又发现更多还是关得紧紧的，猜中了一个小迷谜，无非从这猜中里又引出一个更大更难猜的迷谜，爬上了一个山峰，无非又发现前面还有更高更远的山峰。

这无穷尽性便是生命与宇宙的通性。知识的寻求固然不能到底，生命的感觉也有同样无限的境界。我们在地面上做人这场把戏里，虽则是刹那间的幻象，却是有的是好玩，只怕我们的精力不够，不曾学得怎样玩法，不怕没有相当的趣味与报酬。

所以重要的在于养成与保持一个活泼无碍的心灵境地，利用天赋的身与心的能力，自觉的尽量发展生活的可能性。活泼无碍的心灵境界比如一张绷紧的弦琴，挂在松林的中间，感受大气小大快慢的动荡，发出高低缓急同情的音调。我们不是最爱自由最恶奴从吗？但我们向生命的前途看时，恐怕不易使我们乐观，除了我们一点无形无踪的心灵以外，种种的势力只是强迫我们做奴隶的势力：种种对人的心与责任，社会的习惯，机械的教育，沾染的偏见，都像沙漠的狂风一样，卷起满天的砂土，不时可以把我们可怜的旅行人整个儿给埋了！

这就是宗教家出世主义的大原因，但出世者所能实现的至多无非是消极的自由，我们所要的却不止此。我们明知向前是奋斗，但我们却不肯做逃兵，我们情愿将所有的精液，一齐发泄成奋斗的汗，与奋斗的血，只要能得最后的胜利，那时尽量的痛苦便是尽量的快乐。我们果然能从生命的现象与事实里，体验到生命的实在与意义；能从自然界的现象与事实里，领会到造化的实在与意义，那时随我们付多大的价钱，也是值得的了。

要使生命成为自觉的生活，不是机械的生存，是我们的理想。要从我们的日常经验里，得到培保心灵扩大人格的滋养，是我们的理想。要使我们的心灵，不但消极的不受外物的拘束与压迫，并且永远在继续的自动，趋向创作，活泼无碍的境界，是我们的理想。使人们的精神生活，取得不可否认的实在，使我们生命的自觉心，像大雪天滚雪球一般的愈滚愈大，不但在生活里能同化极伟大极深沉与极隐奥的情感，并且能领悟到大自然一草一木的精神，是我们的理想。使天赋我们灵肉两部的势力，尽兴的发展，趋向最后的平衡与和谐，是我们的理想。

理想就是我们的信仰，努力的标准，果然我们能运用想象力为我们自己悬拟一个理想的人格，同时运用理智的机能，认定了目标努力去实现那理想，那时我们奋斗的历程中，一定可以得到加倍的勇气，遇见了困难，也不至于失望，因为明知是题中应有的文章。我们的立身行事，也不必迁就社会已成的习惯与法律的范围，而自能折中于超出寻常所谓善恶的一种更高的道德标准。我们那时便可以借用李太白当时躲在山里自得其乐时答复俗客的妙句，落花流水杳然去，别有天地非人间！

我们也明知这不是可以偶然做到的境界；但问题是在我们能否见到这境界，大多数人只是不黑不白的生，不黑不白的死，耗费了不少的食料与饮料，耗费了不少的时间与空间，结果连自己的臭皮囊都收拾不了，还要连累旁人；能见到的人已经很少，见到而能尽力去做的人当然更少，但这极少数人却是文化的创造者，便能在梁任公先生说的那把宜兴茶壶里留下一些不磨的痕迹。

我个人也许见言太偏僻了，但我实在不敢信人为的教育，他动的训练，能有多大的价值：我最初最后的一句话，只是“自身体验去”，真学问、真知识决不是在教室中书本里所能求得的。

大自然才是一大本绝妙的奇书，每张上都写有无穷无尽的意义，我们只要学会了研究这一大本书的方法，多少能够了解他内容的奥义，我们的精神生活就不怕没有滋养，我们理想的人格就不怕没有基础。但这本无字的天书，决不是没有相当的准备就能一目了然的：我们初识字的时候，打开书本子来，只见白纸上书的许多黑影，哪里懂得什么意义。我们现有的道德教育里哪一条训条，我们不能在自然界感到更深切的意味，更亲切的解释？每天太阳从东方的地平上升，渐渐的放光，渐渐的放彩，渐渐的驱散了黑夜，扫荡了满天沉闷的云雾，霎刻间临照四方，光满大地；这是何等的景象？夏夜的星空，张着无数光芒闪烁的神眼，衬出浩渺无极的苍穹，这是何等的伟大景象？大海的涛声不住的在呼啸起落，这是何等伟大奥妙的景象？高山顶上一体的纯白，不见一些杂色，只有天气飞舞着，云彩变幻着，这又是何等高尚纯粹的景象？小而言之，就是地上一棵极贱的草花，他在春风与艳阳中摇曳着，自有一种庄严愉快的神情，无怪诗人见了，甚至内感“非涕泪所能宣泄的情绪”。宛茨渥士说的自然“大力回容，有镇驯矫饬之功”，这是我们的真教育。但自然最大的教训，尤在“凡物各尽其性”的现象。玫瑰是玫瑰，海棠是海棠，鱼是鱼，鸟是鸟，野草是野草，流水是流水；各有各的特性，各有各的效用，各有各的意义。仔细的观察与悉心体会的结果，不由你不感觉万物造作之神奇，不由你不相信万物的底里是有一致的精神流贯其间，宇宙是合理的组织，人生也无非这大系统的一个关节。因此我们也感想到人类也许是最无出息的一类。一茎草有它的妩媚，一块石子也有它的特点，独有人反只是庸生庸死，大多数非但终身不能发挥他们可能的个性，而且遗下或是丑陋或是罪恶一类不洁净的踪迹，这难道也是造物主的本意吗？

我前面说过所有的生命只是个性的表现。只要在有生的期间内，将天赋可能的个性尽量的实现，就是造化旨意的完成。我这几天在留心我们馆里的月季花，看它们结苞，看它们开放，看它们逐渐的盛开，看它们逐渐的憔悴，逐渐的零落。我初动的感情觉得是可悲，何以美的幻象这样的易灭，但转念却觉得不但不必为花悲，而且感悟了自然生生不已的妙意。花的责任，就在集中它春来所吸受阳光雨露的精神，开成色香两绝的好花，精力完了便自落地成泥，圆满功德，明年再来过。只有不自然的被摧残了，不能实现它自傲色香的一两天，那才是可伤的耗费。

不自然的杀灭了发长的机会，才是可惜，才是违反天意。我们青年人应该时时刻刻把这个原则放在心里。不能在我生命里实现人之所以为人，我对不起自己。在为人的生活里不能实现我之所以为我，我对不起生命；这个原则我们也应该时时放在心里。

我们人类最大的幸福与权力，就是在生活里有相当的自由活动，我们可以自觉的调剂，整理，修饰，训练我们生活的态度，我们既然了解了生活只是个性的表现，只是一种艺术，就应得利用这一点特权将生活看作艺术品，谨慎小心的做去。命运论我们是不相信的，但就是相面算命先生也还承认心有改相致命的力量。环境论的一部分我们不得不承认，但是心灵支配环境的可能，至少也与环境支配生活的可能相等，除非我们自愿让物质的势力整个儿扑灭了心灵的发展，那才是生活里最大的悲惨。

我们的一生不成材不碍事，材是有用的意思；不成器也不碍事，器也是有用的意思。生活却不可不成品，不成格，品格就是个性的外现，是对于生命本体，不是对于其余的标准，例如社会家庭——直接担负的责任；橡树不是榆树，翠鸟不是鸽子，各有各的特异的品格。在造化的观点看来，橡树不是为柜子衣架而生，鸽子也不是为我们爱吃五香鸽子而存，这是他们偶然的用或被利用，物之所以为物的本义是在实现他天赋的品性，实现内部精力所要求的特异的格调。我们生命里所包涵的活力，也不问你在世上做将，做相，做资本家，做劳动者，做国会议员，做大学教授，而只要求一种特异品格的表现，独一的，自成一体的，不可以第二类相比称的，犹之一树上没有两张绝对相同的叶子，我们四万万人里也没有两个相同的鼻子。

而要实现我们真纯的个性，决不是仅仅在外表的行为上务为新奇务为怪僻——这是变性不是个性——真纯的个性是心灵的权力能够统制与调和身体，理智、情感、精神，种种造成人格的机能以后自然流露的状态，在内不受外物的障碍，像分光镜似的灵敏，不论是地下的泥沙，不论是远在万万里外的星辰，只要光路一对准，就能分出他光浪的特性；一次经验便是一次发明，因为是新的结合，新的变化。有了这样的内心生活，发之于外，当然能超于人为的条例而能与更深奥却更实在的自然规律相呼应，当然能实现一种特异的品与格，当然能在这大自然的系统里尽他特异的贡献，证明他自身的价值。懂了物各尽其性的意义再来观察宇宙的事物，实在没有一件东西不是美的，一叶一花是美的不必说，就是毒性的虫，比如蝎子，比如蚂蚁，都是美的。只有人，造化期望最深的人，却是最辜负的，最使人失望的，因为一般的人，都是自暴自弃，非但不能尽兴，而且到底总是糟蹋了原来可以为美可以为善的本质。

惭愧呀，人！好好一个可以做好文章的题目，却被你写做一篇一窍不通的滥调；好好一个画题，好好一张帆布，好好的颜色，都被你涂成奇丑不堪的滥画；好好的雕刀与花岗石，却被你斫成荒谬恶劣的怪像！好好的富有灵性的可以超脱物质与普遍的精神共化永生的生命，却被你糟蹋亵渎成了一种丑陋庸俗卑鄙龌龊的废物！

生活是艺术。我们的问题就在怎样的运用我们现成的材料，实现我们理想的作品；怎样的可以像密仡郎其罗一样，取到了一大块矿山里初开出来的白石，一眼望过去，就看出他想象中的造像，已经整个的嵌稳着，以后只要下打开石子把他不受损伤的取了出来的工夫就是。所以我们再也不要抱怨环境不好不适宜，阻碍我们自由的发展，或是教育不好不适宜，不能奖励我们自由的发展。发展或是压灭，自由或是奴从，真生命或是苟活，成品或是无格——一切都在我们自己，全看我们在青年时期有否生命的觉悟，能否培养与保持心灵的自由，能否自觉的努力，能否把生活当作艺术，一笔不苟的做去。我所以回返重复的说明真消息、真意义、真教育决非人口或书本子可以宣传的，只有集中了我们的灵感性直接的一面向生命本体，一面向大自然耐心去研究，体验，审察，省悟，方才可以多少了解生活的趣味与价值与他的神圣。

因为思想与意念，都起于心灵与外象的接触：创造是活动与变化的结果。真纯的思想是一种想象的实在，有他自身的品格与美，是心灵境界的彩虹，是活着的胎儿。但我们同时有智力的活动，感动于内的往往有表现于外的倾向——大画家米莱氏说深刻的印象往往自求外现，而且自然的会寻出最强有力的方法来表现——结果无形的意念便化成有形可见的文字或是有声可闻的语言，但文字语言最高的功用就在能象征我们原来的意念，他的价值也止于凭借符号的外形，暗示他们所代表的当时的意念。而意念自身又无非是我们心灵的照海灯偶然照到实在的海里的一波一浪或一岛一屿。文字语言本身又是不完善的工具，再加之我们运用驾驭力的薄弱，所以文字的表现很难得是勉强可以满足的。我们随便翻开哪一本书，随便听人讲话，就可以发现各式各样的文字障碍，与语言习惯障碍，所以既然我们自己用语言文字来表现内心的现象已经至多不过勉强的适用，我们如何可以期望满心只是文字障碍与语言习惯障碍的他人，能从呆板的符号里领悟到我们一时神感的意念。佛教所以有禅宗一派，以不言传道，是很可寻味的——达摩面壁十年，就在解脱文字障碍直接明心见道的工夫。现在的所谓教育尤其是离本更远，即使教育的材料最初是有多少活的成分，但经过几度的转换，无意识的传授，只能变成死的训条——穆勒约翰说的“Dead dogma”不是“living idea”。我个人所以根本不信任人为的教育能有多大的价值，对于人生少有影响不用说，就是认为灌输知识的方法，照现有的教育看来，也免不了硬而且蠢的机械性。

但反过来说，既然人生只是表现，而语言文字又是人类进化到现在比较的最适用的工具，我们明知语言文字如同政府与结婚 样是件不可免的没奈何事，或如尼采说的是“人心的牢狱”，我们还是免不了它。我们只能想法使它增加适用性，不能抛弃了不管。我们只能做两部分的工夫：一方面消极的防止文字障碍语言习惯障碍的影响；一方面积极的体验心灵的活动，极谨慎的极严格的在我们能运用的字类里选出比较的最确切最明了最无疑义的代表。

这就是我们应该应用“自觉的努力”的一个方向。你们知道法国有个大文学家弗洛贝尔，他有一个信仰，以为一个特异的意念只有一个特异的字或字句可以表现，所以他一辈子艰苦卓绝的从事文学的日子，只是在寻求唯一适当的字句来代表唯一相当的意念。他往往不吃饭不睡，呆呆的独自坐着，绞着脑筋的想，想寻出他称心惬意的表现，有时他烦恼极了，甚至想自杀，往往想出了神，几天写不成一句句子。试想像他那样伟大的天才，那样丰富的学识，尚且要下这样的苦工，方才制成不朽的文学，我们看了他的榜样不应该感动吗？

不要说下笔写，就是平常说话，我们也应有相当的用心——一句话可以泄露你心灵的浅薄，一句话可以证明你自觉的努力，一句话可以表示你思想的糊涂，一句话可以留下永久的印象。这不是说说话要漂亮，要流利，要有修词的工夫，那都是不重要的；最重要的是对内心意念的忠实，与适当的表现。固然有了清明的思想，方能有清明的语言，但表现的忠实，与不苟且运用文字的决心，也就有纠正松懈的思想与警醒心灵的功效。

我们知道说话是表现个性极重要的方法，生活既然是一个整体的艺术，说话当然是这艺术里的重要部分。极高的工夫往往可以从极小的起点做去，我们实现生命的理想，也未始不可从注意说话做起。

（原刊《落叶》，北新书局 1926 年 6 月初版）

海滩上种花

朋友是一种奢华。且不说酒肉势利，那是说不上朋友，真朋友是相知，但相知谈何容易，你要打开人家的心，你先得打开你自己的，你要在你的心里容纳人家的心，你先得把你的心推放到人家的心里去；这真心或真性情的相互的流转，是朋友的秘密，是朋友的快乐。但这是说你内心的力量够得到，性灵的活动有富余，可以随时开放，随时往外流，像山里的泉水，流向容得住你的同情的沟槽；有时你得冒险，你得花本钱，你得抵拚在巉岈的乱石间，触刺的草缝里耐心的寻路，那时候艰难，苦痛，消耗，实在是可能的，在你这水一般灵动，水一般柔顺的寻求同情的心能找到平安欣快以前。

我所以说朋友是奢华，“相知”是宝贝，但得拿真性情的血本去换，去拚。因此我不敢轻易说话，因为我自己知道我的来源有限，十分的谨慎尚且不时有破产的恐惧；我不能随便“花”。前天有几位小朋友来邀我跟你们讲话，他们的恳切折服了我，使我不得不从命，但是小朋友们，说也惭愧，我拿什么来给你们呢？

我最先想来对你们说些孩子话，因为你们都还是孩子。但是那孩子的我到哪里去了？仿佛昨天我还是个孩子，今天不知怎的就变了样。

什么是孩子要不为一点活泼的天真，但天真就比是泥土里的嫩芽，天冷泥土硬就压住了它的生机——这年头问谁去要和暖的春风？

孩子是没了。你记得的只是一个不清切的影子，模糊得很，我这时候想起就像是一个瞎子追念他自己的容貌，一样的记不周全；他即使想急了拿一双手到脸上去印下一个模子来，那模子也是个死的。真的没了。一天在公园里见一个小朋友不提多么活泼，一忽儿上山，一忽儿爬树，一忽儿溜冰，一忽儿干草里打滚，要不然就跳着憨笑；我看着羡慕，也想学样，跟他一起玩，但是不能，我是一个大人，身上穿着长袍，心里存着体面，怕招人笑，天生的灵活换来矜持的存心——孩子，孩子是没有的了，有的只是一个年岁与教育蛀空了的躯壳，死僵僵的，不自然的。

我又想找回我们天性里的野人来对你们说话。因为野人也是接近自然的；我前几年过印度时得到极刻心的感想，那里的街道房屋以及土人的体肤容貌，生活的习惯，虽则简，虽则陋，虽则夸张，却处处与大自然——上面碧蓝的天，火热的阳光，地下焦黄的泥土，高矗的椰树——相调谐，情调，色彩，结构，看来有一种意义的一致，就比是一件完美的艺术的作品。也不知怎的，那天看了他们的街，街上的牛车，赶车的老头露着他的赤光的头颅与此紫姜色的圆肚，他们的庙，庙里的圣像与神座前的花，我心里只是不自在，就仿佛这情景是一个熟悉的声音的叫唤，叫你去跟着他，你的灵魂也何尝不活跳跳的想答应一声“好，我来了”，但是不能，又有碍路的挡着你，不许你回复这叫唤声启示给你的自由。困着你的是你的教育；我那时的难受就比是一条蛇摆脱不了困住他的一个硬性的外壳——野人也给压住了，永远出不来。

所以今天站在你们上面的我不再是融会自然的野人，也不是天机活灵的孩子：我只是一个“文明人”，我能说的只是“文明话”。但什么是文明或是堕落？文明人的心里只是种种虚荣的念头，他到处忙不算，到处都得计较成败。我怎么能对着你们不感觉惭愧？不了解自然不仅是我的心，我的话也是的。并且我即使有话说也没法表现，即使有思想也不能使你们了解；内里那点子性灵就比是在一座石壁里牢牢的砌住，一丝光亮都不透，就凭这双眼望见你们，但有什么法子可以传达我的意思给你们，我已经忘却了原来的语言，还有什么话可说的？

但我的小朋友们还是逼着我来说谎（没有话说而勉强说话便是谎）。知识，我不能给；要知识你们得请教教育家去，我这里是没有的。智慧，更没有了：智慧是地狱里的花果，能进地狱更能出地狱的才采得着智慧，不去地狱的便没有智慧——我是没有的。

我正发窘的时候，来了一个救星——就是我手里这一小幅画，等我来讲道理给你们听。这张画是我的拜年片，一个朋友替我制的。你们看这个小孩子在海边沙滩上独自的玩，赤脚穿着草鞋，右手提着一枝花，使劲把它往沙里栽，左手提着一把浇花的水壶，壶里水点一滴滴的往下掉着。离着小孩不远看得见海里翻动着的波澜。

你们看出了这画的意思没有？

在海砂里种花。在海砂里种花！那小孩这一番种花的热心怕是白费的了。砂碛是养不活鲜花的，这几点淡水是不能帮忙的；也许等不到小孩转身，这一朵小花已经支不住阳光的逼迫，就得交卸他有限的生命，枯萎了去。况且那海水的浪头也快打过来了，海浪冲来时不说这朵小小的花，就是大根的树也怕站不住——所以这花落在海边上是绝望的了，小孩这番力量准是白花的了。

你们一定很能明白这个意思。我的朋友是很聪明的，他拿这画意来比我们一群呆子，乐意在白天里做梦的呆子，满心想在海砂里种花的傻子。画里的小孩拿着有限的几滴淡水想维持花的生命，我们一群梦人也想在现在比沙漠还要干枯比沙滩更没有生命的社会里，凭着最有限的力量，想下几颗文艺与思想的种子，这不是一样的绝望，一样的傻？想在海砂里种花，多可笑呀！但我的聪明的朋友说，这幅小小的画里的意思还不止此；讽刺不是她的目的。她要我们更深一层看。在我们看来海砂里种花是傻气，但在那小孩自己却不觉得。他的思想是单纯的，他的信仰也是单纯的。他知道的是什么？他知道花是可爱的，可爱的东西应得帮助他发展；他平常看见花草都是从地土里长出来的，他看来海砂也只是地，为什么海砂里不能长花他没有想到，也不必想到，他就知道拿花来栽，拿水去浇，只要那花在地上站直了他就欢喜，他就乐，他就会跳他的舞，唱他的歌，来赞美这美丽的生命，以后怎么样，海砂的性质，花的命运，他全管不着！我们知道小孩们怎样的崇拜自然，他的身体虽则小，他的灵魂却是大着，他的衣服也许脏，他的心可是洁净的。这里还有一幅画，这是自然的崇拜，你们看这孩子在月光下跪着拜一朵低头的百合花，这时候他的心与月光一般的清洁，与花一般的美丽，与夜一般的安静。我们可以知道到海边上来种花那孩子的思想与这月下拜花的孩子的思想会得跪下的——单纯、清洁，我们可以想象那一个孩子把花栽好了也是一样来对着花膜拜祈祷——他能把花暂时栽了起来便是他的成功，此外以后怎么样不是他的事情了。

你们看这个象征不仅美，并且有力量；因为它告诉我们单纯的信心是创作的泉源——这单纯的烂漫的天真是最永久最有力量的东西，阳光烧不焦它，狂风吹不倒它，海水冲不了它，黑暗掩不了它——地面上的花朵有被摧残有消灭的时候，但小孩爱花种花这一点“真”却有的是永久的生命。

我们来放远一点看。我们现有的文化只是人类在历史上努力与牺牲的成绩。为什么人们肯努力肯牺牲？因为他们有天生的信心；他们的灵魂认识什么是真什么是善什么是美，虽则他们的肉体与知识有时候会诱惑他们反着方向走路；但只要他们认明一件事情是有永久价值的时候，他们就自然的会得兴奋，不期然的自己牺牲，要在这忽忽变动的声色的世界里，赎出几个永久不变的原则的凭证来。耶稣为什么不怕上十字架？密尔顿何以瞎了眼还要做诗，贝多芬何以聋了还要制音乐，密仡郎其罗为什么肯积受几个月的潮湿不顾自己的皮肉与靴子连成一片的用心思，为的只是要解决一个小小的美术问题？为什么永远有人到冰洋尽头雪山顶上去探险？为什么科学家肯在显微镜底下或是数目字中间研究一般人眼看不到心想不通的道理消磨他一生的光阴？

为的是这些人道的英雄都有他们不可动摇的信心；像我们在海砂里种花的孩子一样，他们的思想是单纯的——宗教家为善的原则牺牲，科学家为真的原则牺牲，艺术家为美的原则牺牲——这一切牺牲的结果便是我们现有的有限的文化。

你们想想在这地面上做事难道还不是一样的傻气——这地面还不与海砂一样不容你生根，在这里的事业还不是与鲜花一样的娇嫩？——潮水过来可以冲掉，狂风吹来可以折坏，阳光晒来可以熏焦我们小孩子手里拿着往砂里栽的鲜花，同样的，我们文化的全体还不一样有随时可以冲掉、折坏、熏焦的可能吗？巴比伦的文明现在哪里？彭拜城曾经在地下埋过千百年，克利脱的文明直到最近五六十年间才完全发现。并且有时一件事实体的存在并不能证明他生命的继续。这区区地球的本体就有一千万个毁灭的可能。人们怕死不错，我们怕死人，但最可怕的不是死的死人，是活的死人，单有躯壳生命没有灵性生活是莫大的悲惨；文化也有这种情形，死的文化倒也罢了，最可怜的是勉强喘着气的半死的文化。你们如其问我要例子，我就不迟疑的回答你说，朋友们，贵国的文化便是一个喘着气的活死人！时候已经很久的了，自从我们最后的几个祖宗为了不变的原则牺牲他们的呼吸与血液，为了不死的生命牺牲他们有限的存在，为了单纯的信心遭受当时人的讪笑与侮辱。时候已经很久的了，自从我们最后听见普遍的声音像潮水似的充满着地面。时候已经很久的了，自从我们最后看见强烈的光明像彗星似的扫掠过地面。时候已经很久的了，自从我们最后为某种主义流过火热的鲜血。时候已经很久的了，自从我们的骨髓里有胆量，我们的说话里有分量。这是一个极伤心的反省！我真不知道这时代犯了什么不可赦的大罪，上帝竟狠心的赏给我们这样恶毒的刑罚？你看看这年头到哪里去找一个完全的男子或是一个完全的女子——你们去看去，这年头哪一个男子不是阳痿，哪一个女子不是鼓胀！要形容我们现在受罪的时期，我们得发明一个比丑更丑比脏更脏比下流更下流比苟且更苟且比懦怯更懦怯的一类生字去！朋友们，真的我心里常常害怕，害怕下回东风带来的不是我们盼望中的春天，不是鲜花青草蝴蝶飞鸟，我怕她带来一个比冬天更枯槁更凄惨更寂寞的死天——因为丑陋的脸子不配穿漂亮的衣服，我们这样丑陋的变态的人心与社会凭什么权利可以问青天要阳光，问地面要青草，问飞鸟要音乐，问花朵要颜色？你问我明天天会不会放亮？我回答说我不知道，竟许不！

归根是我们失去了我们灵性努力的重心，那就是一个单纯的信仰，一点烂漫的童真！不要说到海滩去种花——我们都是聪明人谁愿意做傻瓜去——就是在你自己院子里种花你都懒怕动手哪！最可怕的怀疑的鬼与厌世的黑影已经占住了我们的灵魂！

所以朋友们，你们都是青年，都是春雷声响不曾停止时破绽出来的鲜花，你们再不可堕落了——虽则陷阱的大口满张在你的跟前，你不要怕，你把你的烂漫的天真倒下去，填平了它，再往前走——你们要保持那一点的信心，这里面连着来的是精力与勇敢与灵感——你们要不怕做小傻瓜，尽量在这人道的海滩边种你的鲜花去——花也许会消灭，但这种花的精神是不烂的！

（原刊《落叶》，北新书局1926年6月初版）

天目山中笔记

佛于大众中 说我当作佛 闻如是法音 疑悔悉已除

初闻佛所说 心中大惊疑 将非魔作佛 恼乱我心耶

——莲花经·譬喻品

山中不定是清静。庙宇在参天的大木中间藏着，早晚间有的是风，松有松声，竹有竹韵，鸣的禽，叫的虫子，阁上的大钟，殿上的木鱼，庙身的左边右边都安着接泉水的粗毛竹管，这就是天然的笙箫，时缓时急的参和着天空地上种种的鸣籁。静是不静的；但山中的声响，不论是泥土里的蚯蚓叫或是轿夫们深夜里“唱宝”的异调，自有一种特别处：它来得纯粹，来得清亮，来得透彻，冰水似的沁入你的脾肺；正如你在泉水里洗濯过后觉得清白些，这些山籁，虽则一样是音响，也分明有洗净的功能。

夜间这些清籁摇着你入梦,清早上你也从这些清籁的怀抱中苏醒。

山居是福，山上有楼住更是修得来的。我们的楼窗开处是一片蓊葱的林海；林海外更有云海！日的光，月的光，星的光，全是你的。从这三尺方的窗户你接受自然的变幻；从这三尺方的窗户你散放你情感的变幻。自在，满足。

今早梦回时睁眼见满帐的霞光。鸟雀们在赞美，我也加入一份。它们的是清越的歌唱，我的是潜深一度的沉默。

钟楼中飞下一声洪钟，空山在音波的磅礴中震荡。这一声钟激起了我的思潮。不，潮字太夸，说思流吧。耶教人说阿门，印度教人说“欧姆”（Om），与这钟声的嗡嗡，同是从撮口外摄到阖口内包的一个无限的波动；分明是外扩，却又是内潜；一切在它的周缘，却又在它的中心；同时是皮又是核，是轴亦复是廓。“这伟大奥妙的‘Om’”使人感到动，又感到静；从静中见动，又从动中见静。从安住到飞翔，又从飞翔回复安住；从实在境界超入妙空，又从妙空化生实在：——

闻佛柔软音，深远甚微妙。

多奇异的力量！多奥妙的启示！包容一切冲突性的现象，扩大刹那间的视域，这单纯的音响，于我是一种智灵的洗净。花开，花落，天外的流星与田畦间的飞萤，上绾云天的青松，下临绝海的巉岩，男女的爱，珠宝的光，火山的熔液，一婴儿在它的摇篮中安眠。

这山上的钟声是昼夜不间歇的，平均五分钟打一次。打钟的和尚独自在钟头上住着，据说他已经不间歇的打了十一年钟，他的愿心是打到他不能动弹的那天。钟楼上供着菩萨，打钟人在大钟的一边安着他的“座”，他每晚是坐着安神的，一只手挽着钟槌的一头，从长期的习惯，不叫睡眠耽误他的职司。

“这和尚”，我自忖，“一定是有道理的！和尚是没道理的多；方才那知客僧想把七窍蒙充六根，怎么算总多了一个鼻孔或是耳孔；那方丈师的谈吐里不少某督军与某省长的点缀；那管半山亭的和尚更是贪嗔的化身，无端摔破了两个无辜的茶碗。但这打钟和尚，他一定不是庸流不能不去看看！”他的年岁在五十开外，出家有二十几年，这钟楼，不错，是他管的，这钟是他打的（说着他就过去撞了一下），他每晚，也不错，是坐着安神的，但此外，可怜，我的俗眼竟看不出什么异样。他拂拭着神龛，神座，拜垫，换上香烛，掇一盂水，洗一把青菜，捻一把米，擦干了手接受香客的布施，又转身去撞一声钟。他脸上看不出修行的清癯，却没有失眠的倦态，倒是满满的不时有笑容的展露。念什么经？不，就念阿弥陀佛，他竟许是不认识字的。“那一带是什么山，叫什么，和尚？”“这里是天目山，”他说。“我知道，我说的是那一带的，”我手点着问。“我不知道。”他回答。

山上另有一个和尚，他住在更上去昭明太子读书台的旧址，盖有几间屋，供着佛像，也归庙管的，叫作茅棚，但这不比得普陀山上的真茅棚，那看了怕人的，坐着或是偎着修行的和尚没一个不是鹄形鸠面，鬼似的东西。他们不开口的多，你爱布施什么就放在他跟前的篓子或是盘子里，他们怎么也不睁眼，不出声，随你给的是金条或是铁条。人说得更奇了，有的半年没有吃过东西，不曾挪过窝，可还是没有死，就这冥冥的坐着。他们大约离成佛不远了，单看他们的脸色，就比石片泥土不差什么，一样这黑刺刺，死僵僵的。“内中有几个，”香客们说，“已经成了活佛，我们的祖母早三十年来就看见他们这样坐着的！”

但天目山的茅棚以及茅棚里的和尚，却没有那样的浪漫出奇。茅棚是尽够蔽风雨的屋子，修道的也是活鲜鲜的人，虽则他并不因此灭却他给我们的趣味。他是一个高身材、黑面目，行动迟缓的中年人；他出家将近十年，三年前坐过禅关，现在到山上茅棚里来修行；他在俗家时是个商人，家中有父母兄弟姊妹，也许还有自身的妻子；他不曾明说他中年出家的缘由，他只说“俗业太重了，还是出家从佛的好”。但从他沉着的语音与持重的神态中可以觉出他不仅是曾经在人事上受过折磨，并且是在思想上能分清黑白的人。他的口，他的眼，都泄漏着他内里强自抑制，魔与佛交斗的痕迹；说他是放过火杀过人的忏悔者，可信；说他是个回头的浪子，也可信。他不比那钟楼上人的不着颜色，不露曲折：他分明是色的世界里逃来的一个囚犯。三年的禅关，三年的草棚，还不曾压倒，不曾灭净，他肉身的烈火。“俗业太重了，还是出家从佛的好”；这话里岂不颤栗着一往忏悔的深心？我觉着好奇，我怎么能得知他深夜趺坐时意念的究竟？

佛于大众中 说我当作佛 闻如是法音 疑悔悉已除

初闻佛所说 心中大惊疑 将非魔作佛 恼乱我心耶

但这也许看太奥了。我们承受西洋人生观洗礼的，容易把做人看太积极，入世的要求太猛烈，太不肯退让，把住这热虎虎的一个身子一个心放进生活的轧床去，不叫他留存半点汁水回去；非到山穷水尽的时候，决不肯认输，退后，收下旗帜；并且即使承认了绝望的表示，他往往直接向生存本体的取决，不来半不阑珊的收回了步子向后退：宁可自杀，干脆的生命的断绝，不来出家，那是生命的否认。不错，西洋人也有出家做和尚做尼姑的，例如亚佩腊与爱洛绮丝，但在他们是情感方面的转变，原来对人的爱移作对上帝的爱，这知感的自体与它的活动依旧不念糊的在着；在东方人，这出家是求情感的消灭，皈依佛法或道法，目的在自我一切痕迹的解脱。再说，这出家或出世的观念的老家，是印度不是中国，是跟着佛教来的；印度何以会发生这类思想，学者们自有种种哲理上乃至物理上的解释，也尽有趣味的。中国何以能容留这类思想，并且在实际上出家做尼僧的今天不比以前少，（我新近一个朋友差一点做了小和尚！）这问题正值得研究，因为这分明不仅仅是个知识乃至意识的深浅问题，也许这情形尽有极有趣的解释的可能，我见闻浅，不知道我们的学者怎样想法，我愿意领教。

十五年九月

（原刊1926年9月4日《晨报副刊》）

求医

To understand that the sky is everywhere blue，it is not necessary to have travelled all round the world.

——Goethe

新近有一个老朋友来看我，在我寓里住了好几天。彼此好久没有机会谈天，偶尔通信也只泛泛的；他只从旁人的传说中听到我生活的梗概，又从他所听到的推想及我更深一层的生活的大致。他早把我看作“丢了”。谁说空闲时间不能离间朋友间的相知？但这一次彼此又捡起了，理清了早年息息相通的线索，这是一个愉快！单说一件事：他看看我四月间副刊上的两篇《自剖》，他说他也有文章做了，他要写一篇《剖志摩的自剖》。他却不曾写，我几次逼问他，他说一定在离京前交卷。有一天他居然谢绝了约会，躲在房子里装病，想试他那柄解剖的刀。晚上见他的时候，他文章不曾做起，脸上倒真的有了病容！“不成功；”他说，“不要说剖，我这把刀，即使有，早就在刀鞘里锈住了，我怎么也拉它不出来！我倒自己发生了恐怖，这回回去非发奋不可。”打了全军覆没的大败仗回来的，也没有他那晚谈话时的沮丧！

但他这来还是帮了我的忙；我们俩连着四五晚通宵的谈话，在我至少感到了莫大的安慰。我的朋友正是那一类人，说话是绝对不敏捷的，他那永远茫然的神情与偶尔激出来的几句话，在当时极易招笑，但在事后往往透出极深刻的意义，在听着的人的心上不易磨灭的，别看他说话的外貌乱石似的粗糙，他那核心里往往藏着直觉的纯璞。他是那一类的朋友，他那不浮夸的同情心在无形中启发你思想的活动，引逗你心灵深处的“解严”；“你尽量披露你自己，”他仿佛说，“在这里你没有被误解的恐怖”。我们俩的谈话是极不平等的；十分里有九分半的时光是我占据的，他只贡献简短的评语，有时修正，有时赞许，有时引申我的意思；但他是一个理想的“听者”，他能尽量的容受，不论对面来的是细流或是大水。

我的自剖文不是解嘲体的闲文,那是我个人真的感到绝望的呼声。“这篇文章是值得写的，”我的朋友说，“因为你这来冷酷的操刀，无顾恋的劈剖你自己的思想，你至少摸着了现代的意识的一角；你剖的不仅是你，我也叫你剖着了，正如歌德说的‘要知道天到处是碧蓝，并用不着到全世界去绕行一周’。你还得往更深处剖，难得你有勇气下手；你还得如你说的，犯着恶心呕苦水似的呕，这时代的意识是完全叫种种相冲突的价值的尖刺给交占住，支离了缠昏了的，你希冀回复清醒与健康先得清理你的外邪与内热。至于你自己，因为发现病象而就放弃希望，当然是不对的；我可以替你开方。你现在需要的没有别的，你只要多多的睡！休息、休养，到时候你自会强壮。我是开口就会牵到歌德的，你不要笑；歌德就是懂得睡的秘密的一个，他每回觉得他的创作活动有退潮的趋向，他就上床去睡，真的放平了身子的睡，不是喻言，直睡到精神回复了，一线新来的波澜逼着他再来一次发疯似的创作。你近来的沉闷，在我看，也只是内心需要休息的信号。正如潮水有涨落的现象，我们劳心的也不免同样受这自然律的支配。你怎么也不该挫气，你正应得利用这时期；休息不是工作的断绝，它是消极的活动；这正是你吸新营养取得新生机的机会。听凭地面上风吹的怎样尖厉，霜盖得怎么严密，你只要安心在泥土里等着，不愁到时候没有再来一次爆发的惊喜。”

这是他开给我的药方。后来他又跟别的朋友谈起，他说我的病——如其是病——有两味药可医，一是“隐居”，一是“上帝”。烦闷是起源于精神不得充分的怡养；烦嚣的生活是劳心人最致命的伤，离开了就有办法，最好是去山林静僻处躲起来。但这环境的改变，虽则重要，还只是消极的一面；为要启发性灵，一个人还得积极的寻求。比性爱更超越更不可摇动的一个精神的寄托——他得自动去发现他的上帝。

上帝这味药是不易配得的，我们姑且放开在一边（虽则我们不能因他字面的兀突就忽略他的深刻的涵义，那就是说这时代的苦闷现象隐示一种渐次形成宗教性大运动的趋向）；暂时脱离现社会去另谋隐居生活那味药，在我不但在事实上有要得到的可能，并且正合我新近一天迫似一天的私愿，我不能不计较一下。

我们都是在生活的蜘网中胶住了的细虫，有的还在勉强挣扎，大多数是早已没了生气，只当着风来吹动网丝的时候顶可怜相的晃动着，多经历一天人事，做人不自由的感觉也跟着真似一天。人事上的关连一天加密一天，理想的生活上的依据反而一天远似一天，尽是这飘忽忽的，仿佛是一块石子在一个无底的深潭中无穷无尽的往下坠着似的——有到底的一天吗，天知道！实际的生活逼得越紧，理想的生活宕得越空，你这空手仆仆的不“丢”怎么着？你睁开眼来看看，见着的只是一个悲惨的世界，我们这倒运的民族眼下只有两种人可分，一种是在死的边沿过活的，又一种简直是在死里面过活的；你不能不发悲心不是，可是你有什么能耐能抵挡这普遍“死化”的凶潮，太凄惨了呀这“人道的幽微的悲切的音乐”！那么你闭上眼吧，你只是发现另一个悲惨的世界：你的感情，你的思想，你的意志，你的经验，你的理想，有哪一样调谐的，有哪一样容许你安舒的？你想要攀援，但是你的力量？你仿佛是掉落在一个井里，四边全是光油油不可攀援的陡壁，你怎么想上得来？就我个人说，所谓教育只是“画皮”的勾当，我何尝得到一点真的知识？说经验吧；不错，我也曾进货似的运得一部分的经验，但这都是硬性的，杂乱的，不经受意识渗透的；经验自经验，我自我，这一屋子满满的生客只使主人觉得迷惑、慌张、害怕。不，我不但不曾“找到”我自己；我竟疑心我是“丢”定了的。曼殊斐尔在她的日记里写——

“我不是晶莹的透彻。”

“我什么都不愿意的。全是灰色的；重的，闷的……我要生活，这话怎么讲？单说是太易了。可是你有什么法子？”

“所有我写下的，所有我的生活，全是在海水的边沿上。这仿佛是一种玩艺。我想把我所有的力量全给放上去，但不知怎的我做不到。”

“前这几天，最使人注意的是蓝的色彩。蓝的天，蓝的山——一切都是神异的蓝！……但深黄昏的时刻才真是时光的时光。当着那时候，面前放着非人间的美景，你不难领会到你应分走的道儿有多远。珍重你的笔，得不辜负那上升的明月，那白的天光。你得够‘简洁’的，正如你在上帝跟前的简洁。”

“我方才细心的刷净收拾我的水笔。下回它再要是漏，那它就不够格儿。”

“我觉得我总不能给我自己一个沉思的机会，我正需要那个。我觉得我的心地不够清白，不识卑，不兴。这底里的渣子新近又漾了起来。我对着山看，我见着的就是山。说实话，我念不相干的书……不经心，随意？是的，就是这情形。心思乱，含糊，不积极，尤其是躲懒，不够用功——白费时光。我早就这么喊着——现在还是这呼声。为什么这么阑珊的，你？啊，究竟为什么？”

“我一定得再发奋一次，我得重新来过。我再来写一定得简洁的、充实的、自由的写，从我心坎里出来的。平心静气的，不问成功或是失败，就这往前去做去。但是这回得下决心了！尤其得跟生活接近。跟这天、这月、这些星、这些冷落的坦白的高山。”

“我要是身体健康，”曼殊斐尔在又一处写，“我就一个人跑到一个地方，在一株树下坐着去。”她这苦痛的企求内心的莹澈与生活的调谐，哪一个字不在我此时比她更“散漫、含糊、不积极”的心境里引起同情的回响！啊，谁不这样想：我要是能，我一定跑到一个地方，在一株树下坐着去。但是你能吗?

（原刊 1926 年 9 月 6 日《晨报副刊》）

吸烟与文化（牛津）

一

牛津是世界上名声压得倒人的一个学府。牛津的秘密是它的导师制。导师的秘密，按利卡克教授说，是“对准了他的徒弟们抽烟”。真的，在牛津或康桥地方要找一个不吸烟的学生是很费事的——先生更不用提。学会抽烟，学会沙发上古怪的坐法，学会半吞半吐的谈话——大学教育就够格儿了。“牛津人”“康桥人”，还不够抖吗？我如其有钱办学堂的话，利卡克说，第一件事情我要做的是造一间吸烟室，其次造宿舍，再次造图书室；真要到了有钱没地方花的时候再来造课堂。

二

怪不得有人就会说，原来英国学生就会吃烟，就会懒惰。臭绅士的架子！臭架子的绅士！难怪我们这年头背心上刺刺的老不舒服，原来我们中间也来了几个叫土巴菰烟臭熏出来的破绅士！

这年头说话得谨慎些。提起英国就犯嫌疑。贵族主义！帝国主义！走狗！挖个坑埋了他！

实际上事情可不这么简单。侵略、压迫，该咒是一件事，别的事情可不跟着走。至少我们得承认英国，就它本身说，是一个站得住的国家，英国人是有出息的民族。它有的是组织的生活，它有的是活气的文化。我们也得承认牛津或是康桥至少是一个十分可羡慕的学府，它们是英国文化生活的娘胎。多少伟大的政治家、学者、诗人、艺术家、科学家，是这两个学府的产儿——烟味儿给熏出来的。

三

利卡克的话不完全是俏皮话。“抽烟主义”是值得研究的。但吸烟室究竟是怎么一回事？烟斗里如何抽得出文化真髓来？对准了学生抽烟怎样是英国教育的秘密？利卡克先生没有描写牛津、康桥生活的真相；他只这么说，他不曾说出一个所以然来。许有人愿意听听的，我想。我也叫名在英国念过两年书，大部分的时间在康桥。但严格的说，我还是不够资格的。我当初并不是像我的朋友温源宁先生似的出了大金镑正式去请教熏烟的；我只是一个，比方说，烤小半熟的白薯，离着焦味儿透香还正远哪。但我在康桥的日子可真是享福，深怕这辈子再也得不到那样蜜甜的机会了。我不敢说康桥给了我多少学问或是教会了我什么。我不敢说受了康桥的洗礼，一个人就会变气息，脱凡胎。我敢说的只是——就我个人说，我的眼是康桥教我睁的，我的求知欲是康桥给我拨动的，我的自我的意识是康桥给我胚胎的。我在美国有整两年，在英国也算是整两年。在美国我忙的是上课，听讲，写考卷，啃橡皮糖，看电影，赌咒。在康桥我忙的是散步，划船，骑自转车，抽烟，闲谈，吃五点钟茶，牛油烤饼，看闲书。如其我到美国的时候是一个不含糊的草包，我离开自由神的时候也还是那原封没有动。但如其我在美国时候不曾通窍，我在康桥的日子至少自己明白了原先只是一肚子颟顸。这分别不能算小。

我早想谈谈康桥，对它我有的是无限的柔情。但我又怕亵渎了它似的始终不曾出口。这年头！只要“贵族教育”一个无意识的口号就可以把牛顿、达尔文、米尔顿、拜伦、华茨华斯、阿诺尔德、纽门、罗刹蒂、格兰士顿等等所从来的母校一下抹煞。再说这些年来交通便利了，各式各种日新月异的教育原理教育新制翩翩的从各方向的外洋飞到中华，哪还容得厨房老过四百年墙壁上爬满骚胡髭一类藤萝的老书院一起来上讲坛？

四

但另换一个方向看去，我们也见到少数有见地的人再也看不过国内高等教育的混沌现象，想跳开了蹂烂的道儿，回头另寻新路走去。向外望去，现成有牛津、康桥青藤缭绕的学院招着你微笑；回头望去，五老峰下飞泉声中白鹿洞一类的书院瞅着你惆怅。这浪漫的思乡病跟着现代教育丑化的程度在少数人的心中一天深似一天。这机械性、买卖性的教育够腻烦了，我们说。我们也要几间满沿着爬山虎的高雪克屋子来安息我们的灵性，我们说。我们也要一个绝对闲暇的环境好容我们的心智自由的发展去，我们说。

林玉堂先生在《现代评论》登过一篇文章谈他的教育的理想。新近任叔永先生与他的夫人陈衡哲女士也发表了他们的教育的理想。林先生的意思约莫记得是想仿效牛津一类学府；陈、任两位是要恢复书院制的精神。这两篇文章我认为是很重要的，尤其是陈、任两位的具体提议，但因为开倒车走回头路分明是不合时宜，他们几位的意思并不曾得到期望的回响。想来现在的学者们太忙了，寻饭吃的，做官的，当革命领袖的，谁都不得闲，谁都不愿闲，结果当然没有人来关心什么纯粹教育（不含任何动机的学问）或是人格教育。这是个遗憾的现象。

我自己也是深感这浪漫的思乡病的一个；我只要“草青人远，一流冷涧”……

但我们这想望的境界有容我们达到的一天吗？

十五年一月十四日

（原刊1926年10月1日《晨报副刊》）

我的彼得

新近有一天晚上，我在一个地方听音乐，一个不相识的小孩，约莫八九岁光景，过来坐在我的身边，他说的话我不懂，我也不易使他懂我的话，那可并不妨事，因为在几分钟内我们已经是很好的朋友，他拉着我的手，我拉着他的手，一同听台上的音乐。他年纪虽则小，他音乐的兴趣已经很深：他比着手势告我他也有一张提琴，他会拉，并且说哪几个是他已经学会的调子。他那资质的敏慧，性情的柔和，体态的秀美，不能使人不爱；而况我本来是喜欢小孩们的。

但那晚虽则结识了一个可爱的小友，我心里却并不快爽；因为不仅见着他使我想起你，我的小彼得，并且在他活泼的神情里我想见了你，彼得，假如你长大的话，与他同年龄的影子。你在时，与他一样，也是爱音乐的；虽则你回去的时候刚满三岁，你爱好音乐的故事，从你襁褓时起，我屡次听你妈与你的“大大”讲，不但是十分的有趣可爱，竟可说是你有天赋的凭证，在你最初开口学话的日子，你妈已经写信给我，说你听着了音乐便异常的快活，说你在坐车里常常伸出你的小手在车栏上跟着音乐按拍；你稍大些会得淘气的时候，你妈说，只要把话匣开上，你便在旁边乖乖的坐着静听，再也不出声不闹——

并且你有的是可惊的口味，是贝多芬是槐格纳你就爱，要是中国的戏片，你便盖没了你的小耳，决意不让无意味的锣鼓，打搅你的清听！你的大大（她多疼你！）讲给我听你得小提琴的故事：怎样那晚上买琴来的时候，你已经在你的小床上睡好，怎样她们为怕你起来闹赶快灭了灯亮把琴放在你的床边，怎样你这小机灵早已看见，却偏不作声，等你妈与大大都上了床，你才偷偷的爬起来，摸着了你的宝贝，再也忍不住你的技痒，站在漆黑的床边，就开始你“截桑柴”的本领，后来她们怎样干涉了你，你便乖乖的把琴抱进你的床去，一起安眠。她们又讲你怎样欢喜拿着一根短棍站在桌上摹仿音乐会的导师，你那认真的神情常常叫在座的人大笑。此外还有不少趣话，大大记得最清楚，她都讲给我听过；但这几件故事已够见证你小小的灵性里早长着音乐的慧根。实际我与你妈早经同意想叫你长大时留在德国学习音乐——谁知道在你的早殇里我们失去了一个可能的莫察特（Mozart）：在中国音乐最饥荒的日子，难得见这一点希冀的青芽，又教命运无情的脚跟踏倒，想起怎不可伤？

彼得，可爱的小彼得，我“算是”你的父亲，但想起我做父亲的往迹，我心头便涌起了不少的感想；我的话你是永远听不着了，但我想借这悼念你的机会，稍稍疏泄我的积愫，在这不自然的世界上，与我境遇相似或更不如的当不在少数，因此我想说的话或许还有人听，竟许有人同情。就是你妈，彼得，她也何尝有一天接近过快乐与幸福，但她在她同样不幸的境遇中证明她的智断，她的忍耐，尤其是她的勇敢与胆量；所以至少她，我敢相信，可以懂得我话里意味的深浅，也只有她，我敢说，最有资格指证或相诠释——在她有机会时——我的情感的真际。

但我的情愫！是怨，是恨，是忏悔，是怅惘？对着这不完全，不如意的人生，谁没有怨，谁没有恨，谁没有怅惘？除了天生颟顸的，谁不曾在他生命的经途中——歌德说的——和着悲哀吞他的饭，谁不曾拥着半夜的孤衾饮泣？我们应得感谢上苍的是他不可度量的心裁，不但在生物的境界中他创造了不可计数的种类，就这悲哀的人生也是因人差异，各个不同——同是一个碎心，却没有同样的碎痕，同是一滴眼泪，却难寻同样的泪晶。

彼得我爱，我说过我是你的父亲。但我最后见你的时候你才不满四月，这次我再来欧洲你已经早一个星期回去，我见着的只你的遗像，那太可爱，与你一撮的遗灰，那太可惨。你生前日常把弄的玩具——小车、小马、小鹅、小琴、小书——你妈曾经件件的指给我看，你在时穿着的衣、褂、鞋、帽，你妈与你大大也曾含着眼泪从箱里理出来给我抚摩，同时她们讲你生前的故事，直到你的影像活现在我的眼前，你的脚踪仿佛在楼板上踹响。你是不认识你父亲的，彼得，虽则我听说他的名字常在你的口边，他的肖像也常受你小口的亲吻，多谢你妈与你大大的慈爱与真挚，她们不仅永远把你放在她们心坎的底里，她们也使我，没福见着你的父亲，知道你，认识你，爱你，也把你的影像、活泼、美慧、可爱，永远镂上了我的心版。

那天在柏林的会馆里，我手捧着那收存你遗灰的锡瓶，你妈与你七舅站在旁边止不住滴泪，你的大大哽咽着，把一个小花圈挂上你的门前——那时候我，你的父亲，觉着心里有一个尖锐的刺痛，这才初次明白曾经有一点血肉从我自己的生命里分出，这才觉着父性的爱像泉眼似的在性灵里汩汩的流出；只可惜是迟了，这慈爱的甘液不能救活已经萎折了的鲜花，只能在他纪念日的周遭永远无声的流转。

彼得，我说我要借这机会稍稍爬梳我年来的郁积，但那也不见得容易；要说的话仿佛就在口边，但你要它们的时候，它们又不在口边。像是长在大块岩石底下的嫩草，你得有力量翻起那岩石才能把它不伤损的连根起出——谁知道那根长的多深！是恨，是怨，是忏悔，是怅惘？许是恨，许是怨，许是忏悔，许是怅惘。荆棘刺入了行路人的胫踝，他才知道这路的难走；但为什么有荆棘？是它们自己长着，还是有人存心种着的？也许是你自己种下的？至少你不能完全抱怨荆棘。一则因为这道是你自愿才来走的；再则因为那刺伤是你自己的脚踏上了荆棘的结果，不是荆棘自动来刺你——但谁又知道？因此我有时想，彼得，像你倒真是聪明：你来时是一团活泼，光亮的天真，你去时也还是一个光亮，活泼的灵魂；你来人间真像是短期的作客，你知道的是慈母的爱，阳光的和暖与花草的美丽，你离开了妈的怀抱，你回到了天父的怀抱，我想他听你欣欣的回报这番作客——只尝甜浆，不吞苦水——的经验，他上年纪的脸上一定满布着笑容——你的小脚踝上不曾碰着过无情的荆棘，你穿来的白衣不曾沾着一斑的泥污。

但我们，比你住久的，彼得，却不是来作客；我们是遭放逐，无形的解差永远在后背催逼着我们赶道：为什么受罪，前途是哪里，我们始终不曾明白，我们明白的只是底下流血的胫踝，只是这无恩的长路，这时候想回头已经太迟，想中止也不可能，我们真的羡慕，彼得，像你那谪期的简净。

在这道上遭受的，彼得，还不止是难，不止是苦，最难堪的是逐步相追的嘲讽，身影似的不可解脱。我既是你的父亲，彼得，比方说，为什么我不能在你的生前，日子虽短，给你应得的慈爱，为什么要到这时候，你已经去了不再回来，我才觉着骨肉的关连？并且假如我这番不到欧洲，假如我在万里外接到你的死耗，我怕我只能看作水面上的云影，来时自来，去时自去；正如你生前我不知欣喜，你在时我不知爱惜，你去时也不能过分动我的情感。我自分不是无情，不是寡恩，为什么我对自身的血肉，反是这般不近情的冷漠？彼得，我问为什么，这问的后身便是无限的隐痛；我不能怨，我不能恨，更无从悔，我只是怅惘，我只能问！明知是自苦的揶揄，但我只能忍受。

而况揶揄还不止此，我自身的父母，何尝不赤心的爱我；但他们的爱却正是造成我痛苦的原因：我自己何尝不笃爱我的双亲，但我不仅不能尽我的责任，不仅不曾给他们想望的快乐，我，他们的独子，也不免加添他们的烦愁，造作他们的痛苦，这又是为什么？在这里，我也是一般的不能恨，不能怨，更无从悔，我只是怅惘——我只能问。昨天我是个孩子，今天已是壮年；昨天腮边还带着圆润的笑涡，今天头上已见星星的白发；光阴带走的往迹，再也不容追赎，留下在我们心头的只是些揶揄的鬼影；我们在这道上偶尔停步回想的时候，只能投一个虚圈的“假使当初”，解嘲以往的一切。但以往的教训，即使有，也不能给我们利益，因为前途还是不减启程时的渺茫，我们还是不能选择自由的途径——到那天我们无形的解差喝住的时候，我们唯一的权利，我猜想，也只是再丢一个虚圈更大的“假使”，圆满这全程的寂寞，那就是止境了。

（原刊《自剖文集》，新月书店1928年1月初版）

我的祖母之死

一

一个单纯的孩子，
过他快活的时光，
兴匆匆的，活泼泼的，
何尝识别生存与死亡？

这四行诗是英国诗人华茨华斯（William Wordsworth）一首有名的小诗叫做《我们是七人》（We Are Seven）的开端，也就是他的全诗的主意。这位爱自然，爱儿童的诗人，有一次碰着一个八岁的小女孩，发卷蓬松的可爱，他问她兄弟姊妹共有几人，她说我们是七个，两个在城里，两个在外国，还有一个姊妹一个哥哥，在她家里附近教堂的墓园里埋着。但她小孩的心理，却不分清生与死的界限，她每晚携着她的干点心与小盘皿，到那墓园的草地里，独自的吃，独自的唱，唱给她的在土堆里眠着的兄姊听，虽则他们静悄悄的莫有回响，她烂漫的童心却不曾感到生死间有不可思议的阻隔；所以任凭华翁多方的譬解，她只是睁着一双灵动的小眼，回答说："可是，先生，我们还是七人。"

二

其实华翁自己的童真，也不让那小女孩的完全：他曾经说："在孩童时期，我不能相信我自己有一天也会得悄悄的躺在坟里，我的骸骨会变成尘土。"又一次他对人说："我做孩子时最想不通的，是死的这回事将来也会得轮到我自己身上。"

孩子们天生是好奇的，他们要知道猫儿为什么要吃耗子，小弟弟从哪里变出来的，或是究竟先有鸡还是先有鸡蛋；但人生最重大的变端——死的现象与实在，他们也只能含糊的看过，我们不能期望一个个小孩子们都是搔头穷思的丹麦王子。他们临到丧故，往往跟着大人啼哭；但他只要眼泪一干，就会到院子里踢毽子，赶蝴蝶，就使在屋子里长眠不醒了的是他们的亲爹或亲娘，大哥或小妹，我们也不能盼望悼死的悲哀可以完全翳蚀了他们稚羊小狗似的欢欣。你如其对孩子说，你妈死了，你知道不知道——他十次里有九次只是对着你发呆；但他等到要妈叫妈，妈偏不应的时候，他的嫩颊上就会有热泪流下。但小孩天然的一种表情，往往可以给人们最深的感动。我生平最忘不了的一次电影，就是描写一个小孩爱恋已死母亲的种种天真的情景。她在园里看种花，园丁告诉她这花在泥里，浇下水去，就会长大起来。那天晚上天下大雨，她睡在床上，被雨声惊醒了，忽然想起园丁的话，她的小脑筋里就发生了绝妙的主意。她偷偷地爬出了床，走下楼梯，到书房里去拿下桌上供着的她死母的照片，一把揣在怀里，也不顾倾倒着的大雨，一直走到园里，在地上用园丁的小锄掘松了泥土，把她怀里的亲妈，谨慎地取了出来，栽在泥里，把松泥掩护着；她做完了工就蹲在那里守候——一个三四岁的女孩，穿着白色的睡衣，在深夜的暴雨里，蹲在露天的地上，专心笃意的盼望已经死去的亲娘，像花草一般，从泥土里发长出来！

三

我初次遭逢亲属的大故，是二十年前我祖父的死，那时我还不满六岁。那是我生平第一次可怕的经验，但我追想当时的心理，我对于死的见解也不见得比华翁的那位小姑娘高明。我记得那天夜里，家里人吩咐祖父病重，他们今夜不睡了，但叫我和我的姊妹先上楼睡去，回头要我们时他们会来叫的。我们就上楼去睡了，底下就是祖父的卧房，我那时也不十分明白，只知道今夜一定有很怕的事，有火烧，强盗抢，做怕梦，一样的可怕。我也不十分睡着，只听得楼下的急步声，碗碟声、唤婢仆声、隐隐的哭泣声，不息的响音。过了半夜，他们上来把我从睡梦里抱了下去，我醒过来只听得一片的哭声，他们已经把长条香点起来，一屋子的烟，一屋子的人，围拢在床前，哭的哭，喊的喊，我也捱了过去，在人丛里偷看大床里的好祖父。忽然听说醒了，醒了，哭喊声也歇了，我看见父亲爬在床里，把病父抱持在怀里，祖父倚在他的身上，双眼紧闭着，口里衔着一块黑色的药物他说话了，很清的声音，虽则我不曾听明他说的什么话，后来知道他经过了一阵昏晕，他又醒了过来对家人说："你们吃吓了，这只算是小死。"他接着又说了好几句话，随讲音随低，呼气随微，去了，再不醒了，但我却不曾亲见最后的弥留，也许是我记不起，总之我那时早已跪在地板上，手里擎着香，跟着大众高声的哭喊了。

四

此后我在亲戚家收殓虽则看得不少，但死的实在的状况却不曾见过。我们念书人的幻想力是比较的丰富，但往往因为有了幻想力，就不管生命现象的实在，结果是书呆子，陆放翁说的“百无一用是书生”。人生的范围是无穷的：我们少年时精力充足什么都不怕尝试，只愁没有出奇的事情做，往往抱怨这宇宙太窄，青天太低，大鹏似的翅膀飞不痛快，但是……但是平心的说，且不论奇的、怪的、特别的、离奇的，我们姑且试问人生里最基本的事实，最单纯的、最普遍的、最平庸的、最近人情的经验，我们究竟能有多少的把握，我们能有多少深彻的了解，我们是否都亲身经历过？譬如说：生产、恋爱、痛苦、悲、死、妒、恨、快乐、真疲倦、真饥饿、渴、毒焰似的渴、真的幸福、冻的刑罚、忏悔，种种的情热。我可以说，我们平常人生观、人类、人道、人情、真理、哲理、本能等等名词不离口吻的念书人们，什么文学家，什么哲学家——关于真正人生基本的事实的实在，知道的——恐怕是极微至鲜，即使不等于圆圈。我有一个朋友，他和他夫人的感情极厚，一次他夫人临到难产，因为在外国，所以进医院什么都得他自己照料，最后医生宣言只有用手术一法，但性命不能担保，他没有法子，只好和他半死的夫人诀别（解剖时亲属不准在旁的）。满心毒魔似的难受，他出了医院，走在道上，走上桥去，像得了离魂病似的，心脉舂臼似的跳着，最后他听着了教堂和缓的钟声，他就不自主的跟着钟声，进了教堂，跟着在做礼拜的跪着、祷告、忏悔、祈求、唱诗、流泪（他并不是信教的人），他这样的捱过时刻，后来回转医院时，一步步都是惨酷的磨难，比上行刑场的犯人，加倍的难受，他怕见医生与护士，仿佛他的命运是在他们的手掌里握着。事后他对人说：“我这才知道了人生一点子的意味！”

五

所以不曾经历过精神或心灵的大变的人们，只是在生命的户外徘徊，也许偶尔猜想到几分墙内的动静，但总是浮的浅的，不切实的，甚至完全是隔膜的。人生也许是个空虚的幻梦，但在这幻象中，生与死，恋爱与痛苦，毕竟是陡起的奇峰，应得激动我们彷徨者的注意，在此中也许有可以感悟到一些幻里的真，虚中的实，这浮动的水泡不曾破裂以前，也应得饱吸自由的日光，反射几丝颜色！

我是一只不羁的野驹，我往往纵容想象的猖狂，诡辩人生的现实；比如凭借凹折的玻璃，觉察当前景色。但时而复再，我也能从烦嚣的杂响中听出清新的乐调，在炫耀的杂彩里，看出有条理的意匠。这次祖母的大故，老家庭的生活，给我不少静定的时刻，不少深刻的反省。我不敢说我因此感悟了部分的真理，或是取得了若干的智慧；我只能说我因此与实际生活更深了一层的接触，益发激动我对于人生种种好奇的探讨，益发使我惊讶这迷谜的玄妙，不但死是神奇的现象，不但生命与呼吸是神奇的现象，就连日常的生活与习惯与迷信，也好像放射着异样的光闪，不容我们擅用一两个形容词来概状，更不容我们昌言什么主义来抹煞——一个革新者的热心，碰着了实在的寒冰！

六

我在我的日记里翻出一封不曾写完不曾付寄的信，是我祖母死后第二天的早上写的。我那时在极强烈的极鲜明的时刻内，很想把那几日经过的感想与疑问，痛快的写给一个同情的好友，使他在数千里外也能分尝我强烈的鲜明的感情。那位同情的好友我选中了通伯。但那封信却只起了一个呆重的头，一为丧中忙，二为我那时眼热不耐用心，始终不曾写就，一直挨到现在再想补写，恐怕强烈已经变弱，鲜明已经透暗，逃亡的囚逋，不易追获的了。我现在把那封残信录在这里，再来追摹当时的情景。

通伯：

我的祖母死了！从昨夜十时半起，直到现在，满屋子只是号啕呼抢的悲音，与和尚、道士、女僧的礼忏鼓磬声。二十年前祖父丧时的情景，如今又在眼前了。忘不了的情景！你愿否听我讲些？

我一路回家，怕的是也许已经见不到老人，但老人却在生死的交关仿佛存心的弥留着，等待她最钟爱的孙儿——即不能与他开言诀别，也使他尚能把握她依然温暖的手掌，抚摩她依然跳动着的胸怀，凝视她依然能自开自阖虽则不再能表情的目睛。她的病是脑充血的一种，中医称为卒中（最难救的中风）。她十日前在暗房里蹶仆倒地，从此不再开口出言，登仙似的结束了她八十四岁的长寿，六十年良妻与贤母的辛勤，她现在已经永远的脱辞了烦恼的人间，还归她清净自在的来处。我们承受她一生的厚爱与荫泽的儿孙，此时亲见，将来追念，她最后的神化，不能自禁中怀的摧痛，热泪暴雨似的盆涌，然痛心中却亦隐有无穷的赞美，热泪中依稀想见她功成德备的微笑，无形中似有不朽的灵光，永远的临照她绵衍的后裔……

七

旧历的乞巧那一天，我们一大群快活的游踪，驴子灰的黄的白的，轿子四个脚夫抬的，正在山海关外纡回的、曲折的绕登角山的栖贤寺，面对着残圮的长城，巨虫似的爬山越岭，隐入烟霭的迷茫。那晚回北戴河海滨住处，已经半夜，我们还打算天亮四点钟上莲峰山去看日出，我已经快上床，忽然想起了，出去问有信没有，听差递给我一封电报，家里来的四等电报。我就知道不妙，果然是“祖母病危速回”！我当晚就收拾行装，赶早上六时车到天津，晚上才上津浦快车。正嫌路远车慢，半路又为水发冲坏了轨道过不去，一停就停了十二点钟有余，在车里多过了一夜，直到第三天的中午方才过江上沪宁车。这趟车如其准点到上海，刚好可以接上沪杭的夜车，谁知道又误了点，误了不多不少的一分钟，一面我们的车进站，他们的车头呜的一声叫，别断别断的去了！我若然是空身子，还可以冒险跳车，偏偏我的一只手又被行李雇定了，所以只得定着眼睛送它走。

所以直到八月二十二日的中午我方才到家。我给通伯的信说“怕的是已经见不到老人”，在路上那几天真是难受，缩不短的距离没有法子，但是那急人的水发，急人的火车，几面凑拢来，叫我整整的迟一昼夜到家！试想病危了的八十四岁的老人，这二十四点钟不是容易过的，说不定她刚巧在这个期间内有什么动静，那才叫人抱憾哩！但是结果还算没有多大的差池——她老人家还在生死的交关等着！

八

奶奶——奶奶——奶奶——奶奶！你的孙儿回来了，奶奶！没有回音。老太太阖着眼，仰面躺在床里，右手拿着一把半旧的雕翎扇很自在的扇动着。老太太原就怕热，每年暑天总是扇子不离手的，那几天又是特别的热。这还不是好好的老太太，呼吸顶匀净的，定是睡着了，谁说危险！奶奶，奶奶！她把扇子放下了，伸手去摸着头顶上挂着的冰袋，一把抓得紧紧的，呼了一口长气，像是暑天赶道儿的喝了一碗凉汤似的，这不是她明明的有感觉不是？我把她的手拿在我的手里，她似乎感觉我手心的热，可是她也让我握着，她开眼了！右眼张得比左眼开些，瞳子却是发呆，我拿手指在她的眼前一挑，她也没有瞬，那准是她瞧不见了——奶奶，奶奶——她也真没有听见，难道她真是病了，真是危险，这样爱我疼我宠我的好祖母，难道真会得……我心里一阵的难受，鼻子里一阵的酸，滚热的眼泪就迸了出来。这时候床前已经挤满了人，我的这位，我是那位，我一眼看过去，只见一片惨白忧愁的面色，一双双装满了泪珠的眼眶。我的妈更看的憔悴。她们已经伺候了六天六夜，妈对我讲祖母这回不幸的情形，怎样的她夜饭前还在大厅上吩咐事情，怎样的饭后进房去自己擦脸，不知怎样的闪了下去，外面人听着响声进去，已经是不能开口了，怎样的请医生，一直到现在还没有转机……

一个人到了天伦骨肉的中间，整套的思想情绪，就变换了式样与颜色。你的不自然的口音与语法没有用了；你的耀眼的袍服可以不必穿了；你的洁白的天使的翅膀，预备飞翔出人间到天堂的，不便在你的慈母跟前自由的开豁；你的理想的楼台亭阁，也不轻易的放进这二百年的老屋；你的佩剑，要塞，以及种种的防御，在竞争的外界即使是必要的，到此只是可笑的累赘。在这里，不比在其余的地方，他们所要求于你的，只是随熟的声音与笑貌，只是好的，纯粹的本性，只是一个没有斑点子的赤裸裸的好心。在这些纯爱的骨肉的经纬中心，不由得你不从你的天性里抽出最柔糯亦最有力的几缕丝线来加密或是缝补这幅天伦的结构。

所以我那时坐在祖母的床边，含着两朵热泪，听母亲叙述她的病况，我脑中发生了异常的感想，我像是至少逃回了二十年的光阴，正如我膝前子侄辈一般的高矮，回复了一片纯朴的童真，早上走来祖母的床前，揭开帐子叫一声软和的奶奶，她也回叫了我一声，伸手到里床去摸给我一个蜜枣或是三片状元糕，我又叫了一声奶奶，出去玩了，那是如何可爱的辰光，如何可爱的天真，但如今没有了，再也不回来了。现在床里躺着的，还不是我的亲爱的祖母，十个月前我伴着到普陀登山拜佛清健的祖母，但现在何以不再答应我的呼唤，何以不再能表情，不再能说话，她的灵性哪里去了，她的灵性哪里去了？

九

一天，一天，又是一天——在垂危的病榻前过的时刻，不比平常飞驶无碍的光阴，时钟上同样的一声嘀嗒，直接的打在你的焦急的心里，给你一种模糊的隐痛——祖母还是照样的眠着，右手的脉自从起病以来已是极微仅有的，但不能动弹的却反是有脉的左侧，右手还是不时在挥扇，但她的呼吸还是一例的平匀，面容虽不免瘦削，光泽依然不减，并没有显著的衰象，所以我们在旁边看她的，差不多每分钟都盼望她从这长期的睡眠中醒来，打一个呵欠，就开眼见人，开口说话——果然她醒了过来，我们也不会觉得离奇，像是原来应当似的。但这究竟是我们亲人绝望中的盼望，实际上所有的医生，中医、西医、针医，都已一致的回绝，说这是“不治之症”。中医说这脉象是凭证，西医说脑壳里血管破裂，虽则植物性机能——呼吸、消化——不曾停止，但言语中枢已经断绝——此外更专门更玄学更科学的理论我也记不得了。所以暂时不变的原因，就在老太太本来的体元太好了，拳术家说的“一时不能散工”，并不是病有转机的兆头。

我们自己人也何尝不明白这是个绝症；但我们却总不忍自认是绝

望：这“不忍”便是人情。我有时在病榻前，在凄悒的静默中，发生了重大的疑问。科学家说人的意识与灵感，只是神经系统最高的作用，这复杂，微妙的机械，只要部分有了损伤或是停顿，全体的动作便发生相当的影响；如其最重要的部分受了扰乱，他不是变成反常的疯癫，便是完全的失去意识。照这一说，体即是用，离了体即没有用；灵魂是宗教家的大谎，人的身体一死什么都完了。这是最干脆不过的说法，我们活着时有这样有那样已经尽够麻烦，尽够受，谁还有兴致，谁还愿意到坟墓的那一边再去发生关系，地狱也许是黑暗的，天堂是光明的，但光明与黑暗的区别无非是人类专擅的假定，我们只要摆脱这皮囊，还归我清静，我就不愿意头戴一个黄色的空圈子，合着手掌跪在云端里受罪！

再回到事实上来，我的祖母——一位神智最清明的老太太——究竟在哪里？我既然不能断定因为神经部分的震裂她的灵感性便永远的消灭，但同时她又分明的失却了表情的能力，我只能设想她人格的自觉性，也许比平时消淡了不少，却依旧是在着，像在梦魇里将醒未醒时似的，明知她的儿媳孙曾不住的叫唤她醒来，明知她即使要永别也总还有多少的嘱咐，但是可怜她的睛球再不能反映外界的印象，她的声带与口舌再不能表达她内心的情意，隔着这脆弱的肉体的关系，她的性灵再不能与他最亲的骨肉自由的交通——也许她也在整天整夜的伴着我们焦急，伴着我们伤心，伴着我们出泪，这才是可怜，这才真叫人悲感哩！

十

到了八月二十七那天，离她起病的第十一天，医生吩咐脉象大大的变了，叫我们当心，这十一天内每天她只咽入很困难的几滴稀薄的米汤，现在她的面上的光泽也不如早几天了，她的目眶更陷落了，她的口部的筋肉也更宽弛了，她右手的动作也减少了，即使拿起了扇子也不再能很自然的扇动了——她的大限的确已经到了。但是到晚饭后，反是没有什么显象。同时一家人着了忙，准备寿衣的，准备冥银的，准备香灯等等的。我从里走出外，又从外走进里，只见匆忙的脚步与严肃的面容。这时病人的大动脉已经微细的不可辨，虽则呼吸还不至怎样的急促。这时一家的骨肉已经齐集在病房里，等候那不可避免的时刻。到了十时光景，我和我的父亲正坐在房的那一头一张床上，忽然听得一个哭叫的声音说——“大家快来看呀，老太太的眼睛张大了！”这尖锐的喊声，仿佛是一大桶的冰水浇在我的身上，我所有的毛管一齐竖了起来，我们踉跄的奔到了床前，挤进了人丛。果然，老太太的眼睛张大了，张得很大了！这是我一生从不曾见过，也是我一辈子忘不了的眼见的神奇。（恕罪我的描写！）不但是两眼，面容也是绝对的神变了（transfigured），她原来皱缩的面上，发出一种鲜润的彩泽，仿佛半淤的血脉，又一度充满了生命的精液，她的口，她的两颊，也都回复了异样的丰润；同时她的呼吸渐渐的上升，急进的短促，现在已经几乎脱离了气管，只在鼻孔里脆响的呼出了。但是最神奇不过的是一双眼睛！她的瞳孔早已失去了收敛性，呆钝的放大了。但是最后那几秒钟！不但眼眶是充分的张开了，不但黑白分明，瞳孔锐利的紧敛了，并且放射着一种不可形容，不可信的辉光，我只能称它为“生命最集中的灵光”！这时候床前只是一片的哭声，子媳唤着娘，孙子唤着祖母，婢仆争喊着老太太，几个稚龄的曾孙，也跟着狂叫太太……但老太太最后的开眼，仿佛是与她亲爱的骨肉，作无言的诀别，我们都在号泣的送终，她也安慰了，她放心的去了。在几秒钟内，死的黑影已经移上了老人的面部，遏灭了生命的异彩，她最后的呼气，正似水泡破裂，电光杳灭，菩提的一响，生命呼出了窍，什么都止息了。

十一

我满心充塞了死象的神奇，同时又须顾管我有病的母亲，她那时出性的号啕，在地板上滚着，我自己反而哭不出来；我自己也觉得奇怪，眼看着一家长幼的涕泪滂沱，耳听着狂沸似的呼抢号叫，我不但不发生同情的反应，却反而达到了一个超感情的，静定的，幽妙的意境，我想象的看见祖母脱离了躯壳与人间，穿着雪白的长袍，冉冉的上升天去，我只想默默的跪在尘埃，赞美她一生的功德，赞美她一生的圆寂。这是我的设想！我们内地人却没有这样纯粹的宗教思想；他们的假定是不论死的是高年厚德的老人或是无知无愆的幼孩，或是罪大恶极的凶人，临到弥留的时刻总是一例的有无常鬼、摸壁鬼、牛头马面、赤发獠牙的阴差等等到门，拿着镣链枷锁，来捉拿阴魂到案。所以烧纸帛是平他们的暴戾，最后的呼抢是没奈何的诀别。这也许是大部分临死时实在的情景，但我们却不能概定所有的灵魂都不免遭受这样的凌辱。譬如我们的祖老太太的死，我只能想象她是登天，只能想象她慈祥的神化——像那样鼎沸的号啕，固然是至性不能自禁，但我总以为不如匐伏隐泣或默祷，较为近情，较为合理。

理智发达了，感情便失了自然的浓挚；厌世主义的看来，眼泪与笑声一样是空虚的，无意义的。但厌世主义姑且不论，我却不相信理智的发达，会得妨碍天然的情感；如其教育真有效力，我以为效力就在剥削了不合理性的“感情作用”，但决不会有损真纯的感情；他眼泪也许比一般人流得少些，但他等到流泪的时候，他的泪才是应流的泪。我也是智识愈开流泪愈少的一个人，但这一次却也真的哭了好几次。一次是伴我的姑母哭的，她为产后不曾复元，所以祖母的病一直瞒着她，一直到了祖母故后的早上方才通知她。她扶病来了，她还不曾下轿，我已经听出她在啜泣，我一时感到一阵的悲伤，等到她出轿放声时，我也在房中歔欷不住。又一次是伴祖母当年的赠嫁婢哭的。她比祖母小十一岁，今年七十三岁，亦已是个白发的婆子，她也来哭她的“小姐”，她是见着我祖母的花烛的唯一的人，她一哭我也哭了。

再有是伴我的父亲哭的。我总是觉得一个身体伟大的人，他动情感的时候，动人的力量也比平常人伟大些。我见了我父亲哭泣，我就忍不住要伴着淌泪。但是感动我最强烈的几次，是他一人倒在床里，反复的啜泣，叫着妈，像一个小孩似的，我就感到最热烈的伤感，在他伟大的心胸里浪涛似的起伏，我就感到母子的感情的确是一切感情的起源与总结，等到一失慈爱的荫庇，仿佛一生的事业顿时没有了根柢，所有的快乐都不能填平这唯一的缺陷；所以他这一哭，我也真哭了。

但是我的祖母果真是死了吗？她的躯体是的。但她是不死的。诗人勃兰恩德（Bryant）说：

So live，that when thy summons comes to join the innumerable caravan which moves to that mysterious realm where each one takes his chamber in the silent halls of death then go not，like the quarry slave at night scourged to his dunge on，but sustained and soothed.

By an unfaltering truth approach thy grave like one that wraps the drapery of his couch，about him，and lies down to pleasant dreams.

如果我们的生前是尽责任的，是无愧的，我们就会安坦的走近我们的坟墓，我们的灵魂里不会有惭愧或悔恨的刀痕。人生自生至死，如勃兰恩德的比喻，真是大队的旅客在不尽的沙漠中进行，只要良心有个安顿，到夜里你卧倒在帐幕里也就不怕噩梦来缠绕。

我的祖母，在那旧式的环境里，到我们家来五十九年，真像是做了长期的苦工，她何尝有一日的安闲，不必说子女的嫁娶，就是一家的柴米油盐，扫地抹桌，哪一件事不在八十岁老人早晚的心上！我的伯父快近六十岁了，但他的起居饮食，还差不多完全是祖母经管的，初出世的曾孙如其有些身热咳嗽，老太太晚上就睡不安稳；她爱我宠我的深情，更不是文字所能描写；她那深厚的慈荫，真是无所不包，无所不蔽。但她的身心即使劳碌了一生，她的报酬却在灵魂无上的平安；她的安慰就在她的儿女孙曾，只要我们能够步她的前例，各尽天定的责任，她在冥冥中也就永远的微笑了。

十一月二十四日

（原刊《自剖文集》，新月书店 1928 年 1 月初版）

“浓得化不开”（星加坡）

大雨点打上芭蕉有铜盘的声音，怪。“红心蕉”，多美的字面，红得浓得好。要红，要热，要烈，就得浓，浓得化不开，树胶似的才有意思，“我的心像芭蕉的心，红……”不成！“紧紧的卷着，我的红浓的芭蕉的心……”更不成。趁早别再诌什么诗了。自然的变化，只要你有眼，随时随地都是绝妙的诗。

完全天生的。白做就不成。看这骤雨，这万千雨点奔腾的气势，这迷蒙，这渲染，看这一小方草地生受这暴雨的侵凌，鞭打，针刺，脚踹，可怜的小草，无辜的……可是慢着，你说小草要是会说话，它们会嚷痛，会叫冤不？难说它们就爱这门儿——出其不意的，使蛮劲的，太急一些，当然，可这正见情热，谁说这外表的凶狠不是变相的爱。有人就爱这急劲儿！

再说小草儿吃亏了没有，让急雨狼虎似的胡亲了这一阵子？别说了，它们这才真漏着喜色哪，绿得发亮，绿得生油，绿得放光。它们这才乐哪！

呒，一首淫诗，蕉心红得浓，绿草绿成油。本来么，自然就是淫，它那从来不知厌满的创化欲的表现还不是淫：淫，甚也。不说别的，这雨后的泥草间就是万千小生物的胎宫，蚊虫，甲虫，长脚虫，青跳虫，慕光明的小生灵，人类的大敌。热带的自然更显得浓厚，更显得猖狂，更显得淫，夜晚的星都显得玲珑些，像要向你说话半开的妙口似的。

可是这一个人耽在族舍里看雨，够多凄凉。上街不知向哪儿转，一个熟脸都看不见，话都说不通，天又快黑，胡湿的地，你上哪儿去？得。“有孤王……”一个小声音从廉枫的嗓子里自己唱了出来。“坐至在梅……”怎么了！哼起京调来了？一想着单身就转着梅龙镇，再转就该是李凤姐了吧，哼！好，从高超的诗思堕落到腐败的戏腔！可是京戏也不一定是腐败，何必一定得跟着现代人学势利？正德皇帝在梅龙镇上，林廉枫在星加坡。他有凤姐，我——惭愧没有。廉枫的眼前晃着舞台上凤姐的倩影，曳着围巾，托着盘，踩着跷。“自幼儿”……

去你的！可是这闷是真的。雨后的天黑得更快，黑影一幕幕的直盖下来，麻雀儿都回家了。干什么好呢？有什么可干的？这叫做孤单的况味。这叫做闷。怪不得唐明皇在斜谷口听着栈道中的雨声难过，良心发现，想着玉环……我负了卿，负了卿……转自忆荒茔，——呒，又是戏！又不是戏迷，左哼右哼哼什么的！出门吧。

廉枫跳上了一架厂车，也不向那带回子帽的马来人开口，就用手比了一个丢圈子的手势。那马来人完全了解，脑袋微微的一侧，车就开了。焦桃片似的店房，黑芝麻长条饼似的街，野兽似的汽车，磕头虫似的人力车，长人似的树，矮树似的人。廉枫在急掣的车上快镜似的收着模糊的影片，同时顶头风刮得他本来梳整齐的分边的头发直向后冲，有几根沾着他的眼皮痒痒的舐，掠上了又下来，怪难受的。这风可真凉爽，皮肤上，毛孔里，哪儿都受用，像是在最温柔的水波里游泳。做鱼的快乐。气流似乎是密一点，显得沉。一只疏荡的胳膊压在你的心窝上……确是有肉糜的气息，浓得化不开。快，快，芭蕉的巨灵掌，椰子树的旗头，橡皮树的白鼓眼，棕榈树的毛大腿，合欢树的红花痢，无花果树的要饭腔，蹲着脖子，弯着臂膊……快，快，马来人的花棚，中国人家的髭灯，西洋人家的牛奶瓶，回子的回子帽，一脸的黑花，活像一只煨灶的猫……

车忽然停住在那有名的潴水潭的时候，廉枫快活的心轮转得比车轮更显得快，这一顿才把他从幻想里锸了回来。这时候旅困是完全叫风给刮散了。风也刮散了天空的云，大狗星张着大眼霸占着东半天，猎夫只看见两只腿，天马也只漏半身，吐鲁士牛大哥只翘着一支小尾。咦，居然有湖心亭。这是谁的主意？红毛人都雅化了，唉。不坏，黄昏未死的紫曛，湖边丛林的倒影，林树间艳艳的红灯，瘦玲玲的窄堤桥连通着湖亭。水面上若无若有的涟漪，天顶几颗疏散的星。真不坏。但他走上堤桥不到半路就发现那亭子里一齿齿的把柄，原来这是为安量水表的，可这也将就，反正轮廓是一座湖亭，平湖秋月……呒，有人在哪！这回他发现的是靠亭阑的一双人影，本来是糊成一饼的，他一走近打搅了他们。“道歉，有扰清兴，但我还不只是一朵游云，虑俺作甚。”廉枫默诵着他戏白的念头，粗粗望了望湖，转身走了回去。“苟……”他坐上车起首想，但他记起了烟卷，忙着在风尖上划火，下文如其有，也在他第一喷龙卷烟里没了。

廉枫回进旅店门仿佛又投进了昏沉的圈套。一阵热，一阵烦，又压上了他在晚凉中疏爽了来的心胸。他正想叹一口安命的气走上楼去，他忽然感到一股彩流的袭击从右首窗边的桌座上飞骠了过来。一种巧妙的敏锐的刺激，一种浓艳的警告，一种不是没有美感的迷惑。只有在巴黎晦盲的市街上走进新派的画店时，仿佛感到过相类的惊惧。一张佛拉明果的野景，一幅玛提斯的窗景，或是佛朗次马克的一方人头马面。或是马克夏高尔的一个卖菜老头。可这是怎么了，那窗边又没有挂什么未来派的画，廉枫最初感觉到的是一球大红，像是火焰，其次是一片乌黑，墨晶似的浓，可又花须似的轻柔；再次是一流蜜，金漾漾的一泻，再次是朱古律（Chocolate），饱和着奶油最可口的朱古律。这些色感因为浓初来显得凌乱，但瞬息间线条和轮廓的辨认笼住了色彩的蓬勃的波流。廉枫幽幽的喘了一口气。

“一个黑女人，什么了！”可是多妖艳的一个黑女，这打扮真是绝了，艺术的手腕神化了天生的材料，好！乌黑的惺忪的是她的发，红的是一边鬓角上的插花，蜜色是她的玲巧的挂肩，朱古律是姑娘的肌肤的鲜艳，得儿朗打打，得儿铃丁丁……廉枫停步在楼梯边的欣赏不期然的流成了新韵。

“还漏了一点小小的却也不可少的点缀，她一只手腕上还带着一小只金环哪。”廉枫上楼进了房还是尽转着这绝妙的诗题——色香味俱全的奶油朱古律，耐宿儿老牌，两个便士一厚块，拿铜子往轧缝里放，一，二，再拉那铁环，喂，一块印金字红纸包的耐宿儿奶油朱古律。可口！最早黑人上画的怕是孟内那张《奥林比亚》吧，有心机的画家，廉枫躺在床上在脑筋里翻着近代的画史。有心机有胆识的画家，他不但敢用黑，而且敢用黑来衬托黑，唉，那斜躺着的奥林比亚不是鬓上也插着一朵花吗？底下的那位很有点像奥林比亚的抄本，就是白的变黑了。但最早对朱古律的肉色表示敬意的可还得让还高根，对了，就是那味儿，浓得化不开，他为人间，发现了朱古律皮肉的色香味，他那本 NOA，Noa 是二十世纪的“新生命”——到半开化，全野蛮的风土间去发现文化的本真，开辟文艺的新感觉……

但底下那位朱古律姑娘倒是作什么的？作什么的，傻子！她是一个人道主义者，一筏普济的慈航，她是赈灾的特派员，她是来慰藉旅人的幽独的。可惜不曾看清她的眉目，望去只觉得浓，浓得化不开。谁知道她眉清还是目秀。眉清目秀！思想落后！唯美派的新字典上没有这类腐败的字眼。且不管她眉目，她那姿态确是动人，怯怜怜的，简直是秀丽，衣服也剪裁得好，一头蓬松的乌霞就耐人寻味。“好花儿出至在僻岛上！”廉枫闭着眼又哼上了……

“谁，”窸窣的门响将他从床上惊跳了起来，门慢慢的自己开着，廉枫的眼前一亮，红的！一朵花！是她！进来了！这怎么好！镇定，傻子，这怕什么。

她果然进来了，红的，蜜的，乌的，金的，朱古律，耐宿儿，奶油，全进来了。你不许我进来吗？朱古律笑口的低声的唱着，反手关上了门。这回眉目认得清楚了。清秀，秀丽，韶丽；不成，实在得另翻一本字典，可是“妖艳”，总合得上。廉枫迷糊的脑筋里挂上了“妖”“艳”两个大字。朱古律姑娘也不等请，已经自己坐上了廉枫的床沿。你倒像是怕我似的，我又不是马来半岛上的老虎！朱古律的浓重的色浓重的香团团围裹住了半心跳的旅客。浓得化不开！李凤姐，李凤姐，这不是你要的好花儿自己来了！笼着金环的一只手腕放上了他的身，紫姜的一只小手把住了他的手。廉枫从没有知道他自己的手有那样的白。“等你家哥哥回来”……廉枫觉得他自己变了骤雨下的小草，不知道是好过，也不知道是难受。湖心亭上那一饼子黑影。大自然的创化欲。你不爱我吗？朱古律的声音也动人——脆，幽，媚。一只青蛙跳进了池潭，扑崔！猎夫该从林子里跑出来了吧？你不爱我吗？我知道你爱，方才你在楼梯边看我我就知道，对不对亲孩子？紫姜辣上了他的面庞，救驾！快辣上他的口唇了。可怜的孩子，一个人住着也不嫌冷清，你瞧，这胖胖的荷兰老婆都让你抱瘪了，你不害臊吗？廉枫一看果然那荷兰老婆让他给挤扁了，他不由的觉得脸有些发烧。我来做你的老婆好不好？朱古律的乌云都盖下来了。“有孤王……”使不得。朱古律，盖苏文，青面獠牙的……“干米一家的姑母，”血盆的大口，高耸的颧骨，狼嗥的笑响……鞭打，针刺，脚踢——喜色，呸，见鬼！唷，闷死了，不好，茶房！

廉枫想叫可是嚷不出，身上油油的觉得全是汗。醒了醒了，可了不得，这心跳得多厉害。荷兰老婆活该遭劫，夹成了一个破烂的葫芦。廉枫觉得口里直发腻，紫姜，朱古律，也不知是什么。浓得化不开。

十七年一月

（原刊 1928 年 12 月《新月》第 1 卷第 10 期）

“死城”（北京的一晚）

廉枫站在前门大街上发怔。正当上灯的时候，西河沿的那一头还漏着一片焦黄。风算是刮过了，但一路来往的车辆总不能让道上的灰土安息。他们忙的是什么？翻着皮耳朵的巡警不仅得用手指，还得用口嚷，还得旋着身体向左右转。翻了车，碰了人，还不是他的事？声响是杂极了的，但你果然当心听的话，这匀匀的一片也未始没有它的节奏；有起伏，有波折，也有间歇。人海里的潮声。廉枫觉得他自己坐着一叶小艇从一个涛峰上颠渡到又一个涛峰上。他的脚尖在站着的地方不由的往下一按，仿佛信不过他站着的是坚实的地土。

在灰土狂舞的青空兀突着前门的城楼，像一个脑袋，像一个骷髅。青底白字的方块像是骷髅脸上的窟窿，显着无限的忧郁，廉枫从不曾想到前门会有这样的面目。它有什么忧郁？它能有什么忧郁。可也难说，明陵的石人石马，公园的公理战胜碑，有时不也看得发愁？总像是有满肚的话无从说起似的。这类东西果然有灵性，能说话，能冲着来往人们打哈哈，那多有意思？但前门现在只能沉默，只能忍受——忍受黑暗，忍受漫漫的长夜。它即使有话也得过些时候再说，况且它自己的脑壳都已让给蝙蝠们，耗子们做了家，这时候它们正在活动，——

它即使能说话也不能说。这年头一座城门都有难言的隐衷，真是的！在黑夜的逼近中，它那壮伟，它那博大，看得多么远，多么孤寂，多么冷。

大街上的神情可是一点也不见孤寂，不见冷。这才是红尘，颜色与光亮的一个斗胜场，够好看的。你要是拿一块绸绢盖在你的脸上再望这一街的红艳，那完全另是一番景象。你没有见过威尼市大运河上的晚照不是？你没有见过纳尔逊大将在地中海口轰打拿破仑舰队不是？你也没有见过四川青城山的朝霞，英伦泰晤士河上雾景不是？好了，这来用手绢一护眼看前门大街——你全见着了。一转手解开了无穷的想象的境界，多巧！廉枫搓弄着他那方绸绢。不是不得意他的不期的发现。但他一转身又瞥见了前门城楼的一角，在灰苍中隐现着。

进城吧。大街有什么好看的？那外表的热闹正使人想起丧事人家的鼓吹，越喧阗越显得凄凉。况且他自己的心上又横着一大饼的凉，凉得发痛。仿佛他内心的世界也下了雪，路旁的树枝都蘸着银霜似的。道旁树上的冰花可真是美；直条的，横条的，肥的瘦的，梅花也欠他几分晶莹，又是那恬静的神情，受苦还是含着笑。可不是受苦，小小的生命躲在枝干最中心的纤维里耐着风雪的侵凌——它们那心窝里也有一大饼的凉，但它们可不怨；它们明白，它们等着，春风一到它们就可抬头，它们知道，荣华是不断的，生命是悠久的。

生命是悠久的。这大冷天，雪风在你的颈根上直刺，虫子潜伏在泥土里等打雷，心窝里带着一饼子的凉，你往哪儿去？上城墙去望望不好吗？屋顶上满铺着银，僵白的树木上也不见恼人的春色，况且那东南角上亮亮的不是上弦的月正在升起码？月与雪是有默契的。残破的城砖上停留着残雪的斑点，像是无名的伤痕，月光淡淡的斜着来，如同有手指似的抚摩着它的荒凉的伙伴。猎夫星正从天边翻身起来，腰间翘着箭囊，卖弄着他的英勇。西山的屏峦竟许也望得到，青青的几条发丝勾勒着沉郁的暝色，这上面悬照着太白星耀眼的宝光。灵光寺的木叶，秘魔岩的沉寂，香山的冻泉，碧云山的云气，山坳间或有一星二星的火光；在雪意的惨淡里点缀着惨淡的人迹……这算计不错，上城墙去，犯着寒，冒着夜。黑黑的，孤零零的，看月光怎样把我的身影安置到雪地里去，廉枫正走近交民巷一边的城根，听着美国兵营的溜冰场里的一阵笑响，忽然记起这边是帝国主义的禁地，中国人怕不让上去。果然，那一个长六尺高一脸糟瘢守门兵只对他摇了摇脑袋，磨着他满口的橡皮，挺着胸脯来回走他的路。

不让进去，辜负了，这荒城，这凉月，这一地的银霜。心头那一饼还是不得疏散。郁得更凉了。不到一个适当的境地你就不敢拿你自己尽量的往外放，你不敢面对你自己；不敢自剖。仿佛也有个糟瘢脸的把着门哪。他不让进去。有人得喝够了酒才敢打倒那糟瘢脸的。有人得仰仗迷醉的月色。人是这软弱。什么都怕，什么都不敢当面认一个清切；最怕看见自己。得！还有什么地方可去的？敢去吗？

廉枫抬头望了望星。疏疏的没有几颗。也不显亮。七姊妹倒看得见，挨得紧紧的，像一球珠花。顺着往东去不好吗？往东是顺的。地球也是这么走。但这陌生的胡同在夜晚，觉得多深沉，多窈远。单这静就怕人。半天也不见一副卖萝卜或是卖杂吃的小担。他们那一个小火，照出红是红青是青的，在深巷里显得多可亲，多玲珑，还有他们那叫卖声，虽则有时曳长得叫人听了悲酸，也是深巷里不可少的点缀。就像是空白的墙壁上挂上了字画，不论精粗，多少添上一点人间的趣味。你看他们把担子歇在一家门口，站直了身子，昂着脑袋，咧着大口唱——唱得脖子里筋都暴起了。这来邻近哪家都不能不听见。那调儿且在那空气里转着哪——他们自个儿的口鼻间蓬蓬的晃着一团的白云。

今晚什么都没有。狗都不见一只。家门全是关得紧紧的。墙壁上的油灯——一小米的火——活像是鬼给点上的。方便鬼的。骡马车碾烂的雪地，在这鬼火的影映下，都满是鬼意。鬼来跳舞过的。化子们叫雪给埋了。口袋里有的是铜子，要见着化子，在这年头，还有不布施的？静：空虚的静，墓底的静。这胡同简直没有个底。方才拐了没有？

廉枫望了望星知道方向没有变。总得有个尽头，赶着走吧。

走完了胡同到了一个旷场。白茫茫的。头顶星显得更多更亮了。猎夫早就全身披挂的支起来了，狗在那一头领着路。大熊也见了。廉枫打了一个寒噤。他走到了一座坟山。外国人的，在这城根。也不知怎么的，门没有关上。他进了门。这儿地上的雪比道上的白得多，松松的满没有斑点。月光正照着，墓碑有不少，疏朗朗的排列着，一直到黑巍巍的城根。有高的，有矮的，也有雕镂着形象的。悄悄的全戴着雪帽，盖着雪被，悄悄的全躺着。这倒有意思，月下来拜会洋鬼子，廉枫叹了一口气。他走近一个墓墩，拂去了石上的雪，坐了下去。石上刻着字，许是金的，可不易辨认。廉枫拿手指去摸那字迹。冷极了！那雪腌过的石板吸墨纸似的猛收着他手指上的体温，冷得发僵，感觉都失了。他哈了口气再摸，仿佛人家不愿意你非得请教姓名似的。摸着了，原来是一位姑娘。FRAULEIN ELIZA BERKSON。还得问几岁，这字小更费事，可总得知道。早三年死的，二十八除六是二十二。呀，一位妙年姑娘，才二十二岁的！廉枫感到一种奇异的战栗，从他的指尖上直通到发尖；仿佛身背着一个黑影子在晃动。但雪地上只有淡白的月光，黑影子是他自己的。

做梦也不易梦到这般境界。我陪着你哪，外国来的姑娘。廉枫的肢体在夜凉里冻得发了麻，就是胸潭里一颗心热热的跳着，应和着头顶明星的闪动。人是这软弱，他非得要同情。盘踞在肝肠深处的那些非得要一个尽情倾吐的机会。活的时候得不着，临死，只要一口气不曾断，还非得招承，眼珠已经褪了光，发音都不得清楚，他一样非得忏悔。非得到永别生的时候人才有胆量，才没有顾忌。每一个灵魂里都安着一点谎，谎能进天堂吗？你不是也对那穿黑长袍胸前挂金十字的老先生说了你要说的话才安心到这石块底下躺着不是，贝克生姑娘？我还不死哪。但这静定的夜景是多大一个引诱！我觉得我的身子已经死了，就只一点子灵性在一个梦世界的浪花里浮萍似的飘着。空灵，安逸。梦世界是没有墙围的。没有涯涘的。你得宽恕我的无状，在昏夜里踞坐在你的寝次，姑娘。但我已然感到一种超凡的宁静，一种解放，一种莹澈的自由。这也许是你的灵感——你与雪地上的月影。

我不能承受你的智慧，但你却不能吝惜你的容忍。我不是你的谁，不是你的朋友，不是你的相知，但你不能不认识我现在向你诉说的忧愁，你——廉枫的手在石板的一头触到了冻僵的一束什么。一把萎谢了的花——玫瑰。有三朵，叫雪给腌僵了。他亲了亲花瓣上的冻雪。我羡慕你在人间还有未断的恩情，姑娘，但这也是个累赘，说到彻底的话，这三朵香艳的花放上你的头边——他或是你的亲属或是你的知己——你不能不生感动不是？我也曾经亲自到山谷里去采集野香去安放在我的她的头边。我的热泪滴上冰冷的石块时，我不能怀疑她在泥土里或在星天外也含着悲酸在体念我的情意。但她是远在天的又一方，我今晚只能借景来抒解我的苦辛——

人生是辛苦的。最辛苦是那些在黑茫茫的天地间寻求光热的生灵。可怜的秋蛾，他永远不能忘情于火焰。在泥草间化生，在黑暗里飞行，抖擞着翅羽上的金粉——它的愿望是在万万里外的一颗星。那是我。见着光就感到激奋，见着光就顾不得粉脆的躯体，见着光就满身充满着悲惨的神异，殉献的奇丽——到火焰的底里去实现生命的意义。那是我。天让我望见那一柱光！那一个灵异的时间！“也就一半句话，甘露活了枯芽”。我的生命顿时豁裂成一朵奇异的愿望的花。“生命是悠久的”，但花开只是朝露与晚霞间的一段插话。殷勤是夕阳的顾盼，为花事的荣悴关心。可怜这心头的一撮土，更有谁来凭吊？“你的烦恼我全知道，虽则你从不曾向我说破；你的忧愁我全明白，为你我也时常难受。”清丽的晨风，吹醒了大地的荣华！“你耐着吧，美不过这半绽的蓓蕾。”“我去了，你不必悲伤，珍重这一卷诗心，光彩常留在星月间。”她去了！光彩常在星月间。

陌生的朋友，你不嫌我话说得晦塞吧。我想你懂得。你一定懂。

月光染白了我的发丝，这枯槁的形容正配与墓墟中人作伴；它也仿佛为我照出你长眠的宁静……那不是我那她的眉目？迷离的月影，你何妨为我认真来刻划个灵通？她的眉目；我如何能遗忘你那永诀时的神情！竟许就那一度，在生死的边沿，你容许我怀抱你那生命的本真；在生死的边沿你容许我亲吻你那性灵的奥隐，在生死的边沿，你容许我哺啜你那妙眼的神辉。那眼，那眼！爱的纯粹的精灵迸裂在神异的刹那间！你去了，但你是永远留着。从你的死，我才初次会悟到生。会悟到生死间一种幽玄的丝缕。世界是黑暗的，但我却永久存储着你的不死的灵光。

廉枫抬头望着月。月也望着他。青空添深了沉默。城墙外仿佛有一声鸦啼，像是裂帛，像是鬼啸。墙边一枝树上抛下了一捧雪，亮得辉眼。这还是人间吗？她为什么不来，像那年在山中的一夜？

“我送别她归去，与她在此分离，

在青草里飘拂，她的洁白的裙衣。”

诡异的人生！什么古怪的梦，希望，在你擎上手掌估计分量时，已经从你的手指间消失，像是发珠光的青汞。什么都得变成灰，飞散，飞散，飞散……我不能不羡慕你的安逸，缄默的墓中人！我心头还有火在烧，我怀着我的宝；永没有人能探得我的痛苦的根源，永没有人知晓，到那天我也得瞑目时，我把我的宝还交给上帝：除了他更有谁能赐与，能承受这生命的生命？我是幸福的！你不羡慕我吗，朋友？

我是幸福，因为我爱，因为我有爱。多伟大，多充实的一个字！提着它胸肋间就透着热，放着光，滋生着力量。多谢你的同情的倾听。长眠的朋友，这光阴在我是希有的奢华。这又是北京的清静的一隅。在凉月下，在荒城边，在银霜满树时。但北京——廉枫眼前又扯亮着那狞恶的前门。像一个脑袋，像一个骷髅。丧事人家的鼓乐。北海的芦苇。荣叶能不死吗？在晚照的金黄中，有孤鹜在冰面上飞。销沉，销沉。更有谁眷念西山的紫气？她是死了——一堆灰。北京也快死了——准备一个钵盂，到枯木林中去安排它的葬事。有什么可说的？再会吧，朋友，还有什么可说的？

他正想站起身走，一回头见进门那路上仿佛又来了一个人影。肥黑的一团在雪地上移着，迟迟的移着，向着他的一边来。有树拦着，认不真是什么，是人吗？怪了，这是谁？在这大凉夜还有与我同志的吗？为什么不，就许你吗？可真是有些怪，它又不动了，那黑影子绞和着一棵树影，像一个大包袱。不能是鬼吧。为什么发噤，怕什么的？是人，许是又一个伤心人，是鬼，也说不定它别有怀抱。竟许是个女子，谁知道！在凉月下，在荒冢间，在银霜满地时。它伛偻着身子哪，像是捡什么东西。不能是个化子——化子化不到墓园里来。唷，它转过来了！

它过来了，那一团的黑影。走近了。站定了，他也望着坐在坟墩上的那个发楞哪。是人，还是鬼，这月光下的一堆？他也在想。“谁？”粗糙的，沉浊的口音。廉枫站起了身，哈着一双冻手。“是我，你是谁？”他是一个矮老头儿，屈着肩背，手插在他的一件破旧制服的破袋里。“我是这儿看门的。”他也走到了月光下。活像《哈姆雷德》里一个掘坟的，廉枫觉得有趣，比一个妙年女子，不论是鬼是人，都更有趣。“先生，你什么时候进来的？我哼是睡着了，那门没有关严吗？”“我进来半天了。”“不凉吗？您坐在这石头上？”“就你一个人看着门的？”“除了我这样的苦小老儿，谁肯来当这苦差？”“你来有几年了？”“我怎么知道有几年了！反正老佛爷没有死，我早就来了。这该有不少年份了吧，先生？我是一个在旗吃粮的，您不看我的衣服？”“这儿常有人来不？”“倒是有。除了洋人拿花来上坟的，还有学生也有来的，多半是一男一女的。天凉了就少有来的了。你不也是学生吗？”他斜着一双老眼打量廉枫的衣服。“你一个人看着这么多的洋鬼不害怕？”老头他乐了。这话问得多幼稚，准是个学生，年纪不大。“害怕？人老了，人穷了，还怕什么的！再说我这还不是靠鬼吃一口饭吗？靠鬼，先生！”“你有家不，老头儿！”“早就死完了。死干净了。”“你自己怕死不，老头儿？”老头又乐了。“先生，您又来了！人穷了，人老了，还怕死吗？你们年轻人爱玩儿，爱乐，活着有意思，咱们哪说得上？”他在口袋里掏出一块黑绢子擤着他的冻鼻子。这声音听大了。城圈里又有回音，这来坟场上倒添了不少生气。那边树上有几只老鸦也给惊醒了，亮着他们半冻的翅膀。“老头，你想是生长在北京的吧？”“一辈子就没有离开过。”“那你爱不爱北京？”老头简直想咧个大嘴笑。这学生问的话多可乐！爱不爱北京？人穷了，人老了，有什么爱不爱的？“我说给您听听吧，”他有话说。

“就在这儿东城根，多的是穷人，苦人。推土车的，推水车的，住闲的，残废的，全跟我一模一样的，生长在这城圈子里，一辈子没有离开过。一年就比一年苦，大米一年比一年贵。土堆里煤渣多捡不着多少。谁生得起火？有几顿吃得饱的？夏天还可对付，冬天可不能含糊。冻了更饿，饿了更冻。又不能吃土。就这几天天下大雪，好；狗都瘪了不少！”老头又擤了擤鼻子。“听说有钱的人都搬走了，往南，往东南，发财的，升官的，全去了。穷人苦人哪走得了？有钱人走了他们更苦了，一口冷饭都讨不着。北京就像个死城，没有气了，您知道！哪年也没有本年的冷清。您听听，什么声音都没有，狗都不叫了！前儿个我还见着一家子夫妻俩带着三个孩子饿急了，又不能做贼，就商量商量借把刀子破肚子见阎王爷去。可怜着哪，那男的一刀子捅了他媳妇的肚子，肠子漏了，血直冒，算完了一个，等他抹回头拿刀子对自个儿的肚子撩，您说怎么了，那女的眼还睁着没有死透，眼看着她丈夫拿刀扎自己，一急就拼着她那血身体向刀口直推，您说怎么了，她那手正冲着刀锋，快着哪，一只手，四根手指，就让白萝卜似的给劈了下来，脆着哪！那男的一看这神儿，一心痛就痛偏了心，掷了刀回身就往外跑，满口疯嚷嚷的喊救命，这一跑谁知他往哪儿去了，昨儿个盔甲厂派出所的巡警说起这件事都撑不住淌眼泪哪。同是人不是，人总是一条心，这苦年头谁受得了？苦人倒是爱面子，又不能偷人家的。真急了就吊，不吊就往水里淹，大雪天河沟冻了淹不了，就借把刀子抹脖子拉肚肠根。是穷末，有什么说的？好，话说回来了，您问我爱不爱北京。人穷了，人苦了，还有什么路走？爱什么！活不了，就得爱死！我不说北京就像个死城吗？我说它简直死定了！我还掏了二十个大子给那一家三小子买窝窝头吃。才可怜哪！好，爱不爱北京？北京就是这死定了，先生！还有什么说的？”

廉枫出了坟园低着头走，在月光下走了三四条老长的胡同才雇到一辆车。车往西北正顶着刀尖似的凉风。他裹紧了大衣，烤着自己的呼吸，心里什么念头都给冻僵了。有时他睁眼望望一街阴惨的街灯，又看看那上年纪的车夫在滑溜的雪道上顶着风一步一步的挨，他几回都想叫他停下来自己下去让他坐上车拉他，但总是说不出口。半圆的月在雪道上亮着它的银光。夜深了。

（原刊 1929 年 1 月《新月》第 1 卷第 11 期）

“浓得化不开”之二（香港）

廉枫到了香港，他见的九龙是几条盘错的运货车的浅轨，似乎有头有尾，有中段，也似乎有隐现的爪牙，甚至在火车头穿度那栅门时似乎有迷漫的云气。中原的念头，虽则有广九车站上高标的大钟的暗示，当然是不能在九龙的云气中幸存。这在事实上也省了许多无谓的感慨。因此眼看着对岸，屋宇像樱花似盛开着的一座山头，如同对着希望的化身，竟然欣欣的上了渡船，从妖龙的脊背上过渡到希望的化身去。

富庶，真富庶，从街角上的水果摊看到中环乃至上环大街的珠宝店；从悬挂得如同 Banyon 树一般繁衍的腊食及海味铺看到穿着定阔花边艳色新装走街的粤女；从石子街的花市看到饭店门口陈列着“时鲜”的花狸金钱豹以及在浑水盂内倦卧着的海狗鱼，唯一的印象是一个不容分析的印象：浓密，琳琅。琳琅，琳琅，廉枫似乎听得到钟磬相击的声响。富庶，真富庶。

但看香港，至少玩香港少不了坐吊盘车上山去一趟。这吊着上去是有些好玩。海面，海港，海边，都在轴辘声中继续的往下沉。对岸的山，龙蛇似盘旋着的山脉，也往下沉，但单是直落的往下沉还不奇，妙的是一边你自身凭空的往上提，一边绿的一角海，灰的一陇山，白的方的房屋，高直的树，都怪相的一头吊了起来，结果是像一幅画斜提着看似的。同时这边的山头从平放的馒头变成侧竖的，山腰里的屋子从横刺里倾斜了去，相近的树木也跟着平行的来。怪极了。原来一个人从来不想到他自己的地位也有不端正的时候；你坐在吊盘车里只觉得眼前的事物都发了疯，倒竖了起来。

但吊盘车的车里也有可注意的。一个女性在廉枫的前几行椅座上坐着。她满不管车外拿大顶的世界，她有她的世界。她坐着，屈着一支腿，脑袋有时枕着椅背，眼向着车顶望，一个手指含在唇齿间。这不由人不注意。她是一个少妇与少女间的年轻女子。这不由人不注意，虽则车外的世界都在那里倒竖着玩。

她在前面走。上山。左转弯，右转弯，宕一个山腰的弧线，她在前面走。沿着山堤，靠着岩壁，转入 Aloe 丛中，绕着一所房舍，抄一折小径，拾几级石磴，她在前面走。如其山路的姿态是婀娜，她的也是的。灵活的山的腰身，灵活的女人的腰身。浓浓的折叠着，融融的松散着。肌肉的神奇！动的神奇！

廉枫心目中的山景，一幅幅的舒展着，有的山背海，有的山套山，有的浓荫，有的巉岩，但不论精粗，每幅的中点总是她，她的动，她的中段的摆动。但当她转入一个比较深奥的山坳时廉枫猛然记起了 Tannhauser 的幸运与命运——吃灵魂的薇纳丝。一样的肥满。前面别是她的洞府，呒，危险，小心了！

她果然进了她的洞府，她居然也回头看来，她竟然似乎在回头时露着微哂的瓠犀。孩子，你敢吗？那洞府径直的石级像直通上天。她进了洞了。但这时候路旁又发生一个新现象，惊醒了廉枫“邓浩然”的遐想。一个老婆子操着最破烂的粤音问他要钱，她不是化子，至少不是职业的，因为她现成有她体面的职业。她是一个劳工。她是一个挑砖瓦的。挑砖瓦上山因红毛人要造房子。新鲜的是她同时挑着不止一副重担，她的是局段的回复的运输。挑上一担，走上一节路，空身下来再挑一担上去，如此再下再上，再下再上。她不但有了年纪，她并且是个病人，她的喘是哮喘，不仅是登高的喘，她也咳嗽，她有时全身都咳嗽。但她可解释错了。她以为廉枫停步在路中是对她发生了哀怜的趣味，以为看上了她！她实在没有注意到这位年轻人的眼光曾经飞注到云端里的天梯上。她实在想不到在这寂寞的山道上会有与她利益相冲突的现象。她当然不能使他失望。当得成全他的慈悲心。她向他伸直了她的一只焦枯得像贝壳似的手，口里呢喃着在她是最软柔的语调。但“她”已经进洞府了。

往更高处去。往顶峰的顶上去。头顶着天，脚踏着地尖，放眼到寥廓的天边。这次的凭眺不是寻常的凭眺。这不是香港，这简直是蓬莱仙岛，廉枫的全身，他的全人，他的全心神，都感到了酣醉，觉得震荡。宇宙的肉身的神奇。动在静中，静在动中的神奇。在一刹那间，在他的眼内，要他的全生命的眼内，这当前的景象幻化成一个神灵的微笑，一折完美的歌调，一朵宇宙的琼花。一朵宇宙的琼花在时空不容分仳的仙掌上俄然的擎出了它全盘的灵异。山的起伏，海的起伏，光的起伏；山的颜色，水的颜色，光的颜色——形成了一种不可比况的空灵，一种不可比况的节奏，一种不可比况的谐和。一方宝石，一球纯晶，一颗珠，一个水泡。

但这只是一刹那，也许只许一刹那。在这刹那间廉枫觉得他的脉搏都止息了跳动。他化入了宇宙的脉搏。在这刹那间一切都融合了，一切都消纳了，一切都停止了它本体的现象的动作来参加这“刹那的神奇”的伟大的化生。在这刹那间他上山来心头累聚着的杂格的印象与思绪梦似的消失了踪影。倒挂的一角海，龙的爪牙，少妇的腰身，老妇人的手与乞讨的碎琐，薇纳丝的洞府，全没了。但转瞬间现象的世界重复回还。一层纱幕，适才睁眼纵览时顿然揭去的那一层纱幕，重复不容商榷的盖上了大地。在你也回复了各自的辨认的感觉。这景色是美，美极了的，但不再是方才那整个的灵异。另一种文法，另一种关键，另一种意义也许，但不再是那个。它的来与它的去，正如恋爱，正如信仰，不是意力可以支配，可以作主的。他这时候可以分别的赏识这一峰是一个秀挺的莲苞，那一屿像一只雄蹲的海豹，或是那湾海像一钩的眉月；他也能欣赏这幅天然画图的色彩与线条的配置，透视的匀整或是别的什么，但他见的只是一座山峰，一湾海，或是一幅画图。他尤其惊讶那波光的灵秀，有的是绿玉，有的是紫晶，有的是琥珀，有的是翡翠，这波光接连着山岚的晴霭，化成一种异样的珠光，扫荡着无际的青空，但就这也是可以指点，可以比况给你身旁的友伴的一类诗意，也不再是初起那回事。这层遮隔的纱幕是盖定的了。

因此廉枫拾步下山时心胸的舒爽与恬适不是不和杂着，虽则是隐隐的，一些无名的惆怅。过山腰时他又飞眼望了望那“洞府”，也向路侧寻觅那挑砖瓦的老妇，她还是忙着搬运着她那搬运不完的重担。但她对他犹是对“她”兴趣远不如上山时的那样馥郁了。他到半山的凉座地方坐下来休息时，他的思想几乎完全中止了活动。

（原刊 1929 年 3 月《新月》第 2 卷第 1 期）